소백산맥 ❽

정의의 총성

소백산맥 ❽ 정의의 총성

발행일	2025년 8월 15일
지은이	이서빈
펴낸이	손형국
펴낸곳	(주)북랩
편집인	선일영
편집	김현아, 배진용, 김다빈, 김부경
디자인	이현수, 김민하, 임진형, 안유경
제작	박기성, 구성우, 이창영, 배상진
마케팅	김회란, 박진관
출판등록	2004. 12. 1(제2012-000051호)
주소	서울특별시 금천구 가산디지털 1로 168, 우림라이온스밸리 B동 B111호, B113~115호
홈페이지	www.book.co.kr
전화번호	(02)2026-5777
팩스	(02)3159-9637
ISBN	979-11-7224-775-1 03810 (종이책) 979-11-7224-776-8 05810 (전자책)

잘못된 책은 구입한 곳에서 교환해드립니다.
이 책은 저작권법에 따라 보호받는 저작물이므로 무단 전재와 복제를 금합니다.
이 책은 (주)북랩이 보유한 리코 장비로 인쇄되었습니다.

(주)북랩 성공출판의 파트너

북랩 홈페이지와 패밀리 사이트에서 다양한 출판 솔루션을 만나 보세요!

홈페이지 book.co.kr • 블로그 blog.naver.com/essaybook • 출판문의 book@book.co.kr

---

작가 연락처 문의 ▶ ask.book.co.kr

작가 연락처는 개인정보이므로 북랩에서 알려드릴 수 없습니다.

이서빈 대하소설

소백산맥

8

정의의 총성

북랩

머리말

왜 사람은 살아야만 할까?

이 시소설은 외지고 황량한 시대를 외나무다리 건너듯 건너온 선조들과 우리의 이야기다. 선조들은 조선 5백 년이 일본에 어이없이 무너지고 대혼란을 겪으면서 그 참담하고 암울한 상실의 시대를 살아내기 위해 시시각각 밀려오는 죽음의 공포와 싸웠다. 천신만고 끝에 나라의 주권을 되찾기까지 반쪽짜리 나라에서 당해야 했던 그 많은 수모는 형언하기 어려울 정도다.

숨을 쉬는 것이 신기할 만큼 내일을 보장할 수 없던 참혹한 시대. 숨 속에도 죽음과 불안이 섞여 드나들던 시대의 이야기를 시작(詩作)의 키보다 더 높은 자료들을 모아 적어 내려갔다. 아직 세상에 태어나지 못해 역사에 묻혀 있는 말들을 시말서를 쓰듯 내 청춘의 기나긴 시간을 하얗게 지우면서 머릿속을 탈탈 털어 시적인 언어로 썼기에 시소설이라 이름 붙였다.

〈소백산맥〉은 4·3 사건을 비롯해 건국이 되기까지, 그리고 오늘날 경제 강국이 되기까지 살아온, 그럼에도 불구하고 살아내야만 했던 격변기(激變期)로부터 세계 모든 사람이 우리나라에 살고 싶어 하는 순간까지를 그려낸 소설 같은 이야기이다.

　35년 전통 '영주신문'에 연재 중 독자의 요청이 많아 총 17권 중 연재가 끝난 5권을 출간했고, 그 후속으로 6~11권을 미리 출판한다. 이 지면을 통해 영주신문에 깊은 감사를 드린다. 나머지도 연재가 끝나는 대로 출간 예정이다.

　입으로 다 말할 수 없는 일들을 유교 사상이 에워싸고 있는 영남의 명산 소백산 자락 영주 지방을 무대로 삼아 펼쳐내었다. 소설 속 사라져가는 우리나라의 미풍양속과 문화, 구전 이야기에 많은 관심을 가져주신 독자분들께 깊은 감사 말씀을 전한다.

2025년 8월
이서빈

목차

머리말 • 4

정의의 충성 1 ·················· 9
정의의 충성 2 ·················· 27
정의의 충성 3 ·················· 46
정의의 충성 4 ·················· 65
정의의 충성 5 ·················· 84
정의의 충성 6 ·················· 103
정의의 충성 7 ·················· 121
정의의 충성 8 ·················· 140
정의의 충성 9 ·················· 159
정의의 충성 10 ················· 178
정의의 충성 11 ················· 196
정의의 충성 12 ················· 214
정의의 충성 13 ················· 232
정의의 충성 14 ················· 250

정의의 충성

1

하늘의 별이 된 의사[義士]

공자께서도 명륜당·향교에 은행나무를 심어 은행나무 아래에서 제자들을 가르쳤다. 중국은 오리고기를 닭고기보다 우위로 여겼지만 우리나라는 오리고기를 먹으면 바람을 피운다며 닭고기를 더 우위로 쳤다. 또, 속담도 '닭 잡아먹고 오리발 내민다.' 하여 오리발을 속임수로 여겼으며 오늘날도 명분을 세워서 주는 금품을 오리발이라며 오리발을 평가절하한다. 땅 하늘 물 어디든지 이동하며 신과의 연결고리 역할을 하여 신성하게 여겨 솟대까지 만들던 우리 민족이 오리를 부정적인 이미지로 사용하게 된 것은 또 하나의 문화 침략이며 민족정신의 말살이다. 우리가 모시는 삼신을 의미하고 전통을 지켜온 오리인 삼신은 바로 이 세상을 창조하신 창조의 신으로 우리 민족이 이 세상의 적손(嫡孫)으로 바로 주인이라는 의미를 뜻하기도 하기에 말살된 우리 민족의 문화를 되찾아야 한다. 이승만은 머리를 식히며 나무 이야기며 거기에 얽힌 이야기를 생각하느라 잠시 나라 걱정을 잊고 있었다. 그러나 식힌 머리에 다시 진흙 바람이 불어왔다. 안중근 소식이 이승만의 귓속으로 파고들었다. 오직 독립을 위해 뛰어다니다 어디론가 떠나버린 애국지사 생각을 하니 애간장이 다 녹아내린다. 안중근 의사는 도저히 이대로 나라를 구하기는 어렵다는 생각에 자신의 몸 하나 던져 나라를 구해야겠다는 야무진 생각을 먹고 조국에 횡포를 부리는 일본의 내각총리대신인 이토 히로부미를 저승으로 보내야겠다고 생각했다. 그러나 그의 얼굴을 모르는 게 문제였다. 이토 히로부미는 돌팔매를 맞기도 하고 몇 번의 저격을 당하고 죽을 고비를 겪은 뒤로는 자신의 사진을 시중에 나돌지 못하게 철저하게 차단했기 때문이다. 그러나 안중근은 하얼빈역에 이토 히로부미가 온다는 소식을 듣고는 결심을 굳힌다. 어차피 이토 히로부미 정도라면 직감으로 알아낼 수 있으리란 생각으로 우애열과 러시아어 통역 담당과 조를 나누어 차이자거우(蔡家溝)역과 하얼빈역에 매복했다. 안중근은 어둠을 휘이휘이 쫓아내며 하얼빈역에 도착해 기다리다가 열차가 도착하기 직전에 출구로 왔다. 일본인 환영단이 새벽을 가르며 물결처럼 출렁인다. 안중근은 자신도 이토 히로부미를 저승으로 환송하기 위해 합류했다. 차이자거우역 지하에 매복한 애국지사들은 기차 문이 잠시 열렸다 바로 잠겨 거사에 실패하고 하얼빈역에 매복한 안중근 앞에 열차가 섰다. 9시 조금 넘어서 이토 히로부미가 수행단과 열차에 서 있는 것을 보자 안중근은 그가 이토 히로부미라는 것을 직감적으로 알았다. 드디어 환영단의 환호와 안중근의 환호를 받기 위해 나오는 이토 히로부미를 저승으로 환송하기 위해 속주머니에 숨겼던 권총을 꺼내 탕! 탕! 탕! 저승으로 안내했다. 아니 지옥으로 안내했다. 그리고 두 손을 하늘 높이 들어 올리며 대한민국 만세! 대한민국 만세! 대한민국 만세! 외쳤다. 광장은 아수라장이 되었고 대한민국 만세! 소리가 일본의 악랄한 숲을 헤치며 하늘 높이 치솟는 순간이었다. 안중근 의사는 말했다. 내가 너를 죽인 것이 아니라 벌을 내린 것이다. 그 죄는 너무 커 이승에서 나에게 받은 것을 다행으로 알라. 저승에 가서 독사지옥에 떨어질 것을 내가 조금 줄여 주었으니 고마워하라. 그 죄는 첫 번째 명성황후를 시해한 죄, 두 번째 우리나라를 일본의 보호국으로 만든 죄, 세 번째 1907년 정미 7조약을 강제로 맺은 죄, 네 번째 고종황제를 폐위시킨 죄, 다섯 번째 군대를 해산시킨 죄, 여섯 번째 무고한 사람들을 학살한 죄, 일곱 번째 조선인의 권리를 박탈한 죄, 여덟 번째 우리나라 교과서를 불태운 죄, 아홉 번째 우리나라 사람들을 신문에 이바지하지 못하게 한 죄, 열 번째 제일 은행 은행지폐를 강제로 사용한 죄, 열한 번째 우리나라가 300만 파운드의 빚을 지게 한 죄, 열두 번째 동양의 평화를 깨트린 죄, 열세 번째 우리나라에 대한 일본의 보호 정책을 호도한 죄, 열네 번째 일본 천황의 아버지인 고메이 천황을 죽인 죄, 열다섯 번째 일본과 세계를 속인 죄 등이다. 당당하게 일본에 호령한 안중근 의사는 항소를 포기하라는 어머니의 뜻에 따라 항소를 포기했다. 그리고 사형선고를 받았다. 사형이 집행되기 전 그의 어머니는 하얀 명주 천으로 지은 수의를 안중근의 두 동생인 안정근과 안공근에게 배달시켰다. 안중근 의사는 마지막 유언을 남기고 나라를 구하기 위해 하늘로 이사를 했다. 내가 죽은 뒤에 나의 뼈를 하얼빈 공원 곁에 묻어두었다가 우리 국권이 회복되면 고국으로 이장해다오. 나는 천국에 가서도 또한 마땅히 우리나라의 국권 회복을 위해 힘쓸 것이다. 너희들은 돌아가서 동포들에게 각각 모두 나라의 책임을 지고 국민 된 의무를 다하며 마음을 같이하고 힘을 합하여 공로를 세우고 업을 이루도록 일러다오. 대한독립 소리가 천국에 들려오면 나는 마땅히 춤추며 만세를 부를 것이다. 두 동생에게 유언을 남기고 1910년 3월 26일 뤼순 감옥에서 사형을 당했다. 마지막 사형 전에 할 말이 없느냐?는 말에 안중근은 아무것도 남길 유언은 없으나 다만 내가 한 일이 동양평화를 위해 한 것이므로 한일 양국인이 서로 일치 협력해서 동양평화의 유지를 도모하길 바란다. 나는 대한독립을 위해 죽고, 동양평화를 위해 죽는데 어찌 죽음이 한스럽겠나?라는 마지막 말을 이승에 내려놓고 기쁜 얼굴을 하며 한복으로 갈아입고 조용히 형장으로 갔으니 그의 나이 32세였다. 이승만은 통곡했다. 나라를 구할 사람을 하늘은 어찌 알고 하나둘 다 빼앗아가 버리는지 생각 사이로 황사 바람이 분다. 나라에 큰 별이 떨어졌다. 슬픔을 하소연할 곳도 없고 슬픔을 이길 유일한 방법으로 일기장에 아픈 마음을 적고 시 한 수를 짓는다. 나라를 위해 평생을 허덕이며 따뜻한 잠 한 모금 따뜻한 마음 한 번 눕히지 못하고 결국은 나라를 건지는 기초를 다져 놓고 자신은 사형선고를 받고 만다. 사형선고를 받고 40여 일 뒤에 세상에서 가장 아름다운 이름 안중근은 시리우스가 되어 하늘로 올라간다. 독립을 평생의 신앙으로 삼고 살아온 세월은 31년 6개월 24일. 서른두 살에 정든 가족 정든 조국과 겨레 곁을 떠나 우주로 여행을 간다. 나라의 평화를 줄기차게 부르짖은 대인이다. 의사! 영웅! 의병 안중근! 그 영혼을 보름달이 황금마차를 타고 내려와 길을 안내하고 있다. 먹구름 한 조각 없는 창공을 푸르른 날개를 달고 바람을 헤치며 천국으로 받들어져 모셔가고 있다. 영원한 시리우스로 반짝일 안중근! 구천 궁에서 가장 높은 계급인 9성 장군이 되었으리라.

의 족 원

바람의 다리와 구름의 팔이 되어 여기 있다

거룩한 이름으로 바친 31년 6개월 24일 약정 기간을 마치고
안중근 손가락과 양팔이 여기 진열되어 있다
팔은 팔대로 다리는 다리대로 팔다리 따로 흔들다
평생 몸통을 찾지 못해 비는 주룩주룩 내린다

귓속에서 검은 비가 뚝뚝 잘리면서
정강이도 무릎도 발바닥도 없이 길을 간다

한눈팔 순간도 없이
조선숲을 위해 둥둥 떠다니는 손잡이들
외발자국소리와 젖은 팔 흔드는 소리 귀에 송신하고 있다
귓속 가득 저장된 소리
떠도는 손발에 총구를 닮은 구멍이 뚫렸다
팔다리는 포기 각서를 쓰지 않았다

의족을 분실하고 불안해하는 날들
서성거리고 헤매다 갑자기 방향을 잃은 시간들
수천만 대 조국숲을 지키다 잘리고 사라진
절뚝거리는 본래의 팔과 다리는
아직도 퇴화되지 않은 채 성성 진화를 거듭하고 있다

귀가 새로운 수족으로 진화되었다

쫑긋거리는 소리와

뒤에서 부르는 소리는 이미

이 지구에서 나라를 위해 사라져간 귀중한 존재들이다

아직도 나라의 독립을 위해

푸른숲을

의족원을 싱싱 날아다니며 울어대는 열사의 울음

귓속으로 양팔을 흔들며 두 다리로 달려오고 있는 소리

팔다리를 부리고 있는 몸통 위로 쏟아지는 저녁

모처럼 팔과 다리를 만져본다

집까지 따라온 의족원 팔다리를 생각하다

알람을 맞추고 잠이 드는 밤

애국지사 안중근이 씨익~

웃으며

꿈문을 열고 들어와 팔베개를 해주는 밤

오로지 조국의 독립을 위해 살다가 떠난 의사. 서녘 하늘을 활활 태우며 서러움도 없이 당당하게 떠난다. 한 몸 부서져 한 줌 흙이 되어서라도 자손만대 태어나고 자라게 할 기틀을 심어놓고 간 열사. 이승만은 조급증이 났다. 나라를 위해 목숨을 건 애국지사들이 자꾸만 사라지고 있음에 하늘이 우리나라를 버리지 않을까 조급해지는 마음이다. 말도 안 되는 일만 끝없이 일어나 어지럽다. 총리대신 이쌍놈의 손가락은 까막눈이 되어 서명을 해 한국 강점을 합법적으로 인준하는 한일합방조약이란 씻을 수 없는 조약을 맺어 역사 앞에 석고대죄할 국치일이 기어이 이루어져 지금 조선의 땅은 데라우치 마사다케 통감이 콧수염을 날리며 위엄을 부리며 이 땅에 저벅저벅 거드름을 앞세워 들어와 설쳐댄다. 데라우치는 조선에 당분간 제국 헌법을 시행치 않고 대권에 의해 통치하고 총독은 천황의 직례하며 조선에서의 일체 정무를 통괄하는 권한을 가질 것이며 총독에게는 대권의 위임에 의해 법률사항에 관한 명령을 발하는 권한을 부여할 것 등을 명시해 조선왕조 5백여 년의 몰락은 문서 한 장으로 공중분해되고 말았다. 일본의 세상이 된 이 땅은 더 이상 애국지사들이 발붙일 곳이 못 된다. 후일을 도모하며 광복을 위한 힘을 키우기 위해 남의 나라로 떠나는 가슴속에 피가 핀다. 꽃이 피듯이 온 몸속 가득 붉게붉게 피어난다. 피로 꽃으로 영혼으로 육신으로 피글피글피글피글 피가 죽 끓듯 끓어올라 지구를 덮는다. 북간도로 만주로 떠나 광복의 힘을 기르는 수밖에 없음을 인지한 열사들은 떠나서 만주로 가서 독립운동 본거지를 만든다. 이시영은 만주에서 신흥 강습소를 세운다. 망명해 오는 애국 청년들을 위한 훈련기관에 열정을 쏟아붓는다. 그러나 일본의 조선총독부는 '조선 교육령'이라는 교육제도를 만들어 각 학교에 시행 지침을 하달한다. 소학교를 보통학교로 개칭하고 중학교를 고등보통학교로 개칭한다. 귀족의 자녀들은 따로 가르치도록 수학원(修學院)을 세운다. 새 교육제도는 우리 한민족을 자기 사람, 곧 일본인으로 길들이려는 속셈을 깔고 있다. 일선에 근무하고 있는 선생은 군복과 비슷한 주름이 칼처럼 잡힌 제복을 입게 한다. 장검을 차고 한껏 위엄과 허세를 부리는 폼이란 눈꼴이 돌아가 볼 수가 없다. 선생은 두려움의 대상으로서의 위상을 심어놓는다. 선생의 모습이라기보다는 군인이나 경찰의 모습으로 비춰진다. 일본은 일본말과 일본 글을 가르치며 동양척식주식회사를 설립하여 경제 침략의 도구로 삼는다. 백성들의 주머니를 털어내는 고등 수법의 경제침탈이다. 수탈! 착취! 그따위를 목적으로 설립한 정책적인 동양척식주식회사다. 본색이 백일하에 드러난다. 남의 나라에 들어와서 아니 조선에 들어와서 자신의 나라말과 자신의 나라 글을 가르친다. 조선 백성들의 얼을 빼기 위해 얼빠진 짓을 일삼고 있다. 약소국의 비애라지만 이건 사람이 하는 짓은 아니지. 일본의 감시와 감독이 눈알을 치뜨고 부라리지만, 우리 백성들은 그들의 눈을 피해 집안에다 혹은 으슥한 곳에 서당이란 명분을 짓고 그들의 눈을 피해 우리글과 우리말을 가르치며 글과 말과 혼은 절대로 빼앗길 수 없다는 정신을 전국 방방곡곡에서 키우고 있다. 들키면 대항도 하고 안 들키면 더더욱 사기를 진작시키며 후손들에게 온전히 내 나라를 내 나라말을 내 나라글을 내 나라 얼과 정신을 물려주기 위한 애국심은 아무리 지독하고 무례한 일본이지만 그 애국심은 짓밟지 못한다. 여기저기서 싸움이 일어나고 자살을 하고 멱살을 잡고 그들의 총부리에 목숨을 잃어 가면서도 나라를 빼앗기지 않으려는 저항은 필사적으로 일어난다. 그럴수록 일본은 더욱 악랄함의 강도를 높인다. 기는 놈 위에 걷는 놈 있고 걷는 놈 위에 뛰는 놈 있고 뛰는 놈 위에 나는 놈 있다고 일본이 아무리 악랄하고 비정하게 설처대도 설칠수록 더욱더 그들의 눈길을 따돌리고 방에서 부엌에서 창고에서 천막에서 헛간에서 마구간까지 영역을 넓히면서 우리글을 가르치기에 열기가 끓어오른다. 몸과 마음이 일본에 상처를 입어 짓무르고 곪아 터져 상처에서 피고름이 흘러도 포기하지 못하는 우리의 애국 근성. 일본 놈들은 그런 풀뿌리 같은 애국 근성을 일러 '지독한 조센징'이라며 혀를 내 두른다. 텃밭에 고추가 죽을힘을 다해 햇살을 빨아들이느라 얼굴이 붉으락푸르락 한 다음에야 발갛게 익지 않는가! 우리 조선도 죽을힘을 다해 우리말과 우리글을 붙잡고 붉어질 때까지 푸르락락붉그락 익혀야만 한다. 발갛게 나라를 반석 위에 올릴 때까지. 봄은 어린 싹들에게서 돋아나듯이 어린 싹들에게 우리글과 우리말을 먹이지 않고 일본말과 일본 글을 먹인다면 나라를 통째로 일본의 아가리에 처넣는 것과 다름이 없음을 알고 있는 선각자들은 잠시도 긴장을 늦추지 않고 목숨을 걸고 우리글 우리말을 가르친다. 자신들의 목숨을 버릴지라도 후손들이 이 나라를 굳건히 지키는 초석을 다져

주고 있는 것이다. 먼 후일 우리 후손들에게 부끄럽지 않아야 한다. 그들이 우리나라에서 우리나라 말을 우리나라 글을 마음대로 쓰고 살 수만 있다면 그것으로 충분하리라. 이승만은 미국이란 머나먼 땅에서 조국의 독립을 위해 뛰어다닌다. 모두가 잔악한 왜놈들과 한 판 붙으려고 긴 칼에 시퍼런 날을 세우고 있다. 일본은 조약을 가슴에 붉은 칼로 새겨 넣고 날을 갈기 위해 만주로 떠난 애국지사들이 쫓겨간 것으로 한계선 없는 착각을 하는지 **대한제국에 대한 일체 통치권을 영원히 일본에게 양도할 것과 황제 및 황족과 정부 요인에게는 상당한 대우와 세비를 지급한다.**며 말에 구름 같은 각운과 각주를 달고 서울에 조선총독부를 설치하고 헌병 경찰권을 무기로 무단정치를 실시한다. 총독은 일본 천황의 직속으로 둔다. 남의 나라에 쳐들어와 대들보를 흔들며 직립보행을 막아버리는 저 음흉하고 계획적이고 흉악한 음모에 이성계가 세운 조선왕조는 519년 만에 역사 속으로 사라지는 중이다. 온종일 기다리다 어두워져도 볕이 들지 않는다. 봄밤은 짙은 안개로 뒤덮여 있다. 희망찬 새벽을 꿈꾸는 일이란 허방을 짚는 헛된 꿈일까. 몽상 몽상몽상몽상 구름처럼 뒤덮는 꿈인지 현실인지 조선왕조 5백 년은 그렇게 인정하기 싫은 일을 인정해야만 하는 운명이 된다. 애초부터 조선은 너무 울울창창 끈질기게 푸른 것이 문제였는지도 모른다. 어쩌면 더 무성한 숲을 가꾸기 위한 시련일지도 모른다. 지구 어느 곳에 이보다 더 푸른 숲으로 뛰어난 두뇌를 가진 참 그야

말로 참으로 끈질긴 민족이 사는 곳이 있을까. 이웃은 무의식적으로 알고 있는 것이다. 지금까지 5백 년 동안 이 나라에서 계절마다 피고 지며 향기를 날리고 꽃비늘파다닥 꽃비늘파다닥 반짝이던 이 파리이파리들이 생기를 잃어 가고 있지만 보라! 얼마나 철없이 조선을 마구 뒤흔들었는지를. 반드시 조선을 다시 일으켜 세워 고통과 불면으로 시달리는 백성들을 꿈결처럼 가다듬어 세울 것이다. 잠시 잠자는 숲은 꿈을 이루는 곳이 될 것이다. 머릿속에 가마솥을 걸고 밥을 지어 백성을 먹이고 불을 잘 다스려 화가 나면 솥뚜껑을 열어 아주 알맞은 밥을 지어낼 것이다. 잠자는 돌머리를 흔들어 깨워 퍼덕퍼덕 숨을 쉬게 할 것이다. 겨울잠을 뚫고 깨어난 복수초 노란 향처럼 어둠을 지우며 반벙어리 숲은 별처럼 반짝이는 말을 다듬어낼 복수초로 키울 것이다. 포기하지 않을 것이다. 포기는 비겁함이다. 비록 지금의 조선이 옥비녀를 빼고 잠이 들어도 밤마다 님 기다리며 서리서리 이불을 펴고 밤을 지새울 것이다. 흐르는 눈물을 찍어 붉은 도장으로 印을 선명하게 새길 것이다. 조선에서 하늘까지 붉은 길을 펴고 새로운 숲을 건설할 것이다. 지금은 말이 죽고 소리가 죽고 시력이 죽어 있는 듯 침묵 속에 가라앉았지만, 곧 머지않아 일제의 행동이 부질없음을 보여 줄 것이다. 한때의 야심이 저 동백꽃봉오리같이 추풍낙엽으로 목이 꺾일 날을 반드시 만들 것이다. 일본이 탐한 조선은 주인에게 돌아오고 일본 가슴에 한 가마니 적막 씨와 한 가마니 부질없음 씨를 눈가루처럼 뿌려 줄 것이다. 조선의 머릿속에 수정처럼 맑은 새소리를 우짖을 그 날을 짜고 있다. 일본에 나라를 팔아먹고 배를 실컷 채운 귀족 76명이 새로 생겨난다. 작위와 노예 대가의 상금을 두둑하게 받아 잘나서 서러운 위인들 망국의 길에서 충절은 목놓아 울고 있다. 자손만대 후손들에게 콩나물시루처럼 검은 보자기를 씌워 빛 한 방울 못 보게 할 그 이름도 찬란한 매국노. 섬나라 사전에는 오류가 많다. 무서움이란 낱말이 빠져있다. 무섬! 선대로부터 전수되지 않은 언어다. 무서움을 모르는 섬나라니까 저들 사전에는 오를 수가 없다. 대륙의 길로 달려가는 길에 제국의 꿈을 심고 있다. 말갈기 세워 광활한 푸른 초원을 달리는 말발굽 소리가 온 천하를 흔들어대며 뭍으로 그리움이 뼛속 깊이 사무친다. 야망의 동공은 용광로에서 타오르는 불꽃보다 더 이글거린다. 총칼로 무장한 군국제일주의 붉은 머리띠 둘러매고 오직 하나로 전진만을 외치며 가슴에 불을 지른다. 언제 어디서나 자나 깨나 한결같은 정신은 제국의 법도다. 거침없는 꺼질 줄 모르는 야욕의 대장정. 눈앞에 삼삼이는 대로에는 봄 여름 가을 겨울 사계절마저 누 만년 세월 붓질 된 고유한 빛깔을 잃어버리고 울 수 있는 시간조차 압류당하고 있다. 하늘은 말없이 눈만 깜박이더니 하루의 반나절은 시커먼 구름으로 불편을 드러낸다.

5백여 년 이어오던 조선왕조

　이 조선을 보라! 바로자라푸른 바로자라푸른 수없는 고통 속에서도 굽지 않고 자라 온 조선이 바람 앞의 촛불 같은 운명이다. 망각의 터널 속에 고이 접어두었던 한가한 시절을 꺼내 보며 그래도 시들어가던 나라는 아등바등 몸부림치며 새로운 단장을 한다. 국호를 대한제국으로 새 간판을 달았다. 일본의 야심 찬 대륙진출에 징검다리가 되는 대한제국은 귀신 칼 휘두르는 소리에 시름겨워 가슴앓이는 돌덩이로 굳어간다. 욱일승천 기세로 정복의 동상연습 달달 외우고 이윽고 노일전쟁에서 승리를 거둔 일본. 무릎 꿇은 러시아는 말문을 닫아버리고 벙어리 행세를 한다. 호칭 하나야 한 단계 올라 우쭐할 수도 있지만, 겉 다르고 속 다른 교활이 지어낸 황제의 나라, 연호가 광무(光武)로 변했지만, 이 모진 기억의 한 모퉁이를 돌아 구겨진 악보를 든다. 제 자리를 못 찾아 안절부절 모가지에 걸려있는 생선 가시처럼 따끔거려 가시를 빼낼 방법을 못 찾고 있다. 벙어리 같은 음 고음도 모르고 저음조차도 제대로 모르는 최악의 음자리표, 호랑이를 사슴이라고 말해야 하는 지금. 잎사귀를 뿌리라고 지글지글지글 말하는 일본의 행패가 꼬리를 내리고 사라지는 날은 언제 올까? 매일 어둠으로 목을 헹궈내며 목청을 가다듬고 목청을 허물었다 다시 쌓으며 상상을 불안으로 몰고 간다. 아무리 노력하며 애써도 덜컥덜컥 돌부리에 걸려 넘어진 말에도 허공에서 떨어져 추락한 말에도 그들이 부르면 응답을 해야 한다. 왕후는 황후로 왕세자는 황태자로 대원군은 대원왕으로 황제는 폐하로 황태자는 전하로 과인은 짐(朕)으로 바꾸어 부르며 그들의 합창에 가짜 가사를 덧입혀 불러야만 한다. 비록 가사는 바꾸어 부르고 있지만, 그 당차고 야무진 목소리는 멀리 날기 위한 가창(假唱)이다. 목소리를 나무숲에 임시로 매달아 두고 착하게 흐르는 물처럼 몸을 낮추며 젖은 날개를 말리고 있다. 날이 갈수록 일몰 뒤에 찾아드는 땅거미가 어른거린다. 생명의 강으로 흘러가야 할 마음속 얼음은 녹아내려도 비통의 눈물은 갈 길을 헤매고 목이 말라가고 있다. 식물 냄새 진동하는 숲에서 목이 말라도 이슬 한 방울 마음대로 마시지 못한 채 참고참고 또 참으며 조선의 위상과 조선을 침범하는 일본의 잔혹한 죄를 날려 보내기 위해 참아내고 있다. 악어 이빨 으르렁거리는 소리가 숲을 마구 씹어 삼키는 공포에 갇혀 통조림으로 갇힌 번데기 같은 나날을 견디고 있다. 남의 땅을 약탈한 것은 일본과 하늘이 공범이다. 어제가 그랬듯이 오늘도 시원하고 청량한 목소리를 만들기 위해 상념의 주름은 한층 더 깊은 이랑을 만들어 간다. 청량한 목소리가 떨어지기 무섭게 일본이 만들어놓은 음산한 그늘에 떨어져 희망이 사라지고 만다. 새벽을 깨우면 귓가에 웅성거리는 한숨 소리와 통곡 소리가 기습 공격하는 말발굽 소리처럼 요란하게 달려온다. 그놈들 일본의 말이 한 겹 두 겹 목구멍까지 쌓이고 넘친다. 귓구멍으로 또 쌓인다. 부끄러움이나 양심은 삭제하고 오직 욕망의 날개만 가득한 말이 너무 쌓여 우르르 무너진다. 귀지처럼 달그락거린다. 드디어 달팽이관까지 무너져버릴 것 같은 통증이 도농을 가리지 않고 강토를 뒤엎고 있다. 나무 숲들은 살얼음판 같은 눈알을 흘기며 일제에게 길을 내준다. 숲들은 겨울에게 잎을 빼앗겨 홀딱 벗고 치부를 드러내고 강물은 먹빛 하늘만 적시고 있다. 숲의 새들조차 둥지를 짓밟힌 설움에 홀딱 벗고 홀딱 벗고 구슬프게 우는 밤. 숲을 도둑맞은 조선은 누구도 온종일 기쁨 노래 한 곡 못 부르고 비 맞은 날개로 한쪽 구석에 붙어 있다. 손발은 떨리고 눈알은 더 앞으로 튀어나오고 벙어리가 되어 한 치 앞도 못 보고 있다. 빛으로 반짝이던 인심은 태풍이 훑고 간 폐허를 떠올린다. 응달진 시간들에 햇살을 불러 대접하며 말려본다. 서릿발 같은 마지막 자존심을 마중물을 넣고 안간힘으로 자아내고 있다. 망연히 바라보는 흐린 시선을 수선하고 희망 불 씨앗을 찾기 위해 혼란 속에서도 있는 힘을 다 불러낸다. 눈동자에는 하나같이 핏발이 선다. 창밖에 서 있던 공포의 그림자는 조선의 몸으로 달라붙는다. 발끝으로 지르박칙칙지르박칙칙 걸어오더니 허벅지를 길로 삼아 타고 오르다 가슴속으로 도로를 내다가 혈관을 타고 온몸을 돌아다닌다. 조선의 눈알 눈알마다 붉은 가로등을 켜고 있다. 서로의 눈알마다 비치는 불빛으로 알알이 조선 숲을 지키고 있다. 철딱서니 없는 찬바람이 휘몰아쳐 조선 숲을 흔들어댄다. 숲을 빼앗기고 광야로 내몰린 웃음을 잃어버린 백성들 머리 위로 영악한 늑대 구름이 양 떼 가면을 쓰고 도돌이표도 없는 하늘에서 제자리 걸음을 하고 있다. 늑대 구름은 양 떼의 탈을 쓰고 말갛게 자신을 헹구고 하늘 위로 올라가 양들에게 구름 풀을 뜯기고 있다. 독침 같은 시간은 잠시도 쉬지 않고 삶을 고단하고 궁핍하고 기력을 야위어가게 한다. 시침과 분침은 인정머리도 없이 예전대로 앞으로 앞으로만 가다 허기가 허기허기진다. 진파랑 뚝뚝 녹파랑 뚝뚝 떨어지는 꽃잎의 눈빛처럼 생기를 빼앗는다. 마른기침하는 영혼. 아무리 크게 눈을 떠봐도 영혼 치료 설명서는 보이지 않는다. 달빛에게 조선의 물음표를 이용한 영혼 극약 처방전을 부탁해본다. 그러나 보름달은 배추벌레들이 배춧잎 뒤로 숨듯 심장 소리 한 올도 들리지 않게 숨어버리고 반달만 이따금 늑대의 눈을 피해 금방 꺾일 듯이 짓눌러 가까스로 추스르고 있는 조선의 마음 숲에 내려와 한 문장도 안 되는 어둠을 비추다 사라져 버린다. 백성들 인심은 태풍이 훑고 간 폐허를 떠올리며 응달진 시간을 망연히 바라보는 시선으로 어수선하다. 눈동자에는 하나같이 핏발이 선다. 공포의 그림자가 얼씬거리는 찬바람 휘몰아치는 광야로 내몰린 웃음을 잃어버린 백성들 삶은 고단하고 궁핍하고 기력은 야위어간다. 설마가 사람을 잡는데 설마 일본이 바람 그물 같은 힘으로 우리나라를 포획할 수 있다고 생각하는 건 아니겠지. 그렇다면 그들의 포획 작전을 모르고 쿨쿨 자고 있는 우리의 방심을 흔들어 깨워야 한다. 방심을 인두로 지지거나 얼음 깨듯 망치로 두들겨 깨면 곁에서 설마 설마

하던 안심도 깨어날 것이다. 자신의 모국을 일본에 선심 쓰는 매국노들의 양심도 두들겨 깨야지. 우리나라를 조롱하는 일본을 무장해제 시켜 누구라도 툭 치면 스스로 무너지도록 일본을 약화시키는 애국지사들이 매국노 그들의 인생관 사상관도 다 두들겨 깨야 한다. 그래야만 일본을 물리치고 나라를 찾을 수 있다. 설마라는 방심에서 오늘의 사태를 겪는다. 설마와 방심은 쌍둥이처럼 따라다니며 작게는 개인에게 불행을 몰고 오고 크게는 나라를 잃어버릴 만큼 큰 불행도 몰고 다닌다. 일본이 쳐 놓은 포획 작전을 우리의 방심과 설마를 끊어내고 든든한 밧줄로 모두 포획해야지. 주머니 속에 든 송곳을 일본 너희들은 보지 못했지. 물고기들은 죽기 전에 사방 유리를 통해 땅에 사는 사람들을 맘껏 구경하며 황홀경에 빠지다 죽는 법이다. 일본 너희들은 수족관 물고기임을 잊지 말라. 썰물이 지나간 갯벌에 게들의 떨어진 발들처럼 너희들은 조선에서 나갈 때 너희들의 다리 한 쪽씩 잘려 게거품을 뱉어내며 아픔을 호소해야 할 것이다.

정의의 총성

2

대한제국-구각(舊殼)을 벗는 길목에서

계절 끄트머리에서 마지막 길을 바라보는 나뭇잎을 다독이고 돌아서는 그믐달 빛이 우두둑우두둑 톱니 같은 이를 갈고 있다. 돌아서는 그믐달 빛이 스쳐 가는 밤바람 소리에 사위는 소슬히 몸을 낮추고 있다. 가을걷이가 끝난 빈손의 들판은 시간의 구절양장(九折羊腸)을 소리 없이 꺼내놓고 마음이 가난한 사람들에게 들려주고 있다. 논은 황금빛을 베어내고 몸살을 앓는 침묵을 심는다. 침묵 속에서 자라나는 쓸쓸함은 고요를 연주하고 있다. 벼를 떠나보낸 논은 우주의 유목민으로 살아가는 가을 철새들을 불러 모은다. 벼 이삭으로 배를 채우기에 한마당 잔치를 벌이는 새 떼들. 바람의 땀 냄새가 촘촘촘촘 박제되어 있는 허수아비는 붙박이로 지평을 지키고 있다. 허수아비는 일터를 잃어버려 졸지에 백수가 된다. 백수로 전락한 빈민은 사치다. 백수의 얼굴에 수심이 너덜거리고 있다. 무사태평은 촌스러운 말이다. 단식으로 도를 닦는 수도자는 홀로 서서 흔들리지 않아 살갗은 꺼칠해도 눈빛은 광채가 난다. 삶의 길에는 일찍이 허수가 많음을 안다. 허수의 원조인 허수아비는 무슨 일을 만나도 놀라워하거나 까무러치거나 그런 일은 괄호 밖에 일이다. 물에 물 탄 듯 덤덤한 표정에 이골이 난 허수아비가 찬 바람을 덮고 섰다. 싫어도 내 땅 미워도 내 땅에 별별난 파문이 일어나 몸도 마음도 깡그리 기진맥진한 백두대간에 살 내음 섞은 눈동자 꺼지지 않을 노여움의 아우성마저 구차스럽다. 미친년 널뛰듯 광기로 시시각각 조여 오는 노예의 시간에 한반도는 편두통을 앓고 있다. 매일같이 일기를 적으면서 나라 구하는 기원으로 우주의 떠돌아다니는 기운들이 조선의 땅으로 내리길 간곡하게 빌면서 공부도 열심히 했다. 잠도 버리고 미친 듯이 밀고 나가자 탄력을 받은 속도는 멈출 줄 모르고 전속력으로 달려 드디어 프린스턴대학에서 「미국의 영향 아래의 중립론」이란 논문으로 박사학위를 받았다. 6년 동안 워싱턴대학 하버드대학 프린스턴대학 세 학교를 부지런히 다니면서 잠을 반납하고 손가락에 굳은살을 키우면서 쉬지 않고 공부를 하고 열 개의 발가락이 다 부르트도록 뛰어다니며 학문과 씨름했다. 아니 어쩌면 학문과의 씨름보다는 조국을 구하기 위한 씨름이라는 표현이 더 적절하다. 오로지 순수함이 목적과 동행을 하고 수학의 열공으로 자신이 미국이란 나라의 문화와 정신 선진국의 세포까지 다지는 계기가 된다. 서른다섯 살에 프린스턴대학교 윌슨 총장으로부터 철학박사 학위를 받은 다음에야 서른다섯 붉은 혈기에 자신감과 탄력이 붙고 세상이 조금씩 눈 안으로 들어오기 시작한다. 윌슨은 말했다. *이승만은 타고난 수재다. 애국심도 타의 추종을 불허한다. 그 결기 잊지 말고 조국을 위해 쓰도록.* 윌슨의 말에 이승만은 또 한 번 두 주먹을 따다다닥 소리가 나도록 쥐었다. 물과 바람과 햇살이 골고루 잘 배합된 환경이 아닌 아무것도 풍족하지 않은 척박한 곳에서 오로지 자신의 힘으로 물과 바람과 햇살을 당겨내는 무소불위의 힘을 가진 나다. 그래 하면 된다. 마음을 다지고 재미교포 조직이었던 국민회에 가입해서 열심히 활동한다. 활동하면서 배우고 느끼고 경험한 모든 것들을 보자기에 싸 들고 고국으로 귀국해 나라를 건져야 한다. 미국의 물과 공기와 햇살을 마음껏 마시고 배우고 세포 속까지 집어넣고 금의환향해 조국을 변화시켜야 한다. 미국이란 거대한 땅덩어리에서 본 눈에 비치는 조국은 크기부터 초라함을 느낀다. 약소국이란 절망감마저 들자 심장은 더욱 붉게 뛰기 시작한다. 자신이 저술해 독립운동하는 데 필사해서 쓰긴 했지만, 책은 미국에서 처음으로 출판했다. 그건 빙산에 일각밖에 되지 못함을 느낀다. 인간이란 약한 자에게는 동정심이 발동하지만 강한 자에게는 맞서고 싶어 하는 심리가 몸속 세포에 섞여 있는 법이다. 그 약자가 조국임에는 더 이상 무슨 말을 하겠는가. 인간은 생각하기에 따라서 현실이 전혀 달라 보인다. 어디서 어떻게 보느냐에 따라서 크기도 모양도 빛깔도 모두 달라 보이는 법이다. 그렇다면 이렇게 보면 약하고 작고 보잘것없는 점 하나에 불과한 나라지만 저렇게 보면 강하고 크고 세상 어떤 나라보다도 강한 민족이 될 수 있다는 것이다. 때로는 벌을 받은 사형수가 때로는 죄를 죽이는 사형수가 될 수도 있는 법이다. 툰드라 지역에 목이 긴 한대와 목이 짧은 온대가 끊임없이 대결하며 버티듯이 그렇게 시간을 보내서는 안 되는 일이다. 경계선에 조국의 이름을 새겨놓고 투혼을 살려야 한다. 이승만은 조국에 가서 독립정신을 심어주고 일본이 어떻게 움직이는지도 알아봐야 한다는 결심을 하고 주머니를 뒤지자 차비 정도는 될 것 같아 짐이라야 몸뚱이 하나이니 여비만 있으면 된다는 생각에 뉴욕항을 출발한다. 런던 파리 베를린 모스크바 만주를 거치면서 이승만은 그 나라들의 자유로운 평화가 피어오르는 푸른 하늘을 보니 빼앗긴 조국 생각에 머리에 또다시 열꽃이 화르르 피어올라 견딜 수가 없었다. 조국을 떠난 지 6년이 다 되어가는데 설레는 마음은 1㎝도 없고 안개 속에 갇힌 것처럼 멍하기만 했다. 서울에 도착해서 나라 안을 다니며 둘러보니 조선 민족이 아닌 서양 사람이 걸어 다니는 것 같아 놀랐다. 첫째 상투가 없어짐에 놀랐고 양반 쌍놈이란 것이 사라진 것 같았고 상상도 못 하게 변한 것에 내심 기분이 좋기도 했다. 이제 평등한 사회가 되어가려나. 그렇지 왕조시대를 이제는 보내야지. 그리고 일단 국민들이 글을 배우고 좀 깨어야 한다. 그렇지만 저 일본이 저렇게 쌍불을 켜고 한글을 못 가르치게 하니 어쩐다. 무엇부터 해야 지름길이 될지 팔베개를 하고 조용히 생각한다. 일단 무엇이든 해야 한다. 생각만으로는 안 되고 행동으로 하면서 생각을 늘려나가야 한다고 돌아다니고 종로에 기독교청년회(한국 YMCA)에 총무 겸 학감에 취임했다. 취임해서 교육을 시키고 기독교 전도 활동도 했다. 그리고 청년 선교를 위해 발행한 책도 번역출판 했지만 실제로 하는 일은 오로지 어떻게 하면 일본에서 나라를 빼앗아 올까 하는 데만 치중했다. 한 달이 넘게 전국 순회 전도를 다니면서도 이승만은 오로지 머릿속에 나라 찾는 방법만 가득했다. 그렇게 거리 행진을 하며 **뭉치면 살고 흩어지면 죽는다. 우리 하나로 뭉쳐 조국을 건집시다. 그것만이 우리가 살길입니다.** 목이 타도록 크게 외치며 강조하는 이승만의 패기 있고 우렁우렁한 외침은 국민의 귓전으로귓전으로 마구 파고든다. 그렇게 또 세월은 늘 그 자리에 머무르건만 사건들은 끊임없이 변화하여 사라지고 생기고를 반복해 세모가 밝는다. 한국이 아무리 어렵고 힘들어도 해는 조금의 시차도 없이 뜨고 지고를 반복할 뿐이다. 이승만은 6년이란 긴 세월 동안 끊임없이 눈과 귀를 열고 미국에서의 문화와 학문과 여러 가지를 열성으로 몸에 익힌 덕분에 교포들은 이승만을 우상으로 만들고 있었다. 교포들은 우상을 초청해 지도자로 추대하기에 이른다. 국제 정세는 불안에 불안을 안겨다 주고 한 치 앞도 내다볼 수 없다. 그 와중에 전무식과 구국이라는 방법론에서 서로 의견충돌이 생기기 시작한다. 이승만은 교육과 외교로 나라를 찾아야 한다는 주장인 반면에 전무식은 무력으로 쟁취해야 한다는 주장이어서 개성이 강한 두 사람은 정점을 찾지 못한다. 서로의 생각은 극과 극으로 치달아버리고 만다. 결과적으로 끝과 끝은 만나지 못하고 먼 거리를 만들고 만다. 모두 나라를 위한 마음은 하나지만 방법이 다른 이유로 둘은 결국 내 말과 네 말이 다름을 인정하지 못하고 서로가 내 말이 옳고 상대의 말이 틀렸다는 생각에 착지해서 얼굴을 붉히는 지경까지에 이른다. 조금의 절충이 모자라 두 사람 사이에는 아프고 쓰라린 결별의 순간이 오고 만다. 정치 지도자로서 자격을 미국에서 국민회와 학문과 드넓은 미국이란 먼 나라의 크나큰 문화 속에서 몸소 부딪치며 갖추려고 노력한 이승만. 그 여파를 조국에서도 알아보는 이도 있지만, 국내에만 있어 세상 돌아가는 것을 모르는 전무식을 단시간에 설득시키기란 불가능해 답답했다. 여기저기서 부름을 받아 눈·코 뜰 새 없이 바쁘게 시간을 쓴다. 박공산은 이승만에게 함께 나라를 구할 것을 요청한다. 공산당의 지도자가 돼 달라고. 그러나 이승만은 망설이지 않고 손사래를 친다. 가슴이 먹먹하다. 그는 공산주의를 원하는 사람들이고 또 좌익진영의 실력을 갖춘 자들이라 더 가슴이 아팠다. 이승만은 김구와 김규식의 도움이 절실해 요청했지만, 이 두 사람은 상하이에서 돌아오지 않는다. 그렇다면 우선 할 수 있는 일부터 찾아서 계획을 세우고 차근차근히 해나가야 할 것이다. 마음을 정리한 이승만은 우선 기독교 청년회(YMCA) 일을 맡고 제일 먼저 황성기독교청년회(YMCA) 청년부 간사이자 감리교 선교사로 활동한다. 한국 청년의 조직적인 교육과 기독교 전도 사업에 온 정성을 쏟아붓는다. 모난 돌은 늘 정을 맞는 법이다. 일본인의 눈엣가시가 되기 시작한다. 전도 사업을 열심히 하던 중 뜻하지 않게 일본은 '기독교 음모 사건'이라는 사건 조작의 굴레를 만들어 중심인물이 되고 영향력이 있을 만한 유명한 기독교 지도자 1백 5명을 체포한다. 이승만은 미국인 해리스의 신원 보증으로 위기를 모면한다. 일제는 계속해서 압박한다. 끝없이 이유를 붙여 조여 오는 압박을 더 이상 활동하며 견디기가 어려워짐을 파악한 이승만은 다시 미국으로 건너가야 함을 느낀다. 4월 감리교 선교부의 도움을 요청하여 미국 미네소타에서 열린 국제 감리교대회 참석을 빌미로 미국으로 다시 날개를 펼쳐 날아갈 작심을 한다. 일제는 무슨 협회니 단체만 보면 위협을 하고 빌미를 만들어 체포하겠다고 겁을 주었다, 연설 도중 일본에서 체포령이 떨어지자 국제 기독교 감리회 총의 한국 평신도 대표로 참석했다며 미국 선교사가 말해 체포는 면했지만 늘 그림자처럼 따라다니며 감시를 하는 일본에 이승만은 머리가 돌 것 같다는 생각을 했다. 너무 감시가 심해 한국에서는 도저히 조국을 찾는 일에 진전을 볼 수 없을 것 같아 이승만은 선교사에게 감리교 총회 참석을 위해 미국에 간다는 핑계를 만들어 1912년 3월 26일 다시 미국 망명길에 올랐다. 조국 생활 1년이 넘도록 허송세월만 하고 희망 한 톨도 줍지 못하고 다시 조국을 떠나야 하니 서글픔이 또 밀려왔다. 미국으로 가는 길에 일본에 들렀다. 도쿄 조선기독교청년회(YMCA)를 가니 일본에게 별 의심을 받지 않고 갈 수 있었다. 일본에 있는 조선기독교청년회(YMCA)에 드나들며 나라를 찾으려 움직이는 사람들이 100여 명 된다는 말에 일말의 희망 빛이 보였다. 기쁜 마음이 조금 생겨 다시 일본에서 미주로 가기 위해 배를 탔다. 그때 함께 탔던 감리교 메리만 해리스 감독과 함께 앉아서 일본의 조선통치에 대한 불합리와 미국의 태도에 대해 많은 논쟁을 벌이며 갔다. 해리스는 이승만에게 이승만 당신은 일본의 통치를 받아들이고 거기에 협조하며 살아갈 수 있도록 노력하는 게 당신 신상에 좋을 것이요. 하고 떫은맛의 개살구 같은 말을 했다. 그 말에 입은 떫은맛으로 한 짐이 되었다. 이승만은 열이 있는 대로 받아 숨이 막힐 것 같았지만 침을 꿀꺽 삼키고 침착한 척 말한다. 해리스 씨는 일본에 완전히 물들었을 뿐 아니라 한국을 아주 무시하는 발언을 하는군요. 불난 곳에 기름을 붓는 일은 그다지 좋은 일이 못 될 겁니다. 그러고도 당신이 기독교의 박애 정신을 말하며 전도를 하고 다닌다고 말할 수 있습니까? 어서 사과부터 하시오. 만일 그렇지 않는다면 나는 당신을 기독교를 믿는 사람이 아니라 악마의 대장이라고 말할 것이오. 하고 침착했던 얼굴이 벌겋게 달아오르며 한 대치기라도 할 것처럼 험악해지자 해리스는 당황하는 빛이 얼굴에 쫙 번졌다. 그러고는 우물쭈물하더니 미안합니다. 간단한 한마디를 하고는 땅바닥에 동전이라도 줍는지 고개를 숙이고 있다. 이승만은 사과를 받고도 화가 풀리지 않는지 세상에는 늘 양지와 음지가 공존하지 늘 양지도 없고 늘 음지도 없는 것이 세상 이치거늘 잠시 햇빛이 들었다고 그늘진 곳의 식물에 다시 햇빛이 들지 않을 것처럼 짓밟지만 그늘과 양지가 바뀌는 데는 한나절이면 충분합니다. 우리 민족은 잠시 견디고 있는 것이지 당신이 말하듯 영원히 그늘이 아니란 말입니다. 햇빛이 잠시 들었다고 해서 그늘에 있는 뿌리들을 뽑고 자신들이 모두 다 차지하려고 하지만 그건 오만이고 무례입니다. 약한 풀들은 잠시 눕는 듯해도 다시 햇빛이 들면 고개를 들고 싱싱하게 살아날 것입니다. 영원한 음지는 없다는 말입니다. 그렇게 그늘에서 신음하는 민족을 핍박하는 것은 기독교의 박애 정신에도 어긋날 뿐 아니라 비겁함인 걸 탐욕에 눈이 가려 알지 못합니다. 일본으로부터 한국 독립을 기독교에서 도와주기는커녕 인정하라니 그것이 기독교인으로서의 양심 있는 말입니까? 당신들 나라가 반드시 앞장서서 우리 조선의 독립을 위해 노력하지 않는다면 당신들의 기독교는 가짜고 위선이고 허위고 사기입니다. 그러니 잘 생각하고 말을 함부로 하지 말란 말입니다. 이승만은 이처럼 나라에 대해 극도로 민감한 반응을 보이자 기독교인들 사이에도 그 부분은 쉬쉬하면서 조심하는 눈치였다. 감리교 어느 총회에서도 이승만은 조국 이야기를 꺼내 조국의 정치와 종교상의 사태에 대해 한국에 도움을 줄 것을 강조했다. 이승만은 요코하마를 떠나기 전 일본 목사가 반일적 언사를 충고했을 때를 생각했다. 반일적 언사를 하지 말라니 당신들은 남의 나라를 빼앗고도 부끄럽지도 않은가? 감히 말을 하지 말라니 존경하는 세계 나라를 대표하는 기독교인 여러분 기독교의 근본은 약한 자를 보호해 주고 도와주며 세계 평화에 이바지하는 게 목적인데 사랑은커녕 약소국이라고 깔보고 남의 나라를 짓밟으면서 언사를 조심하라는 뻔뻔한 사람이 기독교인이란 것이 하느님께 부끄럽습니다. 어서 하느님께 사죄하세요. 하고 말하자 일본의 한 고위공직자가 자존심이 상해 나가버렸다. 이승만은 자신에게 잘했다고 다시 쓰다듬어 준다. 이승만은 어떤 총회나 연설장에서도 조선의 독립은 교회의 독립성과 같다며 외치고 다녀 일본인 선교사는 이승만을 멸시의 눈으로 보았고 미국 선교사는 이승만의 눈치를 보며 말을 아꼈다. 이승만의 이 외침은 일본과 미국이 잡은 손을 기독교를 이용해 끊어보려는 전략이었다. 그러나 그들이 그것을 모를 리 없었다. 어떤 일본인은 이승만이 독립 이야기를 하는 건 기독교를 위태롭게 하는 일이라며 심한 비난을 하기도 했고 가끔은 미국 선교사들로 하여금 동정과 격려를 받기도 했다. 그렇게 이승만은 기독교를 이용해 나라의 희망을 찾기 위해 철저한 독립정신으로 열심히 뛰었다. 일본인들도 가끔 부끄러움을 느끼는 사람이 나오자 일본은 자신의 나라 사람과 밀접하게 협력한다는 핑계를 삼아 선교 사업을 보호한다며 이승만이 반일적 언동으로 기독교를 물들게 한다며 이승만을 선교에 나서지 못하도록 길을 폐쇄하는 악랄함을 보였다. 그렇지만 이승만은 미주의 각 지역을 돌며 미국 교포들을 만났고 동포들은 이승만에게 많은 도움을 주기도 하고 애국심에 감탄하며 손수건으로 눈물을 닦기도 하고 했었던 기억을 살리며 다시 그 사람들을 만났다. 앞으로 조국을 위한 어떤 조언이든 실낱같은 희망이라도 있으면 일일이 메모를 해가며 들었다. 나라를 찾으려면 이 정도 시련을 겪지 않고는 안됨을 알면서도 이승만은 지쳐갔다. 그러자 옛날 신(神)과 인간이 함께 살던 시절 이야기가 떠올랐다. 과수원 주인이 신을 찾아와 간청했다. *저한테 한 번만 1년 날씨를 돌릴 수 있게 맡겨 주십시오.* 신(神)은 어리석기 끝이 없는 그에게 무엇 *때문에 그러느냐?* 고 묻자 농부는 *이유는 묻지 마시고 그냥 딱 1년만 천지(天地) 일기 조화가 저를 따르도록 맡겨 주십시오.* 간곡하게 조르자 호두 농사를 짓고 있는 농부에게 신은 *그래 딱 1년 만이다.* 라는 단서를 붙이고 1년 동안 날씨를 농부가 마음대로 하게 해 주었다. 농부는 신이 났다. 농부가 햇볕을 원하면 햇볕이 쨍쨍했고, 비를 원하면 비가 내렸고 바람도 없고 천둥·번개도 없이 아주 순조롭고 평화로운 날씨였다. 그렇게 시간은 흘러 가을이 왔다. 호두 농사는 대풍년이 들었다. 농부의 얼굴빛은 어느 때보다 풍년스럽게 변해서 호두를 산더미처럼 쌓아 놓고 흐뭇해했다.

그러나 그건 거기까지였다. 호두를 깨물어보니 알맹이가 하나도 없이 텅 비어 있었다. 산더미 같은 호두는 모두 껍질뿐 알맹이가 하나도 없자 호두 주인은 신(神)을 찾아가서 어찌 된 영문이냐고 항의를 했다. 그러자 신은 하하하하 웃으며 대답했다. 이봐 시련이 없는 것에는 알맹이가 들지 않는 법이라네. 폭풍이나 천둥·번개도 있고 가뭄도 있고 비도 오고 바람도 있어야 껍데기 속의 영혼이 여문다네. 하고 대답했다는 그 이야기를 책에서 읽은 기억이 났다. 그래 이렇게 혹독함을 이겨야만 나의 조국을 찾을 수 있고 열매를 맺을 수 있으니 이 폭풍 천둥 번개 소나기 가뭄 모두 잘 견뎌내야 해.라고 이승만은 또 위로 4천 킬로그램을 마음속에 쟁여둔다. 땅이 꺼져도 솟아날 구멍은 있다고 이승만은 은사인 윌슨 민주당 대통령 후보를 찾아가기로 마음먹고 찾아갔다. 설마 스승이 대통령이 되겠다는 큰 생각을 품은 자가 제자를 모르는 체하지는 못할 것이다. 좋은 쪽으로 생각을 하고 스승을 찾아간다. 다행스럽게도 은사이기에 이승만을 모른 체하지 못했다. 이승만은 은사에게 깍듯이 예를 갖추며 스승님 청이 있어 찾아왔습니다. 제발, 우리 조국의 독립을 위해 지원해 주십시오. 많은 걸 바라지 않습니다. 조국의 독립은 정당한 권리인데 제가 힘이 없습니다. 그러나 조국을 저리 일본에 빼앗기고 손 놓고 있을 수 없지 않습니까? 존경하는 은사님의 조언을 구합니다. 은사님의 힘이 꼭 필요합니다. 두 손을 가지런히 모으고 얼마나 간절함으로 말하면서 울음에 젖은 목소리로 말하면서도 목이 메어 중간중간 말을 끊으며 인절미에 콩가루를 묻히듯 간절함을 묻혀서 하는 모습을 보며 윌슨은 눈물이 울컥 쏟아지려는 걸 간신히 참으며 제자의 애국심에 숙연함을 넘어 존경스러웠다. 윌슨은 생각한다. 조선이 이승만 같은 인재를 낳아 기르고 있으니 앞날이 밝을 것 같다는 생각을 하며 묻는다. *자네가 내게 무엇을 원하는지 내 알겠네. 내 자네의 스승이 되어 어찌 자네의 청을 거절하겠나. 힘닿는 데까지 자네의 조국을 도와주겠네.* 하니 드디어 이승만이 고개를 들었다. 그의 눈은 그 짧은 사이에 눈물범벅이 되었고 연신 흘러내리는 눈물은 둑이 터진 듯 아직도 흘러내려 옷 위로 뚝뚝 떨어지고 있었다. 윌슨은 자신의 주머니에서 손수건을 꺼내 이승만의 얼굴을 직접 닦아 주었다. 이승만은 손수건이 이렇게 보드라울 수 있나 생각하느라 눈물을 다 닦도록 그냥 있었다. 윌슨은 손수건을 손에 든 채 이승만의 어깨를 토닥토닥 두들겼다. 따뜻했다. 그동안 서러움이 복받쳐 이승만은 다시 고개를 숙이고 흐느꼈다. *그래 울고 싶을 때 실컷 울게. 나라 잃은 설움이 얼마나 큰지 내 겪지 않아 모르겠지만 자네처럼 강단 있고 똑똑한 사람이 조국을 위해서 이렇게 우는 걸 보니 내가 작은 힘이나마 자네 조국을 위해 꼭 보태주겠네.* 했다. 윌슨도 눈시울이 붉어져 있었다. 이승만은 맨바닥에 꿇어앉아서 *고맙습니다 정말 고맙습니다.* 외쳤다. 방안에 햇살 한 가닥이 창문을 열고 빼꼼 들여다보고 있었다. 그렇게 윌슨이 써준 독립을 위한 추천서를 들고 워싱턴과 각지를 돌아다니면서 한국의 독립을 목청이 터지라 호소하고 다녔다. 1912년 8월 14일에는 네브래스카주 헤이스팅스에서 소년병 학교를 경영하고 있는 전무식을 다시 찾아갔다. 의기투합이 어려울 걸 알면서도 이승만은 그를 다시 한번 설득하였다. 뜻밖에도 미국에 온 전무식은 생각이 바뀌어 있었다. 전무식과 조국의 내일을 찾아올 빛을 찾아 나설 진로를 토의하고 힘을 합하기로 결의했다. 그리고 첫 번째 한국인이 가장 많이 살고 있는 하와이를 독립운동 기지로 삼자고 합의하고 단 한 사람이라도 입에서 입으로 독립을 외쳐 기를 모으자고 목에 피가 나도록 거리를 다니며 외쳤다. 1913년 2월 하와이 호놀룰루에 활동 근거지를 옮겨간다. 어영부영 지리를 익히고 주위를 둘러보는 사이에도 시침은 변함없이 달려가 시간은 8월로 달력을 넘겨놓고 있다. 이제 여기서 무엇인가를 해야겠다고 다짐한 이승만은 한인감리교회의 '한인 기독학원'을 운영하기 시작한다. 또한, 잡지도 있어야 자신의 발언을 하고 나라를 독립시키는 일이 빨리 다가오리라는 생각으로 '태평양 잡지'를 발간하기로 마음먹음과 동시에 발간한다. 105인 사건 실상을 다룬 한국교회 핍박을 저술한다. '한인 기독학원'을 '한인 중앙학원'으로 개명하고 민족교육과 선교를 중심으로 활보하며 가르친다. 세상 어느 땅에 지뢰를 의심하지 않고 발을 디딜 수 있을지 국적이 바뀐 이승만의 꿈은 싱싱하고 푸르른 객지를 떠돌면서도 끊임없이 또 다른 꿈을 키우는 일을 놓지 않는다. 꿈도 사치인 현시대에 사치를 꿈꾸고 있는 것이다. 사치에는 숙성된 희망이 하얗게 빛날 날이 있을 거라는 상상을 하면서. 이승만은 뛰는 맥박에 손가락을 대어 짚어본다. 일정한 시간으로 끊임없이 발딱발딱 뛰고 있다. 결심도 저 맥박과 같이 한 결같이 맥박이 멈출 때까지 뛸 것이다. 그렇게 독립을 위해 밤낮없이 뛰어다니던 이승만은 고국의 정세가 어떻게 돌아가는지를 알기 위해 1913년 잠시 귀국을 해야겠다고 마음먹고 아버지께 연락하자 아버지 이경선은 귀국하지 말고 미국에서 조국을 위해 애써야지 조국에 와서는 아무것도 할 수 없다는 연락을 아들에게 보냈다. 한편, 이승만의 헤어진 아내는 무릎이 다 닳도록 기도하며 절에서 공양주(供養主)를 하면 업이 가장 많이 닦인다는 말을 듣고 자청해서 공양주를 하며 나라를 위해 객지에서 고군분투하는 이승만의 무사함을 간절히 기원하고 있었다. 주지 스님이 어느 날 이승만의 전 아내 박씨에게 물었다. 무슨 사연이 있어 그렇게 간절하게 기도를 올리며 공양주를 자청하시는지요? 제가 사랑하는 사람의 무사 무탈을 기원합니다. 그 사랑하는 사람이 누구입니까? 그걸 말하기는 곤란합니다. 그렇지만 누구인지 알아야 저도 함께 기도를 올려드리지요. 하자 박씨는 실은 이승만이 저의 전 남편이었습니다. 지금은 헤어졌지만 잠시 인연이 끊어진 것뿐이지 가슴에는 아직도 인연 줄이 감겨 있습니다.라고 말하며 눈물을 흘렸다. 스님은 박씨의 말을 듣고 보이지 않는 저 음덕(陰德)이 이승만이 어떤 위험에 처해도 잘 헤쳐나갈 수 있는 힘이 되는 걸 아는 이는 부처님밖에 없으니 인간이 만물의 영장이란 말은 헛말인 것 같은 생각이 들었다. **보살(菩薩)님의 그 극진함이 아마도 미국에 있는 그분에게 당도해 그분이 독립운동하는 것을 도울 것입니다. 관세음보살 나무아미타불!** 하고 두 손을 합장하고 목탁을 두드렸다. 목탁 소리가 훨훨 날아올랐다. 마치 날개를 달고 미국으로 건너가 이승만을 도울 지원군이라도 되려는 듯. 이승만은 말로만 기독교지 모두가 아집에 가득 차고 박애 정신에 바탕을 둔 근대 시민 사회를 건설하기 위해 프랑스에서 일어난 시민 혁명을 생각했다. 프랑스 대혁명은 1789~1799) 10년 동안 일어난 혁명이다. 귀족과 성직자가 특권을 누리고 농민과 부르주아는 억압을 받는 봉건제를 타도하는 혁명이었다. 루이 16세의 부패하고 무능한 정권에 맞서며 파리의 시민들이 바스티유 감옥을 습격하면서 혁명의 북을 두드렸다. 이 혁명이 일어나게 된 것은 마리 앙투아네트 목걸이 사건 때문이다. 1772년 루이 15세의 애첩인 뒤 바리 부인을 위해 다이아몬드 목걸이를 만들었으나 루이 15세가 죽는 바람에 판매되지 못하자 라 모트 백작부인은 뵈머에게 접근한다. **나는 왕비의 측근인데 마리 앙투아네트가 이 목걸이를 사고 싶어 한다고.** 말한다. 머리 회전이 번개보다 빠른 뵈머가 이 기회를 놓칠 리 없다. 그는 라 모트 백작부인의 말을 믿고 목걸이를 만들기 시작한다. 그리고 둘은 합작해서 목걸이를 루이 16세의 왕비인 마리 앙투아네트에게 1억 리브르에 달하는 목걸이를 팔려고 했으나 그는 목걸이를 사지 않았고 라 모트 백작부인과 뵈머는 이를 빌미로 사기를 쳤으며 이 사실을 안 프랑스 국민은 왕실의 부패에 분노하여 대혁명의 도화선이 되었고 라 모트 백작부인과 뵈머는 사기죄로 체포되어 처형되었으며, 마리 앙투아네트는 이 사건에 연루되지 않았다고 결백을 주장했지만, 국민의 신뢰를 회복하지 못했다. 마리 앙투아네트는 *굶주린 백성들에게 빵이 없으면 케이크를 먹으라고 말한다며* 부정적인 이미지를 만들어냈고 죽음에 대한 두려움 없이 사치스러운 생활을 했다고 사탕을 먹으면서 단두대에 올라갔다고 이미지화했고 결국 1793년 1월 21일 국민 공회가 루이 16세를 단두대에서 처형했다. 그녀의 삶은 세상 사람들에게 남긴 영향은 컸다. 기독교 역시 박애 정신을 버리고 자신의 이익만 생각한다면 프랑스 혁명 같은 혁명이 일어날지도 모른다는 생각을 한 이승만은 종교의 참된 신앙을 위해 한 달 동안 '한국교회 핍박'이란 글을 집필해 출간했다. 그 바쁜 와중에 하와이 감리교회의 한인 기숙 학교 교장직에 추천되어 취임했다. 또 한인 기독학원의 원장직도 겸했다. 이승만의 이런 활동은 오직 조국을 구하는 일에 바탕을 두고 있어 이승만과 미국 감리교 선교부 사이에는 교육방침을 놓고 갈등을 빚을 수밖에 없었다. 즉 미국 감리교 선교부는 한인 학생들을 하와이 사회에 완전히 동화시켜 미국화하려고 했고 이승만은 한인 학생들에게 한글, 한국 역사, 한국 관습을 가르치는 일이 시급함을 알기에 한국의 모든 것을 가르쳐 장차 한국의 국권 회복 운동에 공헌할 수 있는 인물이 될 수 있도록 교육하기를 원했으니 언제나 언쟁이 있고 이승만은 화가 나서 미국 감리교 선교부에 *정신 빠진 소리 하지 마라. 당신들은 편안하게 조국의 품에 사니까 그렇게 기독교를 취미로 생각하겠지만 우리는 먹고 자고 일할 일터를 일본에 빼앗긴 마당에 그렇게 한가하게 취미생활을 할 정신이 아니다.*며 당당하게 맞섰다. 끊임없는 정쟁으로 치달아도 도무지 뜻을 꺾지 않자 이승만은 미국 감리교 선교부의 방침에 반발하여 한인 중앙학원 원장직을 그만두었다. 그만두었어도 또 다른 길을 찾아야 한다고 생각한 이승만은 곧바로 '태평양 잡지'를 창간했다. 그리고 청일전기 등의 홍보물을 간행해서 언론 출판 활동을 하기 위해 기지개를 켰다. 단 한 시도 시간을 소홀하게 보낼 수 없음이다. 시간이 흐를수록 일본은 미국과 함께 어떤 계획을 시도할지 알 수 없기에 분명 거대한 바위들이지만 그 바위를 깨버릴 방법을 하늘이 내려 줄 것이라 굳게 믿는 이승만은 틈만 나면 기도를 했다. 썩어빠진 기독교가 아닌 신성한 하느님께 기도했다. *하느님 오직 나라를 구해 주시어 백성들이 내 나라에서 마음껏 잠자고 일하고 먹고 살 수 있게 하소서.* 하고 빌었다. 간절한 기도 끝에 1914년 7월 29일 '한인 여자 성경 학원'을 설립했다. 어지럽고 혼란스러워 질서가 잡히지 않았고 아시아 정세의 변화와 연해주와 만주 등의 대한 인국민회 힘이 없어졌으며 갈 길을 잃어 갈팡질팡 헤매고 있던 차였다. 이승만은 사람들이 적당주의로 자신만 생각하는 것도 맘에 들지 않았으며 사람들의 역량도 문제가 많다는 생각이 들수록 수렁에 빠지는 사태를 수습하기 위해서는 지혜가 많은 여성을 교육해 조국이 가야 할 길을 모색해야겠다는 생각이었다.

정의의 총성

3

해와 달과 별 위원회를 열다

이승만은 남성들의 생각보다 가끔은 여성들의 탁월한 지혜가 세상을 바꾸는 데 더 지대한 영향을 미친다는 생각을 한다. 어둠이 음(陰)이고 밝음이 양(陽)이다. 음인 밤에는 사람의 마음이 잘 보이고 양인 낮에는 사람의 겉모습이 잘 보인다. 그렇기 때문에 음을 뜻하는 여자가 사람의 마음과 심리를 양인 남자보다 더 잘 보아낼 수 있을 것이다. 그리고 하루의 절반은 어둠의 시간이다. 세상의 절반을 까맣게 만드는 여성, 그것도 남성의 속을 까맣게 태우며 감질나게 만드는 묘한 심리의 조화를 부린다. 아무리 아름다운 것도 만일 절반이 아니라 종일이라면 질릴 것이다. 그리고 소원을 빌어도 밤에 뜨는 음인 달을 보고 빌지 낮에 뜨는 태양을 보고 빌지는 않는다. 이렇게 신비스럽게 남자가 하지 않는 월경(月經)을 하는 것이 여자인데 남성들은 무엇인가 많은 착각을 하는 것 같다고 생각한다. 유일하게 여왕이 셋이나 되었던 신라가 천년 고도를 이어갔던 것만 보아도 여자의 지혜가 때로는 남자보다 훨씬 뛰어나다는 것을 생각해 냈다. 기대가 큰 만큼 성과도 나오리라 믿지만 나오지 않는다고 해도 조국을 생각하는 애국정신을 가진 사람들이 모이는 것만으로도 성공이며 또한 여자들도 배워서 그 지식과 지혜를 조국을 구하는 데 써야 함이 옳다는 생각에서 한인 여자 성경학원을 설립한 것이다. 이승만은 밤하늘을 쳐다본다. 인간 사고의 차이가 얼마나 크나큰 차이를 가지고 오는지 왜 사람들은 모를까? 세상을 보는 눈이 시력에 따라 다르고 세상의 모든 냄새가 코 기능에 따라 다르고 세상에 모든 소리가 청력에 따라 다르다는 걸 인정하지 못하는 건 아니다. 그러나 그 각기 다른 눈과 코와 소리를 듣고 그 기능들이 좋은 사람과 나쁜 사람이 색깔이나 냄새나 소리에 대해 토론을 한다면 좋은 결과가 나오지 않을 것이다. 모두 눈도 있고 코도 있고 귀도 있기에 자신이 보고 맡고 들은 소리를 전부로 생각하지 자신의 눈과 코와 귀의 성능이 다른 사람보다 더 저하되었다고 생각하는 사람은 없기 때문이다. 지렁이는 자신의 속도로 독수리는 자신의 속도로 세상을 보기 때문이다. 우리는 조국의 위기라는 거대한 역사 앞에서 서로 조국을 위한다는 생각으로 하와이 오아후섬에도 조선국민 군단을 창설하고 한인에게 군사훈련을 시키고 있다. 그렇지만 이승만은 우리나라도 아닌 남의 나라, 그것도 일본과 한패인 미국 하와이에서 군사훈련을 시켜 일본과 군사적 대결을 한다는 것은 개미가 무거운 바위를 옮기려고 힘을 모으는 것과 같다는 생각이 든다. 저대로 가면 무고한 백성들의 피만 보고 힘만 소모할 뿐이라는 생각을 하면서 그것보다는 펜으로 인류 양심과 여론에 호소해 미국을 비롯한 서구 국가가 한국의 독립을 지지하도록 외교활동을 펼치는 것이 훨씬 효과적이라고 말했지만 그건 눈과 코와 귀가 청청한 이승만에게나 해당하는 일이고 눈과 코와 귀가 기능이 안 좋아 이승만만큼 보지도 맡지도 듣지도 못하는 사람에게 통할 리 없었다. 이승만은 그래도 우리는 끝까지 단결해야 한다는 생각으로 끝없이 시도했지만, 결과는 헛수고가 되고 말았다. 서로의 수준에 따라 본 만큼 맡은 만큼 들은 만큼의 척도가 비슷한 사람끼리 나뉘어 하와이 한인사회는 펜으로 세계 여론을 이용하자는 이승만파와 힘으로 정면돌파 하자는 전무식파로 나누어지고 말았다. 이승만은 고대 그리스 신화의 영웅인 페르세우스를 생각했다. 미케네를 건설하고 미케네의 페르세우드 왕조와 페르시아 아케메네스 왕조의 시조로 그는 다양한 괴물과 바다 괴물이자 바다 여신 수염고래를 죽이고 아이티오피아의 공주 안드로메다를 구한 전설적인 인물이었다. 그러나 페르세우스도 메두사를 보면 누구나 돌로 굳는 것을 이기기 위해 페르세우스가 필요로 한 것은 청동 방패였다. 페르세우스는 누구나 메두사를 보면 돌로 굳는다는 통념을 깨고 청동 방패 표면에 비친 메두사를 보고 다가가 메두사의 목을 벨 수 있었다. 세상의 모든 사람이 다 진다고 해도 생각을 바꾸고 견고한 가치를 수렴하면서 이기는 방법을 만들어 간다면 아무리 견고한 것이라도 이겨낼 힘이 생기는 것이다. 깨어있는 독립정신은 절대 무너지지 않아 안에서 무너지지 않는 힘은 바깥으로 나가려는 원심력을 기반하기 때문에 타락한 일본의 정신을 페르세우스처럼 청동 방패를 잘 이용하면 얼마든지 물리칠 수 있다는 생각을 한다. 열심히 두드리고 갈고 닦은 청동 방패를 역이용할 지혜를 구하기 위해서는 안에서부터 단단하게 다져지는 것이고 그 다져지는 기반은 지혜와 붓의 힘이지 무력이란 보이는 수는 얕은 수임을 모르고 있음이 답답할 뿐이다. 어둠을 꿰뚫고자 하는 마음을 다잡고 페르세우스처럼 지혜의 신이 될 수 있도록 내면의 깊이와 지혜를 마련하는 자에게만 밤을 지배하는 올빼미와 맞서 싸워 이길 수 있는 것이다. 자꾸만 독립운동가들의 생각 끈은 멀어져만 갔고 일본이 우리나라를 점령하는 끈은 점점 짧아져 미쳐버릴 것 같았다. 이승만은 또 간절하게 꿇어앉아 기도를 모았다. *저들의 무모한 생각과 행동이 우리 조국을 찾는 데 걸림돌이 되지 않고 도움이 되도록 도와주소서.* 기도가 끝나자 끈끈한 액체가 입으로 흘러들었다. 그리고는 한탄에 젖어 몸살을 앓았다. 그러나 몸살도 한가한 사람에게만 허락될 뿐 이승만은 아픈 몸을 이끌고 죽더라도 조국을 건져놓고 죽어야 한다며 힘을 달라고 또

두 손을 모으며 다시 일어섰다. 기도 덕분인지 다행스럽게도 서서히 한인사회 사람들이 이승만의 평판을 좋게 보며 이승만 쪽으로 돌아서기 시작했고 얼마 지나자 한인 사회는 모두 이승만을 신뢰하며 따르기 시작했다. 그렇게 이승만의 노력은 한인사회로부터 기독교청년회(YMCA) 한인 지부를 위한 대규모의 기부금까지 자진해서 모아다 주기까지 이르렀다. 이렇게 한인들이 돌아서서 이승만을 따르자 미국 감리교 선교부도 더 이상은 갈등을 빚어봐야 한인들만 잃게 될 것 같다는 판단을 하고 서서히 이승만에게 돌아서는 분위기가 되었다. 이승만은 호놀룰루에 신립교회(新立敎會)를 설립하고 9월 한인 여자 성경학원을 남녀공학으로 통합해 한인기독교회로 이름을 바꾸었다. 그렇게 이승만은 하와이 한인사회에 우리 민족이 단결해 나갈 수 있는 민족교회를 탄생시켰다. 이승만이 가장 먼저 한 일은 한인기독교회에 태극기를 높이 펄럭이게 하는 일이었다. 태극기를 보니 강철같은 이승만의 눈에서 눈물이 폭포수처럼 흘렀다. 교회에 사람도 모두 울어서 태극기가 눈물에 떠내려 갈까 걱정스러울 정도였다. 서로서로 부둥켜안고 울고 있자 축하를 해주러 온 미국인 선교사들도 모두 함께 울었다. 그렇게 울음바다가 썰물이 되어 빠져나가자 이승만은 울음이 섞여 아직 질척한 목소리로 여러분 애국심에 이렇게 우리나라 태극기를 걸게 되었습니다. 우리가 뭉치면 못할 일이 없습니다. 반드시 일본으로 하여금 나라를 찾아 올 수 있습니다. 그날까지 우리 매일 태극기에 경례를 하며 부지런히 한글을 배우고 공부해서 반드시 조국을 건져 냅시다. 우리는 할 수 있습니다. 대한 제국 만세! 대한 제국 만세! 대한 제국 만세! 세 번 외치고 조국을 찾는 데 목숨이 다하는 날까지 함께하자고 어깨동무를 하고 아리랑을 부르며 울었다. 하늘도 울고 땅도 울고 초목도 울었다. 이승만은 갑자기 사뮈엘 베케트의 '고도를 기다리며'가 생각났다. '아무도 오지 않고 아무도 떠나지 않고 어떤 일도 일어나지 않는다. 몸서리치게도.' 에스트라공과 블라디미르는 오지 않는 고도를 기다리고기다리고 또 기다린다. 간절하게간절하게 기도하는 마음으로 기다린다. 구원을 바라는 희망이 삶을 지탱하는 유일한 방법이기 때문일 것이다. 나도 고도를 기다리고 또 기다릴 것이다. 눈이 부시는 고도를. 이승만은 중얼거린다. 악마의 심술이 지쳤는지 붉디붉은 피 울음을 꽃대마다 켜놓고 제1차 세계대전이 끝난다. 미국의 윌슨 대통령은 세계평화와 민주주의를 선언한다. 윌슨의 민족자결주의는 어느 민족이든지 자기 나라의 운명을 그 민족이 스스로 결정할 수 있다는 내용이었으나 독일과 같은 패전국이 지배하던 식민지에만 적용되는 것. 미국이나 일본과 같은 전승국의 식민지는 대상에서 제외된다. 이런 자세한 내용을 알지 못한 상태에서 민족주의자들을 중심으로 파리 강화 회의에 민족대표를 파견하여 조선의 독립을 청원하자는 여론이 일기 시작한다. 1917년 이승만은 하와이에서 또 다른 책 『청일전기(清日戰紀)』를 출간한다. 바람은 그칠 줄 모르고 흔들린다. 고향 어느 곳에 초상이 났는지 꽃들은 대궁마다 조등을 켜 들고 북적인다. 슬픔은 뒤늦게 달려와 떨어진 꽃송이처럼 처량처량 상복을 적신다. 모두 떠나고 텅 빈 곳에서 조국을 위해 할 일을 주섬주섬 섬기며 답답한 심정을 하늘과 땅에 번갈아 뱉어놓으며 낙엽이 열매를 꿈꾸며 떨어지듯 자신도 한 알의 조국을 위한 밀알이 될 것이라고 다짐 씨앗을 심는다. 제1차 세계대전은 병사 9백만 이상의 영혼을 허공으로 날려 보낸 피의 열전이다. 지구 역사상 가장 많은 목숨을 부러트린 전쟁 중 하나다. 세계 1차 전쟁은 신제국주의가 근본적인 원인이라지만 직접적인 원인은 다른 곳에 있다. 다음 해 1919년에 있었던 파리 강화회의에 자주 국민의 독립 의지를 알리기 위해 파리로 날아가는 이 단체의 구성원들은 3.1운동에도 지대한 영향을 미치며 대한민국 임시 정부의 주축이 된다. 미국의 윌슨 대통령은 이 평화회의의 기본조건으로 열네 개의 원칙을 의제로 내놓는다. 주목주목 주목처럼 주목할 만한 것이 하나 있다. 의제 중의 하나에 민족자결주의가 들어있다. 세계질서와 열강 사이의 역학관계에 변화가 일어난다. *어느 민족이든 독립을 원하면 그 뜻에 따라 독립을 인정한다.* 이런 소중한 의제는 큰 파문을 일으키며 입에서 입으로 전염병처럼 퍼진다. 독립에 강한 뜻을 품은 애국지사들과 일본 유학생들이 바쁘게 움직인다. 찰리 채플린이 말한 *인생은 가까이서 보면 비극이지만 멀리서 보면 희극.* 녹록지 않은 현실이지만 희망을 포기하지 않고 살아야 함에 신선한 산소 같은 말을 마시며 이승만은 독립을 위해 자유를 위해 마음을 다잡는다. 이 좋은 기회를 놓칠 수 없다는 생각이 활활 타오른다. 논바닥이 갈라지는 가뭄에 소나기가 쏟아지는 청량한 말. 이 말이 희석되기 전에 얼른 받아 가슴에 품고 나라의 독립을 인정받기 위해 하루를 1년처럼 쪼개며 뛰어다니기 시작한다. 따뜻하게 불어오는 훈풍에 젖은 옷을 말릴 준비에 분주하다. 하와이 교포들과 한인 기독학원 한인들은 이승만에게 하와이 일은 자신들이 잘하고 있을 테니 걱정하지 마시고 파리 강화회의에 한인 대표로 참석해줄 것을 강력히 권유했다. 제1차 세계대전이 종결되고 전후 모든 상황을 논의하기 위해 이탈리아 강화회담이 개최되기로 결정되었다. 기회가 온 것이란 생각을 한 이승만은 가슴이 뛰었다. 길길이 뛰어 심장을 쇠말뚝에 잘 묶어두고 생각했다. 그래 하늘이 내게 준 기회야. 아니 우리나라를 찾을 기회를 준 거야, 지금 미국 대통령은 나의 스승인 우드 윌슨이 아닌가? 그 대통령이 제기한 민족자결주의 (한 민족이 다른 민족이나 국가의 간섭을 받지 않고 자신의 정치 조직 또는 귀속(歸屬)을 스스로 결정하는 일) 원칙을 선포한 것이다. 그렇지만 왜 우드 윌슨이 민족자결주의 원칙을 선포했는지 아는 이는 하늘과 땅과 우드 윌슨 대통령밖에 몰랐다. 우드 윌슨 대통령은 자신의 제자인 이승만의 학창 시절에 있었던 일을 생각하며 씁쓸한 웃음을 지었다. 조국을 찾겠다고 낯설고 물선 먼먼 타향에서 잠도 제대로 못 자고 끼니도 제대로 못 먹어 얼굴은 백지장처럼 창백하고 눈은 푹 들어가 천 리 땅밑에 움푹 팬 우물 같고 손가락은 나무젓가락처럼 살 한 점 없이 앙상하고 몸은 건드리면 툭, 부러질 것 같은 나무줄가리 같은 몰골로 무쇠처럼 일하며 뛰어다니는 제자 때문에 가슴이 너무 아파 심장이 터질 것 같던 날 제자를 위해 해줄 일이 무엇인가를 생각하다가 문득, 자신이 대통령이 되어야 한다는 생각에 이르게 된다. 정치에 관심이야 있었지만, 대통령이 되겠다는 생각은 해보지 않았다. 그러나 제자가 조국의 독립을 위해 자신의 몸도 돌보지 않고 뛰어다니는 걸 보면서 자신은 무엇인가? 하는 생각이 들었고 자신이 대통령이 되어 반드시 저 조국의 독립밖에 모르는 제자를 도와주어야겠다는 결심을 했고 그 제자 사랑에 대통령이 되었다. 그리고 가장 먼저 아끼던 제자를 도와주기로 마음먹었다. 학창시절 어느 날 이승만을 불러 *자네 고생이 이만저만이 아니라며 우리 과 학생이 자네가 어떻게 사는지를 내게 소상하게 알려 주었네. 지금 자네 나라도 그렇고 여기 생활도 녹록지는 않을 거야. 그래도 잘 참고 견디게. 자네처럼 뛰어난 천재가 있는 한 자네의 조국은 반드시 다시 일어설 거야. 내 장담하지. 이다음에 나라가 일어나면 갚는 거로 하고 내 학교에 요청해서 장학금과 박사학위 출간 비용을 내가 도와주겠네.* 하자 이승만은 바로 자리를 차고 일어서며 호의는 고맙지만, 필요 없습니다. 제힘으로 하겠다.고 박차고 나갔을 때 그 당당함과 또 그다음 제발, 우리 조국의 독립을 위해 지원해 주십시오. 많은 걸 바라지 않습니다. 조국의 독립은 정당한 권리인데 제가 힘이 없습니다. 그러나 조국을 저리 일본에 빼앗기고 손 놓고 있을 수 없지 않습니까? 존경하는 은사님의 도움을 구합니다. 은사님의 힘이 꼭 필요합니다. 두 손을 가지런히 모으고 얼마나 간절함으로 말하는지 윌슨은 그 모습에 자신이 숙연해짐을 느꼈었다. 그리도 애국심이 간절한가? 나의 제자인 것이 자랑스럽네. 그래 자네가 원하는 것이 무엇인가? 하니 드디어 이승만이 고개를 들었다. 그의 눈은 그 짧은 사이에 눈물범벅이 되었고 연신 흘러내리는 눈물은 둑이 터진 듯 흘러내려 옷 위로 뚝뚝 떨어지고 있었다. 윌슨은 자신의 주머니에서 손수건을 꺼내 이승만의 얼굴을 직접 닦아 주었고 손수건을 손에 든 채 이승만의 어깨를 토닥토닥 두들기자 그동안 서러움이 복받쳐 이승만은 다시 고개를 숙이고 흐느꼈었다. 그래 울고 싶을 때 실컷 울게. 나라 잃은 설움이 얼마나 큰지 내 겪지 않아 모르겠지만 자네처럼 강단 있고 똑똑한 사람이 조국을 위해서 이렇게 우는 걸 보니 내가 작은 힘이나마 자네 조국을 위해 보태주겠네. 했다. 그리고 자신도 눈시울이 붉어져 있었다. 이승만은 맨바닥에 꿇어앉아서 고맙습니다 고맙습니다. 외쳤다. 이날 윌슨은 한숨도 자지 못했었다. 자신의 이익이 아닌 오직 자신의 조국을 위해 맨땅에 꿇어앉아 짐승처럼 꺼이꺼이 울어대며 도와 달라고 했을 때 저 제자를 위해 내가 무엇을 해줘야 할지 잠이 오지 않았던 것이다. 그리고 저 제자를 위해 대통령이 되어야겠다고 결심을 했었다. 그리고 힘이 생기면 반드시 제자의 조국을 도와주어야겠다고 명심하고 자신이 힘이 생겼을 때 혹시라도 마음이 변절할까 윌슨은 수첩을 꺼내 다짐을 하는 의미에서 100번을 적고 적고 또 적어서 늘 주머니에 넣고 다니며 아니 제자의 울음을 가슴에 담고 다녔었다. 그리고 자신이 힘이 생기자 가장 먼저 제자에게 가슴으로 약속한 그 붉은 심장에 뛰고 있는 약속을 만천하에 선포한 것이다. 한 민족이 다른 민족이나 국가의 간섭을 받지 않고 자신의 정치 조직 또는 귀속(歸屬)을 스스로 결정하는 일 그것도 중요하지만, 그보다 아끼던 제자의 그 눈물을 닦아 줄 수 있는 일이라 생각한 것이다. 한편, 윌슨 대통령의 그런 마음을 알 리 없는 이승만은 윌슨 대통령에게 밀서를 보냈다. 민족자결론의 원칙이 정식으로 제출될 기회는 이번 강화회의 밖에 없습니다. 꼭 도와주십시오. 어서 조국을 찾아 우리 민족의 노예 생활을 청산하고 자주권을 회복시켜야 합니다. 미국에 있는 동지들도 이 구국운동을 추진시키고 있고 국내에서도 온 국민이 손 모아 기도하고 있습니다. 도와주신다면 세월이 흘러 우리 조국이 잘살게 되는 날 반드시 스승님의 조국인 미국을 도와 드리겠습니다.는 내용의 밀서를 전해주었다. 아직 윌슨이 어떤 발표를 할지 불안하고 초조한 마음을 안고 이승만은 이탈리아 강화회담에 참석하기 위해 가려고 하자 미국 국무부는 여권을 발급해 주지 않았다. 그리고 어떤 밀정의 저격을 받았으나 거짓말처럼 저격을 피하게 되었다. 여권을 발급해 주지 않자 깜깜한 먹구름이 자신을 휘

감아 비틀거리던 중 갑자기 고향의 어머니가 보고 싶어 오래된 나무에 기대어 있는데 까치 한 마리가 와서 똥을 싸서 공중에서 똥이 찌익 날아왔다. 주위를 보니 아무것도 없어 넓적한 돌멩이를 들고 옷섶의 똥을 닦는 찰나 화살이 비수처럼 날아와 그의 가슴을 찔렀으나 그 화살은 돌멩이를 맞고 땅에 떨어졌다. 너무 놀라 돌멩이와 함께 넘어지자 자객은 그 화살이 이승만의 가슴에 명중한 줄 알고 도망을 가버렸다. 그 기사는 언론에 이승만이 자객의 화살에 맞아 죽었다고 대서특필 되어 사람들은 이승만이 자객의 화살에 죽었다고 애통해하면서 우는 사람도 많았다. 그러나 이승만은 멀쩡하게 살아남았다. 이승만은 그 까치가 어머니가 보낸 수호신이란 생각을 하며 또 다른 방법으로 강화회담에 가는 길에 로스앤젤레스 안창호를 필라델피아에서 활동하고 있는 독립운동가들을 만나 독립추진 방편을 논의하였다. 그리고 파리 강화회담에 참석할 국제연맹 위임통치 청원서를 파리 강화회담에 제출했지만, 프랑스는 **정부가 아니면 참여할 수 없다.** 문전 박대했다. 이승만은 박대하면 다른 방법으로 청원서를 제출하기로 마음먹지만, 그것 역시 마음대로 되지 않아 분노를 활활 태우고 있었다. 한편 조국에서도 끊임없이 애국지사들이 독립을 위해 목숨을 건다는 소식에 이승만은 젖 먹던 힘까지 모두 동원한다. 1919년 2월 8일 일본 유학생들 중심으로 결성된 '조선 청년 독립단'은 일본에 있는 신문사와 여론 전달에 영향력이 큰 기관과 주요 인사들에게 독립선언서 결의문을 보낸다. 와세다 대학 재학 중이던 이광수(李光洙)가 독립선언서를 작성한다. 독립선언서 선언식을 도쿄에 위치한 조선기독교청년회관에서 학생 5백여 명이 등줄기 땀을 닦아가면서 결의를 다짐한다. 손에 손을 잡고 덩치가 큰 학생대표가 독립선언서를 우렁차게 낭독한다. 선언서가 끝나고 *대한 독립 만세!* 삼창이 쩌렁쩌렁 청년회관이 흔들리게 울려 퍼져 대한의 하늘로하늘로 햇살처럼 파랗게 퍼져나간다. *대한 독립 만세! 대한 독립 만세! 대한 독립 만세!* 가뭄에 소나기처럼 우렁창창 우렁창창 우렁우렁창창 온 세상을 적신다. 일본을 지나 한반도 전체를 대한 독립 만세 소리로 덮는다. 이 날 2.8 선언서 낭독과 연관된 사람과 유학생은 모조리 일본 경찰에 붙잡혀 둥근 쇠고랑을 찬다. 1919년 2월 25일 이승만은 기회를 놓치지 않고 한국을 국제연맹의 위임통치하에 둘 것을 요청하는 청원서를 윌슨 대통령에게 제출한다. 이승만은 *장차 완전한 독립을 준다는 보장하에서 국제연맹의 위임통치를 받는 것이 일본의 식민지에서 벗어날 수 있는 길입니다. 일본이란 나라를 걷어내지 않고는 지금처럼 무엇하나 우리 국민의 뜻대로 할 수 없는 현실입니다. 일본의 간섭에서 벗어나기 위해 몸부림치는 제자를 살펴주십시오. 제자의 조국을 보호해 주십시오. 존경하는 스승님!* 강한 주장을 윌슨 대통령에게 펼치기에 이른다. 그러나 조선 문제는 국제연맹의 고려대상이 아니라는 현실의 냉혹함이 돌아올 뿐이다. 이 청원서는 윌슨 대통령 손까지 닿지도 않고 폐기되었다. 지난 역사에서도 언제나 그렇듯이 늘 운명이란 이름은 강대국 편에 서는 법이다. 내 땅 위에서 내 맘대로 길을 가지 못하는 비통함에 피가 부글부글 끓어오르지만, 일본이 승전국이었던 상황이라 결국 모든 나라 역시 일본의 편에 서고 있었다. 참으로 난감한 일이 아닐 수 없다. 죽이지 않으면 죽어야 하는 이 치열한 상황에서 어느 나라 우리나라를 위해 아니 좀 더 정확해지자면 객관적 사고를 함에 있어 제대로 어떤 것이 인간으로 정의롭게 사는 것인지에는 관심이 없고 승전국의 눈치 보기에만 급급한 졸개 같은 나라들이라 이승만은 통탄을 금치 못하고 있다. 땅을 꺼지라 밟아도 하늘은 무심할 뿐 이승만은 다시 한번 다른 쪽을 향해 마음의 날개를 펼친다. 가장 작고 약한 것이 때로는 가장 크고 강한 것을 이기기도 한다는 진리를 깨달으면서 다음 페이지 문장을 쓰기 위해 천천히 붓을 적시고 있다. 도쿄 유학생들은 모두 귀국할 것을 결의하고 3월 1일 독립 만세 운동 대열에 한 사람도 빠짐없이 참가토록 마음을 모은다. 이승만은 지난 시간을 뒤돌아보니 눈물이 앞을 가려 그냥 펑펑 울었다. 그동안 오늘을 간절하게 기다리며 얼마나 뛰고 뛰고 또 뛰었던가? 3.1운동을 하기 위해 총괄 지휘를 하며 전국으로 뛰던 일이 심장을 터지게 할 지경이다. 자신이 한성 감옥에서 쓴 독립정신이라는 책을 중심으로 일본 몰래 조직적으로 전국적으로 알리며 감옥에서 함께했던 동기들에게 고마웠다. 그 유명한 이상재 선생 유성준 선생 신흥우 선생 그 외 많은 동기는 감옥에서 석방되자 교회를 세우고 전도를 하고 기독교청년회(YMCA) 운동을 벌인 중심인물들이 모두 떠올랐다. 특히 월남 이상재 선생은 자신보다 나이가 25살이나 많은 아버지 같은 분이신데 한성 감옥에서부터 자신을 자식처럼 도우며 오직 국가만 걱정하시던 분이었다. 언제나 든든한 버팀목이었으며 다시 없는 독립운동의 동지였다. 자신이 가장 존경하는 멘토였으며 언제나 독립자금을 대주는 분이었다. 어디서 구해오는지 독립자금이 필요할 때마다 주었다. 그래서 오늘이 있기까지 독립운동에서 단연 최고의 애국지사였었다. 미국에서 돌아갔을 때 한성 기독교청년회에서 책임을 맡고 있는 선생과 함께 전국에 기독교청년회 조직을 확장하며 50여 개 교회 청년들을 조직화하고 당시 나라를 잃은 대한 제국 백성들이 자신을 구세주와 같은 존재로 생각했었다. 특히 청년들에게는 우상이 되어 있었고 전국 기독교 세력이 확장되고 곳곳에 기독교청년회 조직이 활성화되자 일본의 조선총독부는 비상이 걸려 이승만을 잡으라는 밀명까지 내려졌었다. 도저히 안 되겠는지 일제는 저항적인 민족주의 및 기독교계 항일세력에 대한 통제를 위하여 데라우치 총독 암살 모의사건을 조작해서 우리 애국지사 105명을 투옥했고 신민회의 간부·회원은 물론이고 독립운동을 일으킬 가능성이 있는 애국지사들을 일망타진하려 작정하고 전국적으로 800여 명을 검거했다. 1910년을 전후해 평안도와 황해도 등 서북지역에서는 신민회(新民會)와 기독교도들을 중심으로 신문화운동을 통한 민족 독립운동이 뿌리 깊게 전파되고 있음을 감지한 일본 조선총독부는 이 지역의 배일적 신문화운동을 뿌리 뽑기 위해 군자금을 모금하다가 잡힌 안명근 사건(安明根事件)을 확대·날조하며 눈에 쌍불을 켰다. 겁도 없이 일본의 조선총독부가 죽이려면 죽이라는 배짱으로 기독교 세력을 파견해 낸 105인 사건이 일어나자 전국의 기독교 지도자들은 일제히 일어났고 몇 번씩 저격을 당할 뻔한 이때 눈물을 머금고 다시금 미국으로 망명할 수밖에 없었던 절박함에 미국으로 가기 전 다시 일본으로 날아가서 일본에서 78개 조직으로 흩어져 활약하고 있던 일본 유학생들을 한자리에 모두 모아 놓고 **뭉치면 살고 흩어지면 죽는다.** 외치고 소나무밭에 가서 일본을 피해 기념사진을 찍으며 기독교청년회 조직을 다시 한번 단단하게 뭉치도록 교육했던 일. 일본에서 독립에 대한 강의와 세미나도 하고 또 일본에 기독교청년회를 건립할 자금을 모금할 때 기꺼이 조국의 독립을 위해 독립자금을 모금해 일본으로 몰래 자금을 보내고 책자를 보내고 교육하기 위해 생겨난 일본 기독교청년회 회원들을 보자 또 주책없이 안쓰럽고 고마운 생각에 눈물이 흘러서 손등으로 마구 눈물을 훔치자 청년들도 자신을 따라 울던 일. 이승만은 그 절박했던 시간을 생각하니 또 울컥, 했다. 외국 여기저기서 이들 기독교청년회 청년들은 이승만이 하와이에서 독립운동하며 발행하는 잡지, 태평양 잡지 태평양 주보 같은 것들을 보내주면 이것들을 몰래 받아보면서 조국을 독립시키자는 자신의 뜻을 따라 독립운동을 함께해 주어 조국의 미래가 있다고 생각했었을 때. 1918년 1차 대전이 끝나려는 마지막 해 1914년에 시작된 2차 대전이 1918년에 막바지에 다다랐을 때 윌슨 대통령을 만나 *제발 조국을 도와주십시오. 제가 박사 공부할 때 은사님께 부탁하지 않았습니까? 제가 도움을 청할 때 도와 달라고.* 그러자 윌슨 대통령은 *어째 꼭 조선이 자네 혼자의 나라 같네. 어찌 그리도 일편단심인가? 내 그 마음 알아. 그래 도와주겠네. 자네는 내 제자 아닌가? 조선은 도와줄 이유가 없지만 내 제자는 도와주겠네.* 어깨를 툭툭 치며 나가던 은사가 그해 1월에 미국의 윌슨 대통령 자격으로 국회에서 *지금 식민지에서 신음하는 약소민족들에게 민족자결권을 주자. 바로 민족자결주의를 추천한다.* 하였고 이 민족자결주의는 당시 식민지 땅에 있던 모든 약소민족에게 하늘이 내려준 구세주의 음성처럼 불길처럼 번져 나왔다. 조선 땅에 우리 민족이 모두 미국 교민처럼 저렇게 좋아할 걸 생각하니 너무 기뻐 멍하니 있는데 옆에서 누가 어깨를 툭, 친다. 윌슨 대통령이다. *자네 안 기쁜가? 왜 그리 멍하니 서 있어. 내가 내 제자를 위해 할 일을 해준 것 같은데 안 기뻐하는군.* 아닙니다. 스승님의 민족자결주의를 듣고 만세를 부르는 사람들을 보고 너무 기뻐서 그렇습니다. 울음 섞은 목소리를 던져놓고 윌슨 대통령 품에 와락 뛰어들어 흐느껴 울었다. 꼭 짐승의 울음같이 무어라 형언할 수 없는 울음에 윌슨 대통령은 그저 조용히 품을 내주고 엄마가 아기를 재우듯 어깨를 토닥토닥 두드리며 울음이 그치도록 기다려 주었다. 윌슨 대통령은 세상에 태어나서 사람다운 일을 한 번 했다는 생각을 하고 있었다. 자신의 품에서 한없이 울고 있는 제자를 윌슨 대통령은 자식을 대하듯 따뜻하고 대견스러운 맘으로 안아주고 있었다. 이승만은 그 품이 미국 대통령이란 것도 잊고 아니 더 정확하게 아무 생각도 없는 무뇌가 되어 마음껏 몸속에 있는 서러움과 압박과 시련으로 흙탕물이 된 그 물을 모두 쏟아내고 있었다. 그 순간은 아무것도 생각지 않는 멍승만이 되었던 것이다. 두 사람은 두 사람 같은 한 사람으로 보였다. 고요하게 서 있는 두 사람 위로 눈이 나비나비 날아다니며 춤을 춘다. 순수 여백의 미를 춤사위로 색칠하는 나비춤은 자자손손 끝없는 강물로 출렁이며 미국과 조선을 이어갈 나비효과가 될 것이라 예언서를 작성하는 것 같은 그 모습은 세상에서 가장 아름다운 모습이었다. 아니 신의 한 수였다. 윌슨 대통령의 온돌방 같은 따뜻한 품에서 한참을 울고 난 이승만에게 윌슨 대통령은 *자네 그거 아는가? 분침이 시침을 60분에 한 번씩 초월하지만, 시침은 흥분하거나 화내지 않는다네. 침착하게 이성을 지키고 자기 속도를 유지하며 걸어가지. 만약 시침이 분침과 싸우려고 분침의 속도로 달렸다면 세상 사람은 금방 나이를 먹어 죽을 것이네. 내 말 알아듣겠는가? 세상 이치는 다 그 할 일이 정해져 있는 법이란 말일세. 버스나 기차는 예정된 시간에 떠났다가 다시 돌아오지만 청춘은 한 번 떠나면 절대*

로 다시 돌아오지 않는다네. 그런 다시 못 올 그 청춘을 자네는 오직 조국을 위해 썼으니 눈 오는 날 조용히 자네가 디딘 발자국을 뒤돌아보게. 얼마나 빛나게 찍혀 있는지.

정의의 총성

4

가슴 깊이 파고드는 귀뚜라미 울음

이승만은 스승인 윌슨 대통령의 말이 심장에 흥건하게 고였다. 스승님 사랑 잊지 않겠습니다. 제가 박사 공부를 할 때 스승님 집에 시킬 일이 있으시다며 자주 초대를 하신 이유도 굶주린 제자에게 맛있는 만찬을 베풀어 주기 위함인 거 잘 알고 있었고, 가족 특히 따님과 함께 피아노도 치고 노래도 하게 한 것도 객지의 외로움을 달래주시려는 것인 거 알았고, 일본 제국주의와 조선에 관한 이야기를 화제로 삼는 것도 제게 희망을 품고 살아가라는 것임을 알았고, 아무것도 모르는 제자와 시국 토론을 즐기시는 이유도 토론이 아니라 제게 정치가 무엇인지를 가르치려는 의도인 거 다 알았습니다. 그리고 하와이를 방문한 미국 선교사와 또 유학을 마치고 귀국 인사차 들른 사람들에게 은사님의 취지를 설명하고 밀서를 전달하게 해주신 것도 은사님의 민족자결주의 원칙이 빨리 강화회의에 정식으로 제출되는 이 기회를 놓치지 않도록 주선해 주시며 일본의 노예 정책을 고발하고 한민족의 자주권을 반드시 회복시키는 계기로 만들어야 하겠다 미국 동지들도 이 구국운동에 앞장서게 하고 국내에서도 적극적으로 호응하여 항일투쟁을 보내 달라고 국내가 조용하면 우리가 파리에서 무슨 발언권이 있겠느냐 밀서를 보냈고 밀서를 받은 사람들이 한국 내는 물론 중국 만주 일본까지 밀서를 부지런히 전달하도록 손으로 손가락에 굳은살이 생기도록 여러 통을 필사해서 여기저기 보냈다고 말씀드리자 한민족 최대의 독립투쟁은 자네의 이 수고로움에 하나님이 감동해서 도와주실 거라며 다독여 주신 걸 제가 어찌 잊겠습니까? 아니네. 나야 미국 사람이지 조선 사람이 아니지. 자네야말로 조선이 오늘의 만세를 부르며 마음껏 기뻐할 수 있는 3.1운동의 기획자이며 연출자였네. 내 제자 조선 땅이여 영원하라고 내가 기도해 주지. 이승만은 스승의 찬란하게 빛나는 말에 고맙습니다! 라는 그 흔한 말 한마디도 못 하고 고개를 푹 숙이고 서산으로 넘어간 해가 황사 바람과 폭풍우를 뚫어내고 동쪽으로 떠오르기를 기다리는 사람처럼 스승을 향해 마음속으로 두 손을 모으며 금방이라도 희망을 가득 실은 해가 떠오를 것 같은 착각을 하며 조용히 듣고 있다. 내가 민족자결주의를 선언한 것은 자네 조국 조선을 위해서가 아닌 나의 제자 이승만을 위해서네. 자네도 내게 그 랬잖는가. 자네 조국이 독립 만세를 부르도록 해달라고. 그 독립 운동을 위해 머나먼 타향까지 와서 갖은 핍박과 고생을 이겨내고 공부하며 오직 조국만 있었지 자네 몸에서 조국독립이란 정신을 빼면 아마도 흙이 되고 말걸세. 내 제자지만 존경하네. 앞으로 자네 나라는 우리 미국이 지켜줄 것을 약속할 테니 믿고 조국을 일으켜보게. 내가 아직 민족자결주의 원칙을 발표도 하지 않았는데 자네는 나보다 먼저 '우리 민족의 독립의사를 세계에 과시하는 운동을 일으켜라'는 밀서를 독립운동가들에게 미리 보낸 것 다 알고 있었네. 그리고 독립운동가들이 행동을 개시하였기에 오늘의 3.1운동이 있을 수 있었고. 자네 배짱과 용기와 조국 사랑에 하나님이 두손 두발 다 들었겠지. 나는 두손 두발 하나밖에 없는 심장까지 다 들었네. 그렇지만 자네 앞으로 명심해야 할 것이 있네. 지금 자네 나라는 아마도 좌우 투쟁이 일어날 확률이 높네. 러시아나 공산국가 쪽에서 독립운동을 하는 단체들은 아마도 자유민주주의를 싫어할 것이 자명하니 이것 역시 자네가 앞으로 잘 풀어가야 자유민주주의를 굳건하게 지키고 하나님의 말씀을 전하며 살 수 있는 평화로운 나라가 될 것이네. 그렇지만 소련 공산당의 무장독립투쟁이 정당한 독립운동으로 둔갑한다면 자네의 혼을 갈아 이룩한 자유민주주의를 위한 오늘의 3.1운동마저도 악용하면서 자네가 쓴 독립정신을 열심히 읽으며 이룩한 이 주역들 정신마저도 잘못 악용될 수도 있음을 알아야 하네. 이승만은 속으로 역시 윌슨 대통령도 자신이 걱정하는 일을 꿰뚫고 있음에 놀라고 있다. 윌슨 대통령은 이승만이 놀라는 것과 상관없이 말을 이어나간다. 무슨 일이든 시작하는 일엔 소리가 나기 마련이지. 자네의 시작은 울음이었고 하루의 시작은 자명종 소리고 걷기의 시작은 신발 신는 소리고 연애의 시작은 가슴 두근거리는 소리고 자동차 출발은 시동을 거는 소리가 나는 게 세상 이치라네. 아무 소리도 나지 않는다면 아무 시작도 하지 않고 정지되거나 태어나기 전이라는 말이지. 그러니 이런저런 소리, 그러니까 모욕을 주는 소리 저 만세 소리 공산주의를 옹호하는 소리 이 모든 소리를 자네는 잘 듣고 전략을 세워나가야 할 걸세. 화가 치미는 대로 생각나는 대로 어떤 일을 한다면 반드시 낭패를 보거나 실패할 확률이 높지. 어떤 위기를 전화위복의 계기로 만들지 못하면 절대로 큰일을 할 수가 없네. 자네가 나라를 지킬 큰일을 생각한다면 늘 불가근불가원(不可近不可遠)의 거리를 유지하고 냉정한 머리로 사건을 바라보며 해나가야 할 것을 명심해야 할 것이네. 자네 중국 사마의의 지혜를 아는가? 제갈공명이 늙고 약한 병사 5천을 이끌고 군량과 마초를 각 부대에 보내는 일을 하다가 기습을 당해 사마의에게 포위되었을 때 그는 인간의 심성을 이용해 적을 물리친 것으로 유명하지. 제갈공명은 사마의에게 포위되자 길을 깨끗이 쓴 다음에 성문을 활짝 열어놓고 성루에 올라앉아 거문고를 연주해 그 위기를 잘 극복했지. 위기도 어떻게 극복하느냐에 따라 기회로 변하네. 이때 사마의가 제갈공명을 사로잡지 못해 그냥 물러간 것이 아니네. 제갈공명을 사로잡아 위나라에 끌고 가면 제갈공명은 처형당할 것이고 자신은 쓸모가 다해 죽임을 당할 것이란 걸 알고 사마의는 제갈공명을 살려 보내야 조조가 자신을 제갈공명의 맞수로 살려둘 것을 생각했고 제갈공명이 공성계(空城計)를 써서 전투에 승리한 것으로 보이도록 사마의의 깊은 지혜와 멀리 내다보는 심모원려(深謀遠慮)가 돋보이는 전투라고 할 수 있지. 사마의는 늘 거북이를 품에 넣고 다니며 위급할수록 한 번 더 생각하고 행동하는 느림의 미학을 잊지 않았고 제갈공명은 항상 빠른 것을 자랑하고 다녔지. 머리가 비상하기로 치면 제갈공명은 사마의가 따라갈 수 없을 정도로 비상했지. 그러나 결과를 보면 제갈공명은 그 빠른 말과 행동 때문에 뜻을 이루지 못하고 죽었고 거북을 가슴에 안고 다니며 늘 한 걸음 물러나 생각하는 지혜를 배운 사마의는 삼국 통일을 하고 진나라를 세우게 되었지. 여기서 사마의의 지혜를 배워야 할 것이네. 사람은 자신의 가치를 알아주는 사람의 보석으로 살아야지 자신의 가치를 몰라주는 사람의 돌멩이로 살지 말아야 하네. 똑같은 돌이지만 누군가가 자신의 가치를 발견해서 갈고 닦아주면 보석이 되지만, 아무에게도 선택받지 못하고 땅속에 있거나 가치를 알아내지 못하면 돌멩이에 불과함을 잊지 말게. 자네의 가치를 알아주는 사람은 다름 아닌 자네 조국이네. 자네의 가치를 못 알아보는 조국 독립가들의 돌멩이로 살지 말고 가치를 알아보는 조국만 보고 살게, 지금처럼 말일세. 사마의의 지혜를 얻어야만 나라를 굳건하게 지켜낼 수 있음을 명심하게. 내가 무작정 내 제자라고 자네를 도우려는 것은 아니네. 내 객관적인 판단에 자네 나라 독립군은 2천여 명 내외지만 지금 일본은 정예 강력 군사만도 700만이 넘는 이 상황에서 자네의 상황판단이 아주 탁월한 선택임에도 독립운동가들은 그 탁월함을 보아내지 못해 자네를 적대시하는 자네 나라 독립운동가들을 보며 아! 바보 2천 명이 모이면 천재 하나를 바보로 만드는 건 일도 아니란 걸 깨달았네. 그렇지만 저들의 저 하수 생각을 지혜로 싸워 물리치지 못한다면 자네 나라는 결코 독립할 수 없음을 명심해야 할 걸세. 나는 자네의 그 혜안을 믿으며 자네가 어디서 지혜의 샘물을 그리 퍼 올리나 생각해 보기도 했지. 그런데 자네는 사람의 지혜보다 자연의 지혜를 빌린다는 사실을 알았지. 자네는 역시 대단해. 그 기세 꺾이지 말고 어떤 비바람 눈보라가 쳐도 견뎌야만 자네 나라가 영원히 독립된 나라가 될 수 있음을 각오해야 할 것일세. 이승만은 윌슨 대통령 말을 들으며 신의 계시(啓示)를 듣고 있다는 착각을 하고 있었다. 1919년 4월 11일 선포된 임시헌장 제 1조는 대한민국은 민주공화국제로 함으로써 국민의 나라임을 강조한 것이다. 안창호는 임시정부의 신년축하회 연설에서 말한다. 오늘날 우리나라에는 황제가 없나요? 있소. 대한 나라의 과거에는 황제가 1인밖에

없었지만, 금일부터는 2천만 국민이 모두 황제요 제군 모두가 황제입니다. 신년축하회 연설에서 2천만 국민이 모두 주인이요 황제라는 말로 독립된 나라의 출발을 알린다. 3월 1일 종로 태화관에서 독립선언서가 낭독된다. 북으로는 의주·평양을 시발로 선천·정주·안주·진남포·원산·해주·사리원·연백 등으로 만세 운동이 활활 불길로 타오른다. 이어서 일주일 뒤 남으로남으로 불길이 옮겨붙는다. 대구·부산·진주로 태극기 물결이 시내 곳곳 거리마다 출렁출렁 파도로 출렁인다. 태극기 탯줄 사이로 3.1운동의 몸통에서 대한민국 임시정부가 태어나지만 일제의 무시무시한 무단통치가 문화정치로 색깔을 바꾸는 식민통치의 시대가 열린 것이다. 문화정치의 실질적 성격은 관료와 지주 등 친일 세력을 육성시키는 교활한 정책에 기반을 둔 것이다. 민족주의 진영의 분열과 어용화에 초점을 맞춘 속임수의 통치술이고 회유책인 포장으로 국민들을 속이는 것이었다. 3.1운동 이후 날로 심화되어 가는 적개심과 반일 감정을 누그러뜨리기 위한 고육지책의 하나로 위장된 교활한 술책인 것이다. 3.1 독립운동 민족대표 33인, 그 이름은 찬란해 눈이 부시는 이름들이다. 영원히 후손들에게 존경받을 이름들이다. 그러나 독립운동을 온몸으로 목숨 걸고 기획하고 연출한 걸 국민들이 모를 리 없건만 이승만의 이름은 빠졌고 누구도 말하지 않는 이상한 나라로 시작되었다. 누구도 이승만을 말하지 않았고 손병희가 대표로서 맨 앞자리에 이름을 올리는 것에 손뼉 치며 환호

하는 데 정신없고 대추나무를 심고 가꾼 주인인 이승만 이름은 눈을 천 번을 떴다가 감았다 확인해도 보이지 않았으며 3.1 독립운동 민족대표 33인이란 이름만 주렁주렁 열린 대추나무. 그 모습은 꼭 뼈가 부서지도록 일을 해서 집을 장만해 놓으니 아버지 은혜는 잊고 아버지는 쳐다보지도 않으며 그 가족만 집이 생겨 좋다며 춤추고 노래하는 이상한 일이 벌어지고 있는 하 수상한 시절이었다. 어지러운 질서들이 허름한 비에 젖고 나뭇잎들은 허무한 슬픔을 흔들고 있었다. 독립 바람이 휘몰아치며 3.1운동의 발단은 고종황제(68)의 갑작스러운 승하에 방점을 찍기에 이른다. 고종의 사인이 독살설로 떠돌고 장안의 민심이 흉흉해지기 시작한다. 고종의 인산일(因山日)을 독립 만세 운동의 봉기일로 잡는다. 이때 백성들의 반일 감정은 최고조로 솟아올라 하늘을 뚫고도 남을 지경에 이른다. 하늘조차도 눈만 멀뚱거릴 뿐 어떤 비책도 내놓지 못하고 바라만 보고 있다. 이승만은 독립된 나라에 해와 달과 별 위원회라도 구성해야겠다 생각한다. 고종 황제 승하와 3.1운동의 함수관계는 암울한 시대를 벗어나고자 하는 민족의 자존과 울분이 집단으로 섞여 표출된 것이다. 3.1운동 당시 서울 인구는 25만여 명이고 일본인은 6만 6천여 명으로 4명 중 1명은 일본인이었다. 전국 인구는 2천만 명이고 일본인 거주인구는 50만 안팎이었다. 일본인은 수도인 서울의 모든 실권을 장악하고 있어 다른 지역보다 정치와 사회와 경제 등등 여러 분야까지 더 강도 높게 차별과 압박을 가하고 있었다. 일본식 근대문명을 거리마다 찬란히 꽃피워 나갈수록 상대적으로 우리 민족은 박탈감과 그에 따른 설움과 분노로 민족독립의 운동이 절실해져 안으로안으로 끓어올랐다. 고종의 인산(因山)일인 3월 3일. 조선철도는 물밀듯 밀려들어 수송의 한계치를 넘어 철도 당국은 단체승차를 거절했다. 황제의 국장에 참여하기 위한 사람들이 전국 각지에서 열차를 타고 구름 떼로 몰려들었다. 고종의 문상객에 서울은 한 뼘 땅에 온전히 설 수 없도록 콩나물시루보다 더 빼곡하다. 민족독립 운동에 가세하는 기회의 활용으로 용광로에 기름을 부은 격이 된다. 서울을 다녀간 각지의 문상객은 자동으로 귀향길 들불이 되어 온 누리로 번져간다. 회오리바람의 진원지는 서울이다. 철도는 회오리바람을 싣고 요원의 불길로 부채질하는 데 최적의 길잡이가 된다. 서울은 이 땅 어느 곳이든 동서남북으로 뻗어가는 교통의 중심지 격이다. 촘촘한 철도망을 따라 5일장을 따라 전국적으로 2천여 차례 2백여만 명이 독립운동의 함성으로 침몰해 가는 난파선을 건져 올릴 기세를 키워나간다. 이 무렵 일본 경찰과 헌병들의 총칼에 숨진 백성이 8천여 명이나 된다. 분노에 기름을 뿌리고 불을 붙인 3.1운동의 불꽃을 사전에 방지하지 못한 일제는 은행잎처럼 노랗게 물들어 물리적인 탄압을 강화시켜 나갔다. 빨간 방점은 전국적으로 분포되어 있다. 노란 은행잎은 서울과 평양을 특별관리 지역으로 분류하고 경기도와 충청도 황해도와 평안남도는 남으로는 경부선과

북으로는 경의선을 축으로 주목하고 단속대상으로 삼고 빨간 방점의 깃발을 흔들며 우리 민족은 거기에 맞서 대항했다. 일본과 조선은 빨강과 노란빛으로 가을을 출렁이고 있었다. 그러나 은행잎은 웅크리고 있고 단풍잎은 손가락을 좍악 펼치는 게 자연의 이치인 걸 일본은 알지 못했다. 일제가 조선 땅에 부설한 철도는 일본인에게는 침략과 지배로 쓰이는 강력한 도구가 되고 조선인에게는 저항과 투쟁과 독립운동을 실어나르는 수단의 도구로 사용된다. 흉기와 이기의 상관관계다. 성리학에서 우주를 이루는 근본의 이(理)인 태극으로부터 나온 음양의 본체인 이(理)와 현상의 기(氣), 그러니까 그들이 애써 놓은 철도는 애초부터 우리 태극의 기운에서 생겨난 것이니 3.1운동과 대한민국 임시정부를 탄생시키는 데 기여하도록 만들어진 것이다. 3.1운동은 일제의 강력한 지배 아래서도 한반도가 독립국임과 자주민임을 선언한다. 한편, 대한독립만세 운동에 신경이 곤두선 일본의 경찰과 헌병은 마을주민 30명을 제암리 교회로 모이게 한다. 마을주민이 다 모인 것을 확인하고 상급자의 지시에 따라 교회 출입문을 자물쇠로 채워버린다. 몰살이다. 잘못한 일도 없이 무슨 이유냐고 반항도 못 하고 교회 감옥에 갇혀서 천국행 기차를 탄 것이다. 총소리가 교회 안에서 피로 치환되고 있다. 일제의 잔인성은 극에 달한다. 소금 뿌린 미꾸라지처럼 날뛰고 다닌다. 교회에 모인 주민과 교인은 단 한 사람도 살아남지 못하고 총살을 당하고 만다. 총살로 끝나지 않는다. 석유통을 들고 있던 헌병 세 명이 주검과 교회 시설에 석유를 뿌리고 성냥불을 그어댄다. 교회를 나온 검은 연기와 불꽃이 하늘을 타고 오른다. 죽은 불꽃은 허공으로허공으로 연기가 되어 맴돈다. **죽은 영혼은 먹구름이 되어 일본을 뒤덮을 것이며 태풍이 되어 일본의 잔인한 원한을 반드시 갚을 것이다.** 잿더미가 된 교회 앞에서 마을주민은 처참하게 외치며 일제의 폭압으로 부서지지 않는다고 저항한다. 검정 치마와 검정 고무신 흰 저고리들 손에손에 태극기 태극기가 들려 휘날리기 시작한다. 유관순은 고향인 아우내 장터에서 *대한독립 만세!* 목 놓아 울부짖는다. 가냘픈 소녀의 카랑카랑한 독립 만세 소리를 듣고 일본 헌병이 헐레벌떡 달려온다. 염병지랄 지랄염병 지랄가 꼬여 까만 숨을 헐떡이며 달려온 일본 헌병은 눈알이 벌겋다. 유관순은 일본 헌병에게 체포되고 형용할 수 없는 고문을 당한다. 감옥에 들어가면서도 유관순은 목이 쉬도록 외친다. *대한독립 만세! 대한독립 만세! 대한독립 만세!* 피를 토하며 외쳐대다 열일곱 나이로 별이 된다. 유관순은 이 땅의 모든 사람에게 불멸의 언니고 누나고 딸이고 동생이다. 살아남은 자는 살벌한 조국을 떠나 상해로 간다. 독립운동에 목숨을 아끼지 않는 몇몇 애국지사들이 봇짐들 등에 메고 다시 시작하는 출발을 찾으러 떠나는 것이다. 3.1운동 만세 소리가 소나기가 되어 억수같이 쏟아져 내린다. 태극기는 온 거리에 물결치며 마음껏 춤을춤을 춘다. 내 나라에서 내 나라말을 못 쓰고 내 글을 못 배우고 모든 행동 하나하나에 억압을 당하며 저항했던 시간들이 풀려나서 승리하는 순간이다. 한일 병합조약을 무효화하고 일본의 억압을 벗겨버리는 비폭력 만세 운동인 것이다. 고종이 독살되었다는 독살설이 바람을 타고 전국으로 퍼지자 뿔난 백성들은 모두 정신을 잃고 거리로 쏟아져 나오는 직접적 계기가 된다. 고종의 인산일인 3월 1일에 맞춰 전국적으로 불붙어 활활 타고 있는 독립운동을 주도한 인물들을 민족대표 33인으로 부른다. 온 백성이 하나가 되어 하늘 높이 태극기를 흔들어 대는 모습은 천사가 나팔을 불며 하늘로 올라가는 듯이 눈부시다. 3.1운동은 내 조국을 사랑하는 근면하고 소박하고 정직한 국민들이 내 조국을 찾는 간절함으로 기다려왔던 긴긴 기다림에 저항하며 온몸에 피로 뿌려대고 있는 운동이다. 가슴에서 흐르는 불보다 뜨거운 분노를 압박을 더는 견딜 수 없어 터져 나오는 깨끗하고 순결한 염원들이다. 온몸으로 총칼을 막으며 만신창이가 되어도 두려워 하지 않고 목숨을 바쳐 지켜낸 조상들의 뜻을 받들어 우리 후손들의 굽힐 줄 모르는 신념과 용기와 패기가 한데 모여 대한민국 정부 수립의 역사적 기원을 만들어낸 것이다. 또 3.1운동을 계기로 군과 경찰에 의한 강경책을 펴던 일본 조선총독부는 민족분열책인 문화통치로 정책을 바꾼다. 어떤 수단과 방법을 동원해서라도 이 아름답고 찬란한 민족의 역사와 끈기를 끊으려 애쓰는 일본. 당시 중국에 유학 중이던 여운형과 김규식은 이 선언과 뒤이은 파리강화회의가 조선독립의 달성 여부를 떠나서 앞으로 조선의 미래를 결정짓는 중요한 사건이 될 것으로 판단한다. '신한 청년단'이라는 단체를 문서상으로 조직해 파리강화회의에 위협과 협박이 시시때때로 목숨을 옥죄는 시국에서 목숨을 담보로 독립운동을 위해 건너간다. 김규식은 불어에 능통해서 적격자로 발탁되었고 장덕수 역시 일본어에 능통해서 국가를 위해 한몫을 할 수 있는 식견을 가지고 있었다. 조선 안팎의 독립운동가들에게 힘을 내도록 격려하여 용기를 북돋아 주는 소식들이다. 중국 길림성으로 가서 활동하여 무오독립선언의 촉매 역할을 하는 여운형은 만주 지린(간도)에 있는 독립운동가 김약연 등과 만나서 파리강화회의와 민족자결주의 원칙 상황을 설명한다. 고종황제가 왕세자와 나시모토 공주의 결혼식을 꼭 나흘 앞두고 승하하는 바람에 스스로 목숨을 끊은 것이라는 소문이 나돌고 있었다. 정말이지 얼토당토않은 얘기다. 예전에 이미 굴욕을 감수한 고종황제가 인제 와서 하찮은 일에 억장이 무너져 자살했다는 게 말이 되나? 더구나 어린 왕세자의 일본 공주와의 결혼이야말로 왕실의 입장에서는 경사스러운 일이 아닌가? 이 결혼을 통해서 두 왕실 간의 우호 관계가 증진될 것이고, 왕세자는 조선의 어떤 여성보다도 더 우아하고 재기 넘치는 신부를 맞이하게 되는 거니까 말이다. 만약에 고종황제가 병합 이전에 승하했더라면, 조선인들의 무관심 속에 저세상으로 갔을 것이다. 그런데 지금 조선인들은 복받치는 설움을 이기지 못하고 옷소매를 적셔

가면서 고종황제를 위해 애도한다. 민족종교인 천도교 대표 손병희 등에 의해 주도가 시작되어 천도교인 기독교인 불교도인 모두 함께 대표로 참여한다. 최남선이 '독립선언서' 기초 작성을 한다. 만해 한용운은 독립선언서가 너무 어려운 한문인데다가 내용이 온건하다 다시 쓰기를 자청했으나 이는 받아들여지지 않는다. 천도교와 기독교 인사들의 연합으로 회의를 한 끝에 만세 시위 계획과 장소가 결정된다. 불교계의 대표로는 한용운 등이 참여한다. 최남선의 초안에 춘원 이광수가 교정을 보고 만해 한용운이 공약 3장을 덧붙인다. 서울에서 이루어진 3.1 독립선언을 들은 하늘에 햇살이 폭포수처럼 내리쬐는 오후 2시 학생들은 모두 비장한 각오로 젊음을 파랗게 펼쳐 흔들어 대면서 무리무리 탑골공원으로 모여들기 시작한다. 푸른 피가 출렁대는 그들 얼굴에는 단단한 각오와 비장의 무기가 세상을 뒤엎고도 남을 만큼 빛을 내고 있다. 팔각정 위에 올라선 경신학교 출신 정재용이 독립선언서를 낭독한다. 한 마디 한 마디 말마디마다 차랑차랑한 힘과 분노가 묻어 있어 천지에 어떤 큰 산도 뽑을 만하고 기운은 역발산기개세로 세상을 뒤엎고도 남을 것 같다. 강한 힘과 기운을 일컫는 기세가 시퍼렇게 싹트는 말은 입술을 박차고 뿜어 나와 청중들에게로 마구 쏟아진다. 거사 시간에 자발적으로 여기저기서 모여든 학생들만도 1천여 명이 넘었다. 정재용이 독립선언서를 낭낭랑랑 패기 가득 차게 낭독하자 만세 소리가 여기저기서 울려 퍼져 온 지구를 덮고도 남는다. 손에손에 태극기와 선언서가 별빛처럼 초롱초롱 쏟아진다. 사람들은 모자를 손수건을 신발을 닥치는 대로 벗어 허공에 던지며 하늘의 별이라도 딴 듯 기뻐한다. 유릿가루처럼 반짝이며 흩어지는 만세 소리는 폭죽으로 펑펑 터져 하늘로하늘로 솟구치며 하늘을 뚫을 기세다. 가슴속에 한이 서리서리 쌓여 노랗게 곪았던 시간 치명적으로 푸른 슬픔이 와르르와르르 터져 무너지는 순간이다. 지방이나 서울 할 것 없이 수십만 군중이 함께 어깨동무하고 모두가 하나로 뭉친 시간이다. 시침도 분침도 초침도 모두 12자에 정렬하고 함께 숨죽이며 앞으로 나갈 생각을 못 하고 있다. 보신각을 흔들고 지나 남대문 쪽으로 매일신보사를 지나 대한문 쪽으로 누가 갈라주지 않아도 질서롭게 갈라서서 가다가 덕수궁의 혼전에 모두 세 번 큰절을 올린다. 시위행진은 서울을 8개 구로 나누어 각자의 정해진 속에서 거리행진을 벌인다. 독립선언서를 나눠주고 조선독립 만세!!!!!! 조선독립 만세!!!!!! 조선독립 만세!!!!!! 일본군과 일본인은 일본 너희 땅으로 돌아가라. 선 독립정부를 수립하라. 구호를 거리에 깔며 걷는다. 구호는 거리에서 하늘로 퍼져나가 공중이 붉게 물들고 있다. 태평로를 지나 미국영사관에 이르자 어떤 학생은 태극기를 높이 들고 손가락을 깨물어 피로 '대한독립' 자를 써서 들고 흔들며 앞으로앞으로 나아간다. 미국영사는 문을 열어 구릿빛처럼 탄 얼굴에 하얀 이를 드러내며 환영의 표시로 손을 흔들어준다. 독립의 의지를 뜨거운 심장을 짜내어 외치자 하늘에서 소나기가 퍼붓듯 주위가 온통 한순간에 눈물로 젖는다. 눈물에는 날개가 달려 흘러흘러 멈추지 않고 날아와서 종로에 다다른다. 종로 거리로 다시 모여들어 구호를 외치며 걷는다. 일본 헌병과 기마병들은 백성들을 해산시키기 위해 칼을 휘두르며 혈안이 되어 마구 날뛴다. 그렇지만 백성들은 조금의 두려움도 없이 태연자약한 태도로 물러갈 생각은커녕 당당하게 더욱 당당하게 그들의 칼에 조금의 두려움도 없이 맞선다. 자신들의 조국을 목숨을 건 눈물로 지키다 스스로 해산하기에 이른다. 다음날 1만여 명에 이르는 독립지사가 일본 조선총독부에 체포당해 투옥당하는 비극이 일어난다. 누가 저 나라를 위하는 애국지사들을 감옥에 가둘 권한을 가졌단 말인가? 개가 웃을 일이 이 지상에서 일어나고 있는데도 신들은 다 어디로 외출 중인지. 1919년 3월 3일 고종의 장례식에 참석하기 위해 전국에서 백성들은 모든 생활을 접은 채 서울로서울로 구름처럼 모여들어 붉은 분노를 용광로처럼 펄펄 끓이며 시위운동에 참여했으며 시위운동 참여자는 60만 명 이상이었다. 3월 1일부터 4월 30일까지 60일 동안 1천 2백 14여 회의 만세 운동이 벌어졌다. 서울 탑골공원에서 시작된 만세 운동은 여기저기 허공으로 들판으로 마구 날아들어 십만 명이 동시에 태극기를 흔들며 만세를 외치던 것이 역병처럼 바람을 타고 전국적으로 퍼져나간다. 예상치 못한 일에 일본군들은 폭력을 행사하고 폭력이 강해지는 만큼 운동의 규모는 점점 붉은 불꽃에 석유를 뿌리면서 불꽃을 피워나간다. 이날 한편으로는 평안남도 사천 개신교 목사 한예헌과 천도교 교구장(敎區長) 이진식, 최승택, 김병주의 주도로 지역적으로 만세 운동을 일으켰다. 이 여파로 주민들이 들고일어나 만세 소리가 눈가루처럼 휘날리자 일본 헌병대는 멸치 떼처럼 비늘을 번쩍이며 시위 군중들에게 닥치는 대로 **다!다!다!다!** 무차별 총격을 가해 우리 민족 100여 명을 학살하기에 이른다. 그러나 그러면 그럴수록 우리의 애국지사들은 바닥에 널브러진 총알을 밟으며 대항한다. 시위군중은 날아오는 총알을 가슴으로 막으며 이미 목숨 같은 건 나라 땅에 묻은 뒤여서 무차별 학살에도 불구하고 시위를 계속하여 헌병 주재소에 불을 지르고 헌병 2명을 타살(打殺)한다. 탐욕의 혓바닥을 날름거리는 일본에 대항해 분노는 하늘까지 다 태우고 있다. 모질고 독하게 생긴 뱀눈나비의 알 같은 총알의 노란 독을 맞은 우리의 애국지사들은 아리랑아리랑 춤을 추며 저승으로 스러져간다. 1919년 3월 5일 전북 군산에 자리하고 있는 학교인 영면 학교 졸업생 김병수는 이갑성과 만나 독립선언서 2백여 장을 전달받는다. 김병수는 가슴에서 끓고 있는 분노를 꺼내 들고 채찍질 같은 마음을 마구 뿌리며 멜본딘 여학교(현 군산 영광여중·고교)와 구암교회 교인들에게 호랑이 수염 같은 용맹으로 달려가서 독립선언서를 전달한다. 이어 발이 부르트도록 뛰어다니며 시민 등 5백여 명을 불러 모아 만세 운동에 참여시킨다. 군산의 만세 운동은 윌리엄 린튼이 이끌고 있다. 이후에도 서른여 차례에 걸쳐 9만여 명이 모여서 만세 운동을 한다. 일제의 성난 이빨이 짐승처럼 닥치는 대로 물어뜯어 전라북도 내에서 사상자를 가장 많이 낸다. 무고한 시민 53명이 사망 72명이 실종 2백여 명이 부상을 당하는 대참극을 당한다. 그러나 그럴수록 이 운동은 누구도 잡을 수 없는 성난 불길이 되어 온 세상을 태운다. 한강 이남 지역에서 최초로 벌어진 만세 운동으로 무시무시한 일본군에게도 결코 잡히지 않고 굽히지 않는다. 손에 든 것이라고는 태극기밖에 없는 민중들을 일본은 무기로 마구잡이로 죽인다. 일본에 살해당한 채 버려진 시신들이 길거리에 마구 굴러다니고 있었다. 저들의 죄가 무덤처럼 쌓여 가고 있는데도 하늘은 무엇을 하고 있는지. 거리에 시신들이 눈을 부릅뜨고 하늘을 원망하고 있다. 꽃들의 붉은 울음이 후드득 떨어진다. 1919년 3월 6일 평안북도 정주군 곽산에서 그리스도교회를 중심으로 봉기하여 수천여 명이 모여들어 시위에 참여한다. 그 과정에서 독립운동가 박지협을 주동 혐의로 체포하고 본보기로 처형한다. 사람을 죽이는 일을 파리 한 마리 죽이기보다 더 쉽고 악랄하게 죽이며 죄도 없는 백성들을 닥치는 대로 체포하기에 이른다. 거리의 자신들에게 아무 손해도 입히지 않는 내 나라 내 땅에서 내 나라 태극기를 들고 만세를 부르기 위해 모인 시민 전원을 체포해 1백여 명 중 80여 명을 잔인하게 고문을 해서 모두 죽인다. 진압하면서 무기도 없는 군중에게 무차별 총격을 가하다가 그래도 분이 풀리지 않는지 광견(狂犬)을 죽이는 데 사용하던 쇠갈고리를 마구잡이로 닥치는 대로 흔들어 마치 신들린 무당처럼 광기를 번득이며 시위군중 수천 명을 참살한다. 일명 곽산의 참살(郭山一慘殺)이라고도 불린다.

정의의 총성

5

　일본이 무차별 공격을 가하자 국민들은 닥치는 대로 모두 손에 잡히는 대로 무기가 되고 분노는 천둥·번개가 되어 공중에 쩍쩍 금을 내고 하늘을 무너져 내리게 만든다. 바람 소리조차 시들어 버리고 풀잎은 바람의 머리채를 잡고 헝클어뜨리고 바람을 따라 눕는 초목들도 목 놓아 통곡한다. 조국을 위해 살다 간 애국지사들의 백골도 잡초에 푸른 피를 전하며 울부짖는다. 이 시국에는 나서야 할 목적지가 없어도 지팡이를 짚고라도 일어서야 한다. 반쯤 기울어진 햇살을 부여잡고 속절없이 앞으로만 흐르며 여여하게 건너가는 시간을 세우고 아우성 속에 무너진 조선의 시간을 다시 일으켜 세워야만 한다. 일본의 발길질에 눈밭에 처박혔던 마음을 일으켜 일본의 만행을 아작아작 씹어 먹어도 분이 풀릴 것 같지 않은 만행을 준엄하게 내려다보고만 있는 저 미친! 신. 고종의 장례식이 국장으로 선포되자 그로 인해 일본은 더욱 신경을 날카롭게 세웠다. 전국에서 하얀 상복을 입은 사람들이 속속 모여들어 애도의 물결은 구름처럼 흐른다. 임금의 죽음을 슬퍼하는 백성들이 전국 방방곡곡에서 몰려오며 울고 산천초목도 온몸을 흔들며 흐느끼고 짐승들조차도 모두 모여들어 온 나라를 슬픔으로 뒤덮는다. 국민의 눈물은 수위 조절이 안 되고 흐르고 흘러 강물로 범람한다. 불한당이 지나간 자리마다 피비린내가 진동하지만 조금도 굴하지 않고 만세를 외치며 말한다. 일본 너희들 착각하지 마라. 너희들에게 항복하려고 두 손을 위로 드는 것이 아니다. 계속해서 손을 들었다 내렸다 하는 것은 만세를 부르는 것이지 너희 강도들이 손 내리지 말라고 총을 겨누어도 우리는 손을 들었다 내렸다 하며 만세를 줄기차게 부를 것이다. 너희들 이거 아느냐? 조류(鳥類) 중에서 가장 장수하는 솔개는 마흔 살이 되었을 때 매우 고통스럽고 힘들지만 대단한 용기를 필요로 하는 결심을 한다. 마흔 살이 되어 깃털이 무거워져 하늘을 날아오르기 힘들게 되고 부리와 발톱은 굽고 무뎌져 더 이상 사냥을 할 수 없게 되면 솔개는 높은 산으로 날아가 둥지를 틀고 약 130일에 걸친 자기와의 싸움을 시작한다. 그 싸움은 먼저 자기 부리를 돌이나 나무에 부딪쳐 빠지게 해서 새 부리가 나게 하고 그다음엔 부리로 자기 발톱을 쪼아 발톱을 하나씩 뽑은 다음 새 발톱이 돋아나게 하고 날개의 깃털을 뽑아 새 깃털이 나오게 하는 과정을 거쳐 다시 30년이란 새 삶을 얻듯이 우리 민족도 낡은 부리를 뽑아내고 새 부리가 돋게 하고 무디어지고 굽은 발톱을 뽑고 새 발톱을 돋아나게 하고 날개의 깃털을 뽑아 반드시 지구에서 가장 튼튼하고 장수하는 나라로 만들어 낼 것이다. 지금은 우리 조선이 잠시 모든 것을 교체하고 있는 시간일 뿐이지 결코 일본에 대항할 힘이 없는 것은 아님을 명심하라. 끄떡하지 않고 나아가는 용기와 기백에 일본도 당황하는 기색이다. 국장에 참여하기 위해 경성으로 상경하는 이들의 줄이 끊이지 않는다. 조선왕조와 대한제국 시기에는 일군만민(一君萬民)의 이념이 형성되어 옛 양반층뿐만 아니라 민중들도 그 이념에 젖어 있었다. 독립운동가들은 일본의 잔학무도한 행동과 독 같은 이빨 자국 틈새를 독립 만세 운동으로 잘 사용하도록 홍보하며 독립 만세 사용 설명서를 만든다. 천도교 기독교 불교 각 종교 지도자는 독립 만세 사용 설명서를 만들어 쉴 새 없이 돌아다니며 독립신문 국민신문 전단으로 수없이 배포하고 광채 나는 붉은 목소리로 홍보에 심혈을 기울인다. 학생과 지식인은 선도자가 되어 독립선언서를 비롯한 각종 인쇄물과 태극기 독립 만세 깃발 등을 제작하여 민중들에게 나누어주어 핏물이 번지듯 다시 독립운동이 번진다. 또한, 그와 더불어 납세 거부와 일본 화폐 불매 일본인에 대한 상품불매와 고용거부 노동자 직공 등은 파업을 감행하고 학생들은 속속 동맹휴교에 들어간다. 상인들도 왕조시대의 관행을 따라가게 문을 닫음으로써 독립 의지를 표명한다. 농촌에서도 학생과 지식인들은 북풍을 뚫듯이 일본의 눈을 뚫어가며 수행한 역할이 많다. 일반적으로는 농민이 주역이다. 전국에서 체포된 자 가운데 약 65%가 농민이다. 농촌에서는 전통적인 민란 방법에 따른 운동이 전개된다. 왕조시대에는 양반 유생이 민중들에게 추대되어 민란 지도자가 되기도 하고 또는 스스로 주도자가 되기도 했던 것처럼 양반촌인 동족촌락에서는 일족이 대거 독립운동에 참여해서 애국심을 발휘하기도 했다. 선비정신이 투철한 양반 유생 면장이나 면서기 이장 등은 밤을 낮으로 삼으며 입술이 부르트고 혓바늘이 돋도록 민중을 설득하여 모은다. 만세 시위를 하기에는 장날이 안성맞춤이다. 이런 것들 역시 지도자의 독립선언과 연설을 들은 후 독립을 위한 시위행진이 목소리를 이고 지고 나와서 쏟아붓기 시작한다. 그중에는 술 한 잔의 취기로 용기를 북돋아 참여하는 사람도 있다. 그동안 취하지 않고 맨정신으로 살 수 없었던 날들이었지만 오늘은 더 이상 취하지 않고는 도저히 견딜 수 없게 만든다. 시위운동은 적게는 수십 명 많은 경우에는 수만 명이 모여든다. 수백 명에서 수천수만 명, 그야말로 수는 숫자에 불과했다. 무겁게 등에 지고 있던 온 국민의 서럽고 응어리진 마음을 모두 한곳 독립운동 만세로 모여들어 구름도 가슴을 쓸어내린다. 머리 위엔 까치가 까까치까 때까치 때까치 울음을 떨어뜨리며 떼를 지어 날아간다. 1919년 3월 13일 용정 만주지역에서의 대표 3만여 명이 모인다. 기세도 당당하게 모진 세월을 무수

한 설움으로 살아낸 피눈물로 얼룩진 독립선언서를 낭독하고 독립 만세를 외쳤다. 나라를 위해 먼저 간 영령들의 유골을 뽑아 마시며 어둠을 파먹으며 견딘 씨앗들. 이제 돌 틈 사이를 비집고 싹을 틔울 준비를 하며 **대한독립 만세!**를 목 놓아 부르는데 중국 군대가 시위대에 발포를 하여 또 사상자를 만든다. 살해된 투쟁은 능욕을 당해도 침 한 번 얼굴에 퉤! 퉤! 퉤! 퉤! 뱉을 줄 모르는 단군의 자손 백의민족이여! 한편 경남 합천군 야로면 주민들과 해인사 승려들이 한마음으로 한 장소로 모이자 조국의 독립 만세 운동에 자발적 참가자가 1만여 명에 이른다. 절간같이 적막했던 날이 걷히고 이제 흰 두루마기 입고 하얀 우리말 쓰고 배우며 백의민족으로 우리 강산을 휘휘 활개 치며 살겠다는데 냇가에서 빨래하다가 끌려간 어미가 그리워, 숫돌에 낫을 갈다 끌려간 아비가 그리워, 마루 밑에 숨었다 들켜 끌려간 자식이 그리워, 오랏줄에 묶여 쇠사슬에 묶여 끌려간 아들이 보고파 밤마다 긴 옷고름으로 눈물을 훔치며 살아온 세월. 착취와 폭압과 성고문을 당하고 불의에 저항하다 착취에 주먹조차 못 쥐고 손목으로 끌려간 한들이 쌓여 얼굴마다 밭이랑보다 깊은 골이 파여 고랑고랑 핏물이 줄줄 흘러내린다. 흐르던 핏물이 모두 모두 거리거리로 쏟아져 나온다. 모두가 한마음 한뜻으로 오로지 조국을 위해 목이 터지라 억눌렸던 만세를 쏟아내는 옥양목처럼 하얀 마음을 잔인무도한 일본은 무력으로 인명을 무자기로 살상한 것이다. 저것은 자신의 치부를 가리고 싶어 또 다른 치부를 끊어다 덧대는 일! 갈수록 수탈이 심해지고 심해질수록 예외 없이 폭포수가 쏟아지듯 백성들이 쏟아져 합천군 강양면의 시장에도 백성들이 모인다. 핏물이 떨어지는 죽음으로 불길로 자신의 목숨을 던져 후손들의 불쏘시개가 되겠다는 의지가 돌보다 더 단단하게 굳게 뭉친다. 동백꽃처럼 목숨을 붉게 버릴 각오가 손에 손을 잡고 모인다. 손에손에 자유를 들고 평화를 들고 모인다. 일본은 온 촉각을 세워서 검은 혀들을 날름거리며 살무사의 눈알보다 더 푸른 독기를 뿜어내며 입에 게거품을 물고 정보를 캐내기에 혈안이 되어 거리를 마구 쓸고 다닌다. 정보에 사냥개 같은 일본은 잠시도 경계를 늦추지 않는다. 백성들이 모여들기가 무섭게 일본 군인과 경찰은 쇠몽둥이나 장검으로 마구 내리치고 베다가도 한이 안 차는지 총을 마구 발포한다. 거꾸러지도록 두들겨 맞아도 죽지 않자 결국 총을 쏘아 여러 명을 죽이고 수도 없는 사람들에게 부상을 입힌다. 피도 눈물도 모두 실종된 그들의 만행에 울 밑에서 봉선화가 붉은 울음을 울자 모든 꽃이 붉은 피로 물든다. 눈 위에 발갛게 익은 겨울 산수유 열매보다 붉은 하늘은 공염불만 외고 있다. 1919년 3월 19일 합천군 대정면에서 지역 유지와 노동자들이 다시 의기투합하여 모이기로 약속을 짠다. 고현 시장을 집합장소로 정한다. 너나 할 것 없이 벌떼처럼 모인 사람들이 독립선언을 시작으로 만세를 목이 터지라고 외치며 나라를 찾으려는 데 힘을 보탠다. 아침에 동쪽으로 해가 뜨면 저녁에 서쪽으로 해가 지는 건 세상 이치. 일본은 늘 낮만 생각하고 빛만 생각한다. 영원히 해가 지지 않을 거라는 자만을 가지고 군림하며 살아온 일본은 밤이 기울면 낮이 되고 낮이 기울면 밤이 되는 이 당연한 이치를 한 치 앞을 내다보지 못한다. 밟을수록 더 팔팔하게 자라는 보리의 힘을 알지 못한다. 새벽 언덕에 저녁 언덕에도 십자가는 기도를 펄럭이고 염주는 염불을 굴리는 것을 일본은 볼 줄 모르는 소경인 것이다. 춥고 모진 겨울밤을 견딘 나무들은 몸속에 봄을 잉태하고 있는 걸 알지 못한다. 오로지 눈앞 이익에 가로막혀 별의별 수작을 수작수작 부라린다. 팔 한쪽이 잘리면 다른 한쪽으로 대한독립 만세를 부르는 바위도 뚫고 남을 철벽같은 힘을 별빛처럼 빛나는 애국심을 정의를 신념을 총부리로 부리로 부라리며 애국 숲을 헤치며 일본군은 주모자 10명을 체포해 진주로 압송한다. 육신을 학대하고 압송한다고 정신까지 압송할 수는 없다. 총부리는 허수아비에 불과할 뿐. 1919년 3월 22일 상백 백산 가회 삼가 다섯 면의 주민 3만여 명이 다시 뭉칠 것을 결의하고 복숭아꽃 살구꽃 빛을 마음에 담고 태극기와 푸른 오기와 분노가 휘날린다. 일본의 만행을 물리치기 위한 만세 시위를 벌인다. 질서 있는 평화시위다. 타당한 너무도 당연한 권리 주장이며 너무도 당연한 질서며 희망을 노래함이며 내 나라를 위해 내 땅에서 당당하게 만세를 부른다. 일본군은 야욕의 시퍼런 서슬로 이유를 불문하고 모여서 만세를 부르는 행위를 모두 베어

버린다. 내 나라 내 땅에서 당당하게 만세를 부르는 백성들을 무차별 발포하여 60명이 사망하고 1백여 명이 크게 다친다. 같은 날 초계면에서도 유림과 학생의 주도로 8천여 명이 모여 만세를 부르며 해방을 노래하자 일본군의 총이 발포한 총알은 사람의 심장을 떨어뜨려 수십 명을 죽이고 수십 명의 부상자를 낸다. 신은 이때도 푸릇푸릇 풀냄새만 키울 뿐 대한제국을 위해 조금의 인정도 베풀지 않고 있다. 일본은 토네이도가 지상을 쓸면서 제트기가 날 때보다 더 강한 굉음을 내며 적란운의 깔때기를 들이대고 먼지 회오리를 일으킬 때보다 더한 소용돌이를 치며 악랄한 짓을 일삼고 있는데도 신들은 눈을 감고 묵묵하다. 일본의 악행에 달도 부끄러워 숨어버린 날 녹두꽃이 뚝뚝 지고 파랑새가 날아와 눈물을 쏟는다. 남원군 덕과면장 이석기는 관청 행사인 식수기념식이 예정되어 있던 날을 꽃피울 날로 잡고 모든 준비를 하기에 바쁘다. 독립 만세를 위한 격문과 참가 취지서를 나뭇가지에 매달아 19개 면에 보낸다. 나무 심기는 천지를 만세 소리로 푸르게푸르게 심는 일이다. 가슴마다 만세 모종을 빵빵하게 담은 국민 8천여 명이 모여든다. 두 눈을 부릅뜬 일본군 눈살에 흙을 퍼부으며 식수기념식을 한다. 19개 면장 등이 만세를 선창하고 군중들이 따라 *대한독립 만세! 대한독립 만세! 대한독립 만세!* 가슴에서 대한독립 만세를 꺼내 입 밖으로 던져댄다. 우박이 쏟아지듯 *대한독립 만세!* 를 쏟아내며 남원에서 전주로 가는 도로를 행진한다. 도로는 만세 소리로 출렁출렁 모든 사람이 만세 소리에 흥건하게 젖는다. 가슴 속에 다닥다닥 박혀 있던 까만 수박씨 같은 한을 뱉어내며 두 주먹을 높이높이 들어 올려 허공을 뚫는다. 울분으로 쏟아내는 소리는 산천 대천을 돌아돌아 나이아가라 폭포수보다 더 세차고 큰 소리로 흐르고흐르고 또 흐른다. 폭포수가 넘친다는 소식은 곧 남원군 전체에 퍼진다. 다음날 남원읍 장날 장터에는 호미를 들고 낫을 들고 괭이를 들고 바가지를 들고 숟가락을 들고 신었던 신발을 벗어들고 입었던 옷들을 벗어들고 조국을 머리에 이고 등에 지고 또다시 만세 행군이 벌어진다. 천리향처럼 퍼진 만세 행렬은 장날 오후가 되자 광한루 앞 광장에서 군중이 눈덩이처럼 불어난다. 일본의 가혹함을 점령하며 만세 행렬이 끝없이 물결친다. 시간은 수천여 명의 주민들을 다시 불러 모은다. 모두 합세한 대규모 입술에서 **대한독립 만세!** 소리가 꽃비처럼 날아내려 거리를 적신다. 읍내 전체 군중의 노기가 켠 햇불은 성난 바람을 타고 둥실둥실 어제의 남루한 시간을 짓밟아 뭉개버리며 발레리나처럼 춤을 춘다. 싱싱함이 팽팽하게 가슴을 포개고 하나가 된 만세 소리는 수만 개의 스펙트럼이 폭죽으로 터지며 흩어져 하늘을 덮는다. 일본군은 먹이를 노리는 독수리처럼 소문을 낚아채고 한걸음에 달려와 총알 세례를 마구 내리쏟아 총알 소리가 폭죽처럼 마구 터진다. 일본군의 지시를 받은 총알은 방진형 방명숙 외 18명의 심장에 박힌다. 눈에 총알이 박히고 칼끝이 눈알을 찢고 방망이와 총대는 닥치는 대로 마구 갈겨 댄다. 20여 명이 중상을 입고 황일환 이성기 이갑수 등 30여 명의 손발을 묶는다. 한 시대의 희망에 절망이란 쇠고랑을 채운다. 세상에서 제일 푸른 힘 희망이 끌려가는 중이다. 1919년 4월 4일 군산 영명 학교 교사 문용기는 이리 장날이 절호의 기회라고 생각을 세우고 밤이 무성하게 별빛으로 수를 놓으며 독립운동을 위한 고삐를 당겨 한곳으로 모을 계획을 짜고 있다. 일본군 보병 중대는 밤낮으로 주둔하며 검문검색에 불안을 흘리며 기형 같은 짓을 일삼는다. 머리끝까지 헛구역질 나는 뿔을 키우고 있다. 그렇지만 뛰는 놈 위엔 나는 놈이 늘 있는 법. 문용기는 박도현과 장경춘 등 기독교 인사들과 몰래 만나 죽음에 항거하며 집안에 걸어놓았던 용기와 힘들을 모아 4월 4일 장날에 거사하기로 입을 맞춘다. 12시쯤 기독교인 등 3백여 군중이 이리장터로 향하며 마음을 포개고 하나가 된다. 만세 운동에 참여한 군중들은 일본의 마구잡이 학살 소문에 깨진 유리 조각처럼 날카롭게 결심을 갈아 문용기의 지휘를 받으며 전전해 나간다. 독립선언서와 휘날리는 태극기 물결은 봄 햇살을 몽땅 쓸어내며 바이러스처럼 퍼져나가 시가를 행진한다. 군중의 수는 눈덩이처럼 불어나 2천여 명이 된다. 2천여 명의 기세는 억눌렸던 심장의 반란으로 붉게 타오르며 일본군에게 섬뜩한 공포 분위기를 조성한다. 다급해진 일본 헌병대가 독립운동 진압을 위해 곧바로 출동한다. 일제는 소방대와 일본인 농장원 수백 명을 동원해서 진압하기에 이른다.

그들은 정당한 집합을 해체하고 독립 만세를 저지하기 위해 손에 잡히는 대로 총 곤봉 쇠갈고리 창검을 마구 휘두르며 무력 진압을 한다. 백성들은 머리에 뿔이 돋고 펄펄 끓어오르는 가마뚜껑을 열어젖히며 일본군에 대항하며 만세 운동을 강행하자 일본은 눈에 불을 품어대며 무차별 사격을 감행한다. 이 와중에도 오른손에 태극기를 들고 군중의 앞으로 나아가 독립운동의 정당성과 일제의 만행을 규탄하는 연설을 목숨을 내걸고 하는 문용기에게 일본 헌병은 칼을 신들린 무당처럼 휘둘러댄다. 결국, 잔인한 칼날은 죄 없는 애국자 문용기의 오른팔을 베어 태극기와 함께 땅에 떨어뜨린다. 오른팔에서는 옳은 피가 분수대처럼 붉게 하늘로 치솟아 오른다. 그는 이미 자신의 아픔 따위는 조국을 위해 버렸다. 옳은 피가 공중을 적시며 멈추지 않고 치솟고 옳은 팔은 주인을 잃고 땅바닥에 떨어져 나뒹굴자 팔을 길바닥에 버려둔 채 왼손으로 태극기를 집어 들고 만세를 외친다. 잔인무도한 일본은 이번에는 왼팔마저 베어버린다. 왼손도 오른손도 땅바닥에 떨어져 피를 흘리며 나뒹군다. 그는 땅바닥에 떨어져 나뒹구는 왼팔과 오른팔을 버리고 이번에는 입으로 태극기를 물고 뛰어가며 만세를 외친다. 그의 오른팔과 왼팔은 주인을 잃은 채 피눈물을 흘리며 자신들은 괜찮으니 어서어서 조국을 위해 할 일을 하라며 *대한독립 만세! 대한독립 만세! 대한독립 만세!*를 피투성이가 된 소리를 외치며 주인의 뒤를 따라와 문용기를 전송한다. 펄떡펄떡 피범벅으로 뛰어오며 용기를 전송하는 오른팔과 왼팔은 만세를 부르는 군중들과 함께 *대한독립 만세! 대한독립 만세! 대한독립 만세!* 철 철 철 붉은 피로 조선 땅을 적신다. 군중들은 흥분 섞인 물결을 출렁인다. 이에 격분한 일본 헌병은 끝내 추격하여 사정없이 몸마저 칼로 마구 난자(亂刺)한다. 그는 목숨이 끊어지는 순간까지 독립 만세를 몸속에 남아있는 조국을 위한 애국심을 민중들의 뼈에 이식하며 핏빛 낭자한 *대한독립 만세!*를 사무치도록 외치다가 끝내 순국한다. 그의 두 팔과 난자당한 주검은 조금도 굴하지 않고 당당한 자세로 조선에 등불을 환하게 비추고 있었다. 추격하며 난자하는 일본 헌병에 청년들은 끓어오르는 분을 못 이겨 자신의 바지를 내리고 일본군에게 오줌 줄기를 마구 갈긴다. 호수가 굵거나 가늘거나는 문제가 되지 않는다. 굵고 가는 오줌 줄기들이 일제히 모여 소방대 물줄기보다 센 오줌 줄기로 헌병들 얼굴에 마구 오줌 세례를 퍼붓자 일본 헌병들은 이들에게도 칼을 마구 휘두른다. 그렇지만 한발도 물러서지 않고 마구 갈겨대는 오줌발에 눈이 멀어진 그들의 칼은 애먼 허공만 가르고 있었다. 할아버지와 할머니는 물에 고춧가루를 타서 그들에게 마구 뿌려댄다. 그들은 눈에 고춧가루가 들어가자 무기를 들고도 쏘지 못하고 절절맸다. 어린 손녀 손자에게 고춧가루를 타라고 시키고 계속해서 손수레로 고춧가루를 날라와 뿌려대자 일본군은 땅바닥에 나뒹굴었다. 또 젊은 청년은 화장실에 가서 똥물을 지고 와서 마구 뿌려대기도 했다. 1919년 4월 6일

구덕이는 3.1 만세 운동이 전국으로 유행처럼 번지며 폭력의 조짐이 보이자 자제단을 조직한다. 자제단은 대구에서 진압 시위 참여자를 설득시키는 일을 한다. '자제단 발기인회'를 조직하면서 단장을 맡고 대구 자제단 본부장도 겸임한다. 대구청 앞에서 조직된 자제단 조직 성명서 결성 취지는 경거망동으로 인하여 국민의 품위를 손상케 하는 일이 없도록 상호 자제케 함이 목적이요 3.1운동을 진압하고 명령한 무리를 배제하는 것임을 천명한다. 자제단은 경북 참여관에 나도둑이 주동을 맡는 것을 발단으로 경상도 일대 동 성주 군위 김천 등지에 자제단 지부가 연이어 생겨난다. 5월이 되자 자제단 싹은 더욱 무성하게 넝쿨을 벋기 시작한다. 경상남도에도 밀양 창원 사천 영천까지 자제단 넝쿨이 벋어 뿌리를 내리며 자제를 촉구하기에 이른다. 6월에는 청주 충주 천안 아산 제천 청주까지 무성하게 뻗어 나가 지부가 새끼를 치며 자제를 촉구하기에 이른다. 6월 27일 옥천군 옥천면에서도 주길놈에 의해 옥천 자제단이 조직된다. 이들 자제단은 12월까지 각지에서 3.1운동 참가자들에게 무력시위를 자제하고 집으로 돌아갈 것을 설득 호소하는 것처럼 보였지만 실제로는 위협을 가하며 만세 운동 활동을 강철처럼 막는다. 3.1운동을 계기로 강경책 내지는 군사 경찰에 의한 무단통치를 하던 조선총독부는 문화통치라는 명분을 만들어 정책을 바꾸기에 이른다. 불타는 도화선이 되어 자신들의 강력진압에도 한 발짝도 물러설 줄 모르고 점점 전국으로 확산되며 죽음을 각오하고 항거하는 3.1운동에 의해 일본 정부나 총독부 측에서는 기존의 통치 방식을 심각하게 고민한 끝에 고려한 것이다. 기존의 강압적 통치에서 회유적 통치라는 이름으로 스리슬쩍 자리 이동만 한 것이다. 그 자리 우두머리는 군인 신분인 사이토 마코토 총독이 파견되어 그 방향을 선회하기에 이른다. 그 결과 단체 활동 및 언론 활동이 일부 허가된다. 아주 기초적인 교육 외로는 실질적으로는 이름만 바꾼 것에 불과하다. 자제단처럼 친일파 양성을 통해 한민족의 분열을 시도하여 식민통치를 철저히 은폐하기 위한 손바닥으로 하늘을 가리는 통치 방식을 제정한 것이다. 손바닥으로 하늘을 가리려는 수단을 내놓는다고 순순히 물러설 거라는 판단은 오판이다. 그 증거로 일본군이 한반도에서 축출될 때까지 문관 총독은 단 한 명조차도 임명되지 않는다. 헌병 경찰제를 보통 경찰제로 바꾸는 것도 명칭만 바꿨을 뿐이다. 경찰력은 오히려 더욱 강화하고 '고등 경찰제'를 도입해서 독립운동가를 전문적으로 색출하는 운동을 벌이기 시작한 것이다. 일본은 문화통치를 통하여 자신들을 조선 사람으로 생각하지 않는 소수의 친일관료를 키워 우리 민족 간에 서로 이간질을 하여 사회를 분열시키고 민족의 근대 의식 성장을 오도하며 초급 학문과 기술 교육만을 이용하여 일본의 지배하기에 도움이 될 인재를 대량 양성하기 시작한다. 1919년 4월 10일 독립운동을 하던 애국지사들이 모여 오매불망 기다리던 대한민국 임시정부를 세우고 만방에 알린다. 그들의 머릿속에는 한국 숲에 삼족오가 날고 있었다. 그들의 머릿속에는 다람쥐가 나무 위를 졸졸 꺄르륵 졸졸 꺄르륵 오르내리며 알밤 까먹는 소리를 쳇바퀴처럼 굴려대고 벌들이 붕붕허벌 붕붕허벌 달콤한 노래를 부르며 벌침 놓는 소리를 허벌나게 모아들인다. 나비들이 호아랑호아랑 호랑호랑호랑 머릿속을 날며 비단옷을 짓는다. 콩나물이 콩콩콩콩 콩콩콩콩 외발로 깨금발을 띠며 자라고 도마뱀이 도마도마 도마도마 도마 위에 꼬리를 탁탁 잘라버리며 논다. 백합꽃이 하양하양 향기를 자아낸다. 청설모가 청청 설설 청청 설설 긴 꼬리를 말아 흔들며 나무 미끄럼을 타며 논다. 비행기가 바퀴를 굴리며 달리고 배가 공중을 헤엄쳐 다니고 악어가 늪을 잡아먹고 양 떼들이 말들이 초원을 뜯으며 논다. 맨드라미가 닭의 머리에 올라앉고 보리깜부기가 깜북깜북 졸고 처마 끝은 제비집을 짓고 빨랫줄은 제비를 데리고 놀고 잠자리는 나무 끝에 잠자리하고 고추밭에서 고추가 벌겋게 발기하는 밤, 별과 달이 합동으로 빛을 만들어내는 밤, 냄새는 코만 따라다니고 말은 입만 따라다니고 소리는 귀만 따라다니는 평화로운 나라를 만들고 싶었다. 신발은 발을 데리고 다니고 풀냄새가 싱그럽게 자라고 바람 냄새가 푸르게 자라고 카메라 눈은 우주를 따라다니며 찰칵찰칵 독립의 기록을 후세들에게 떳떳이 남기고 싶었다. 그러나 1919년 4월 11일 일본은 경기도 수원군 우정면 화수리 시위군중이 있는 화수리 주재소에 불을 지른다. 시위대가 맨몸으로 저항하는 과정에서 일본 순사 1명이 죽는다. 11일 아직 새들도 일어나기 전 어둠조차도 눈을 뜨지 않는 시간에 일본은 헌병과 경찰을 동원해 민가에 불을 지르는 만행을 저지른다. 잠이 일찍 깬 사람들이 황급히 불더미에서 빠져나오자 총으로 쏘거나 칼로 찔러 마을주민 수십여 명을 그 자리에서 잔인하게 학살한다. 피 냄새가 공기를 타고 연기처럼 날아오른다. 90가구가 모여 살던 화수리는 이날 사건 이후 십여 가구만 남기고 모두 불타 잿더미가 된다. 제법 부촌(富村)이던 고을은 굶어 죽는 사람이 속출하고 황폐하기가 차마 눈 뜨고는 도저히 볼 수 없을 정도의 참극이 벌어진 것이다. 일본군에 의해 불탄 화수리 마을과 그들에 의해 살해당한 주민들 이제 재가 되어버린 거대한 기와 더미와 먼지 벽돌 외에 아무것도 남아있지 않았다. 어린아이나 부녀자나 노약자나 모두 흔적도 없이 깜깜할 뿐이다. 가족 모두가 잿더미에 묻힌 집들도 있고 노인이 온몸에 화상을 입고 신음을 하고 새까맣게 숯이 된 어미를 안고 **엄마! 엄마!** 울면서 엄마를 불러대는 다섯 살 어린이와 네 살짜리 여자아이가 온몸에 화상을 입고 홀로 살아남아 눈동자만 굴리고 있기도 해 차마 눈 뜨고 볼 수가 없다. 허공은 헛웃음만 허허허허 웃어대고 있다. *어쩌자고! 어쩌라고! 이 짐승만도 못한 놈들아 어찌 이렇게 짐승보다 더 사악한 짓을 한단 말이냐!* 경기도 수원군 향남면 제암리 장날에 주민들은 다시 장터로 발걸음을 재촉하며 한목소리로 소리 지른다. 분노를 목이 눌리도록 머리에 이고 등이

휘도록 지게에 지고 팔이 늘어지도록 손에 들고 모두 한마음으로 뭉쳐 달려 나온다. 독립 만세를 부르는 죄 없는 주민들을 무력으로 진압하던 일본 육군은 천인공노할 일을 서슴없이 저지른다. 한 번 피 맛을 본 짐승은 절대로 피 맛을 멈출 수 없다. 기어가 고장 난 수레가 언덕을 굴러떨어지는 것처럼. 붉은 괴수들은 제암 교회에 사람들을 불러 모아놓고 불을 질러버린다. 교회 안 모든 사람은 속수무책으로 모두 불 속에서 새까맣게 타서 저승이란 낭떠러지로 추락해 버리고 만다. 예수도 멀뚱멀뚱 지켜만 보고 천당으로 대피시킬 준비는 아예 할 생각도 않는지 모였던 사람들은 불의 입으로 불의 먹이가 되어 사라지고 만다. 제암리에서 조금 떨어진 곳에 위치한 수촌마을은 집과 음식을 모두 파괴당해 입에 풀칠도 할 수 없을 지경이다. 배가 고파 우는 아이들은 흙을 집어 먹고 노약자들 목숨을 부지하기 위해 풀밭을 돌아다니며 약초나 풀을 뜯어먹으며 연명한다. 숨만 쉬고 있을 뿐 살았다고 말할 수 없을 정도로 비참하다. 살아남은 자들의 가슴가슴엔 슬픔과 고통이 하루살이처럼 바글바글하다. 이렇게 혼란하고 어지러운 질서를 잡기 위한 임시정부가 선포되고 이승만은 한성 임시정부에서 집정관총재(執政官總裁)에 임명된다. 1919년 3월 21일 연해주 대한국민의회에서 국무총리 겸 외무총장에 선출되었다는 소식을 미국에서 통보를 받았다. 이승만은 스승인 윌슨 대통령의 말을 깊이 새기며 조국을 위해 한 몸을 바쳐야겠다는 마음을 먹고 대한민국 대통령의 명의로 각국 지도자들에게 편지를 보내는 한편 워싱턴에 구미위원부를 설치한다. 안창호는 임시정부 규정에 없는 대통령 직책을 사용한 것에 대해 이승만에게 강하게 항의했지만 이제 더 이상 바람에 흔들려서는 여기까지 찾은 조국을 다시 빼앗길 수 있다는 마음이 들었다. 이승만은 안창호의 항의에 신경 쓰지 말고 조국을 찾고 보자는 생각을 굳힌다. 다행스럽게도 1919년 9월 6일 상해 임시정부 의정원은 이승만을 임시 대통령으로 추대한다. 이승만은 대한국민의회 국무경 자격으로 UP 통신과 기자회견을 하였다. 이승만은 만세 운동에 참석하기 위해 필라델피아에서 제1차 한인 회의를 개최하고 **한국이 독립하면 기독교 국가를 건설할 것이며 미국식 민주제를 시행하겠다고** 설파했다. 그리고 이승만은 생각했다. 기운을 받아야 한다. 어디 가서 기운을 받나? 생각하다가 갑자기 생각난 곳이 있어서 그리고 향한다. 그곳은 미국 독립기념관이었다. 이승만은 거기서 미국 초대 대통령 조지 워싱턴이 앉았던 의자에 앉아 기도했다. 우리나라 국운이 미국처럼 일어나게 힘을 주소서. **반드시 미국처럼 부강한 나라가 되게 도와주소서.** 간절한 기도를 마치고 돌아왔다. 그해 5월 말에 경성 한성 임시정부가 수립되었고 자신을 집정관 총재로 초대했다는 것을 알았다. 4월 23일 날 추대된 걸 5월 말에 알게 되었던 것이다. 사람이 사는 곳은 어디든 비리와 부조리가 함께 사는 것 같다. 하와이 대한인국민회 하와이 지방총회에서 재정 비리 의혹이 터졌다. 이승만은 하와이 지방총회를 혁신해야 한다는 생각이 들었다. 나라가 이렇게 어지러운데 어쩌자고 남의 나라에 붙어 연명하면서까지 자신의 이익을 취한단 말인가? 창조적 혼돈이 격렬하게 피의 온도를 높인다.

정의의 충성

6

 풀 한 포기 쌀 한 톨도 저절로 생기는 일이란 없는 법인데 마음이 쓸쓸했다. 어떤 흉측한 벌레가 이 위기 속에서도 인간의 마음을 이렇게 갉아먹는단 말인가? 벌레가 심장을 갉아 먹는 소리가 사각사각 들린다. 한 푼 두 푼 모아 조국에 보태도 모자랄 판에 횡령이라니 쥐구멍처럼 답답함이 밀려온다. 이번 기회에 다시 한번 인간의 삶이란 진정한 부자란 어떤 것인가를 가르쳐야겠다고 생각하고 임시회의를 열고 회계장부도 모두 조사를 시켰다. 그 결과 총재무 주사기와 하와이 지방총회장 오횡령이 짜고 주사기처럼 빨아들여 횡령한 것이었다. 참으로 기가 막힐 일이다. 내 마음 같이 믿고 간부를 맡겼는데 그걸 이용해 횡령을 하다니 이승만은 살점이 부들부들 떨렸다. 이승만은 이들과 함께 횡령한 지도부들을 모두 파면시켰지만, 뒤 끝이 개운하지 않고 몹시 마음이 무거웠다. 이참에 이승만은 서로의 교육 방침이 달라 서로 마찰을 빚던 미국 감리교 선교단과 한인 중앙학원을 감리교 선교부에서 독립시켰다. 신규 하와이 지방총회장 선거가 있었고 회장과 대의원에 새로운 사람이 당선되었다. 제발 조국 독립을 위해서 충성을 다하는 회장이 되길 빈다. 그렇지만 이들이 또 얼마나 애국심을 가지고 독립을 위해 투명하게 쓸 수 있을지 고민하는 사이 일본에서는 일본을 비판하는 글을 가르친다는 헛소문을 언론에 퍼트리고 다니고 있었다. 이승만은 곧바로 호놀룰루 스타 불레틴 신문에 글을 기고했다. 우리 학교에서는 일본을 비판하라고 가르치지 않는다. 개 눈에는 똥만 보인다고 너희는 남의 나라를 강제로 침탈하고 아주 파렴치함을 가르치겠지만 우리 조선은 너희 나라와는 혈통이 다르다. 이 족속들아! 우리 민족은 선조 때부터 농사를 짓기 위해 씨앗을 심을 때도 한 구덩이에 세 알씩 씨앗을 심었다. 한 알은 땅에 사는 생명들이 먹으라고, 또 한 알은 공중을 나는 생명들이 먹으라고, 나머지 하나만 농부가 가지는 그런 넉넉한 마음을 가진 선조였고, 또 과일을 추수할 때도 짐승들이 먹을 만큼 남겨놓고 추수를 하는 선조였지 너희 민족처럼 남의 나라를 빼앗으려 날강도 짓을 일삼는 선조들과는 몸속에 흐르는 혈통이 근본적으로 다르단 말이다. 벌레는 벌레의 속도로 물고기는 물고기의 속도로 세상을 재단하듯 너희는 너희의 욕심으로 세상을 재단하면서 그것도 모자라 모함까지 하는 파렴치한 족속임을 부끄럽게 여기지 않으면 결국 그 사악한 생각은 너희 일본에 폭설처럼 쏟아져 내릴 것이니 명심하고 함부로 헛소문으로 경거망동하고 다니지 말아야 할 것이다. 우리나라는 아직 자동차 시동도 걸지 않았으니 위험하거나 추락할 일이 없지만, 일본 너희는 남의 나라 도로에서 그렇게 과속으로 마구 질주하다가는 반드시 사고가 나고 말 것이다. 일본 너희는 알아야 할 것이다. 발바닥은 폭이 좁아 너희처럼 남을 밟고 올라서면 반드시 추락하고 만다는 것을.라고 항의하는 글을 게재했다. 우리나라가 바람 앞의 촛불인데 특정 인종이나 민족에 대한 증오를 가르칠 그런 한가한 나라로 본다는 건 그들이 그렇게 트집 잡기를 할 뿐이란 걸 이승만은 너무도 잘 알고 있었기에 그냥 넘어가서는 계속 트집 잡기로 괴롭힘을 당할 것이 불 보듯 뻔한 일이었다. 이승만은 하루에 두세 시간씩밖에 자지 못해 곤한 잠이 쏟아지자 잠의 밑동을 벼를 베듯 싹둑 잘라 버린다. 내 잠을 대신해 국민들이 저녁 종소리처럼 아늑하고 포근한 잠을 잘 수 있도록 해야겠다고 생각한다. 연잎 위 물방울 구르는 소리 수련꽃 피고 청개구리 연잎 위에서 물방울 굴리며 놀고 봄바람 재잘대며 연꽃잎 사이 드나들고 뒤란 댓잎 사그락사그락 귀청이 소란스러울 때 창문을 열고 별빛을 불러들이고 나뭇가지에 새 발자국 나풀나풀 찍는 숲 냄새 가득한 오솔길을 걸으며 눈 창을 열고 햇살을 수없이 저장하고 아이들 웃음소리에 꽃도 새도 구름도 기웃거리는 평화가 날아다니는 나라를 만들어 후손에게 물려주고 싶다. 이승만은 암소가 들판에서 뜯어먹은 풀을 다시 되새김질하듯 천천히 지혜의 풀을 뜯어먹고 되새김질하기 위해 또 고목 아래로 가서 바위에 가부좌를 틀고 앉아 기도했다. 높은 바람은 하늘의 높이를 알고 큰 풍파는 바다의 깊이를 알 수 있음인데 이렇게 높은 바람과 큰 풍파를 겪어 하늘의 높이를 알고 바다의 깊이를 알 수 있는 시련을 습득했는데도 왜 하나님은 나라가 이렇게 어지러운데 갈수록 어려움이 닥쳐 이겨내기도 힘든데 마구잡이로 우리나라 사람을 구렁텅이로 몰아넣는 저 만행을 하느님은 막아주지 않고 보고만 있습니까? 도와주십시오. 기독교, 하느님을 믿는 형제자매를 사칭해서 우리를 더욱 어려움으로 몰아가는 저들을 물리치고 제발 나라를 바로 세우게 힘을 주십시오. 기운을 주십시오. 무엇이든 하겠습니다. 목숨을 달라면 목숨을 내놓겠습니다. 기도가 끝나고 나니 달빛이 측은한 눈으로 자신을 바라보고 있어 흠칫 놀란다. 다시 힘을 내자. 이승만은 하와이로 발송된 통신문을 해독하며 고국의 사정을 간파하고 또다시 일본의 만행에 울분을 토한다. 뉴욕에서 개최된 25개 약소국 국민동맹회에 한국 대표로 참석한 이승만은 하나 공통점을 발견했다. 이들의 공통점은 모두 자신의 탓이 아니라 남의 탓으로 모든 걸 돌리고 있다는 공통점이 있었고 또 하나의 공통점은 잘 사는 나라의 좋은 점을 배우려고 하기보다 헐뜯고 무시하고 경멸한다는 점이었다. 이승만은 자신의 가슴에도 손을 얹어 보았다. 나도 그렇게 생각하지 않았는가? 자신도 나라가 이렇게 되었음을 원망도 했었다. 이런 나라에 태어난 자신에 대한 원망이었지 나라에 대한 원망은 아니었다. 그리고 미국을 보면서 어서 이 선진국 문화를 배워야 한다고 생각했었다. 학사 석사 박사 과정을 미국인들 틈에 끼어 공부하면서 무엇 하나라도 더 배워보려고 기를 썼던 생각이 났다. 똑같은 약소국 모임인데 저들은 왜 저런 생각을 할까? 생각을 하니 생각에서 쓰디쓴 바람이 분다. 잘못하는 자를 보아주는 것이 좋은 일이 아님을 다시 한번 실감하게 하는 사건이 터졌다. 대한인국민 하와이 지방총회 제10차 대의회에서 또 재정비리 의혹이 불거져 나왔다. 2년 전에 반대쪽에서 받았던 비리가 자신의 쪽에서 또 터지자 반대쪽에서는 소약국 동맹 회의와 재정을 선동하면서 대형으로 터뜨렸다. 결국, 이 문제는 재정문제를 토의하다가 난투극이 벌어지고 체포를 당하는 일이 벌어졌다. 폭동 혐의로 4명에게 체포 영장이 발부되고 고등 재판소에서 배심재판 소동이 벌어졌다. 그 후에도 싸움은 계속되었다. 이승만은 기가 막혀 아무 말도 나오지 않았다. 하다못해 개망초마저도 나라 빼앗긴 설움에 천지에 하얗게 상복을 입고 흐드러지게 무리를 지어 밤이면 더욱 하얗게 설움을 토해내며 응원을 하는데 개망초 못한 짓들을 일삼는 사람들에게 이제 화내는 것조차 아깝다는 생각이 든다. 이승만은 힘들 때면 찾아가는 고목 아래로 가서 시 한 수를 지으며 마음을 달랜다.

하늘에의 항명(抗命)

파랑새 울음이 허공을 난다
울음 숲으로 변하고 숲은 계절을 기른다
눈 한 번 마주치지 않고
이 말 하면 고개 절래절래 저 말 하면 손사래 싸래싸래 애만 동동 뜨게 하는 달
행간 사이사이 직유와 조사가 달려들어 너와 나 사이를 진부하게 하고
서술어는 철 지난 갓 쓰고 도포 입고 구두 신고
시제에 맞지 않는 목적어 보어가 너와 나 사이 엉망진창으로 만든다

네가 내게 하는 말인지 내가 네게 하는 말인지 애매모호한 말
낡은 단어 과용하고 수식어 오용해 문장 다 헝클어도
눈길 한 번 내게 주지 않는 너

이 생각 저 상상 아프리카 토종 코끼리까지 다 잡아다 바치면
힘들여 데려온 상상 다 먹어치우고 또 다른 상상 요구하는 끝없는 식성

상상 한 방울도 남기지 않고 통째 바쳤는데
늘 싱싱하게 파닥이는 새로운 먹이 요구한다
날마다 새로운 상상 낳는 상상을 사육해야 너의 욕구를 충족시킬까
대식가며 미식가인 식욕 때문에 내 영혼은 밤마다 새로운 먹이 위해 잠까지 오롯이 너에게 바쳤다
그렇지만 횡포는 갈수록 커진다
몇 달에 거쳐 구해온 상상 그 큰 아가리로 한 번에 삼켜버리고 또 새로운 먹이 요구하는
얼마나 더 헌신하고 무릎 꿇어야 내게 마음 한 폭 내줄 것인지 오늘은 너에게 줄 모든 싱싱한 상상을 내가 모두 먹어치워야겠다
하늘, 너에게 항명하는 것이다
하늘, 너도 내게 곁 한 자락쯤 내어줄 때도 되지 않았나?
짝사랑한다고 자존심마저 없는 건 아니다
까다롭고 지랄 같은 사랑이 뜨거워 운다

내 몸피만큼 어둠을 덜어내고 타협하면 저 가혹한 욕심 채울 상상 구할 수 있을지
갈수록 새파랗게 젊어지며 왕성한 상상맛 요구하는
저기, 저놈 식성
황홀한 노예로 길들이는

1919년 3월 10일 미국에서 조국의 3.1운동 소식을 접했다. 이승만은 다시 손을 모았다. 대한제국의 독립 의지가 분명 세계에 홍보될 것이다. 그렇게 하나둘 이승만의 계획대로 나라를 찾을 희망이 눈앞에 다가왔다. 그렇게 하늘에 항명한 탓인지 아주 조금 업적을 인정해 주는 듯했다. 일본은 여전히 미국의 대통령 발표에 쪼글쪼글 얼굴에 골을 지우고 비쩍 말라비틀어지기 직전이다. 반대로 조선은 금방 면도한 수염이 푸르스름 돋아나듯 희망이 돋아나는 것 같았다. 수염이 돋기 시작만 하면 오후만 되어도 눈에 띄게 길듯이 드디어 1919년 4월 23일 워싱턴 D.C.에 대한공화국(Republic of Korea) 활동본부가 설치되었다. 7월 17일 워싱턴 D.C.에 대한공화국 임시공사관을 설치했다. 6월 이후 미국 언론에서는 이승만을 **대한민국 대통령, 한국의 임시 대통령, 임시정부의 대통령** 등으로 불렀다. 이승만은 급변하는 사회에 자신의 나라에 이익이 있으면 말을 수시로 바꾸기에 빨리 이 사실을 기정사실로 해야 한다는 것에 동의하지만 대통령이라 불리는 것에는 찬성하지 않았다. 윌슨 대통령은 제자의 나라를 찾기 위해 많은 조언을 해주며 **대통령 직함으로 각국에 한국이 독립되었다는 공문도 보내**라며 적극적으로 나섰다. 대통령 직함으로 보내는 공문에 대해 이승만은 *대통령이란 직함으로 공문을 보내는 건 독립투사들과 논의 해야 하지 않겠습니까?*라는 말에 윌슨 대통령은 *자네 아직 안 급하구먼! 지금 세계정세를 보고도 그런 말이 나오는가!* 호시탐탐 강대국들은 약소국을 속국으로 만들기 위해 혈안이 되어 있네. 우리 미국마저도 믿어서는 안 된다는 걸 정말 모르겠는가? 나 역시 나의 제자 이승만을 도와주는 것이지 조선이란 나라 아무 관심 없네. 조선이 일본의 속국이 되든 러시아의 속국이 되든. 그러나 자네는 내 제자이기에 도와주려는 것뿐이네. 그렇게 자신이 없고 독립투사들의 눈치만 보면서 어떻게 조국의 미래를 밝힐 수 있다고 생각하나? 자네 그새 설마 조국에 대한 마음이 변하거나 겁을 먹은 건 아니겠지? 자네 말고 다른 사람이 대통령이 된다면 자네 나라에 나는 손을 떼겠네. 아무 도움도 주지 않겠다는 말이니 알아서 하게. 판단은 자네에게 맡기네. 하고 단호하게 말했다. 이승만은 윌슨 대통령의 말을 곰곰 생각했다. 그리고 내린 결정은 그래 일단 미국을, 아니 좀 더 정확하게 스승인 윌슨 대통령의 힘을 빌려 조국을 구해놓고 보자. 지금은 조국을 구하는 것이 먼저이지 이것저것 따질 때가 아니란 생각으로 윌슨 대통령이 도와준다고 할 때 도움을 받아야 한다는 생각으로 마음을 굳힌다. 그리고 일본 천황에게는 워싱턴 일본대사관을 통해서 일본은 정의에 근거하여 한국 독립을 승인해야 할 것이오. 그리고 일본은 조선에서 깨끗이 물러나야만 할 것이오. 그렇지 않으면 당신의 나라 일본은 전 세계 사람들로부터 고립될 것이며 만약 우리나라에 더 간섭을 않고 깨끗이 손을 씻고 지난 잘못을 뉘우친다면 일본은 전 세계 사람들로부터 격찬을 받을 뿐만 아니라 인류 평화에 이바지하는 공이 크다고 세계로부터 칭송을 받을 것이지만 만일 계속 간섭을 하고 조선 땅에 어지러이 발자국을 찍으면 국제 사회로부터 한국을 침략한 나라로 영원히 낙인이 찍힐 것이니 똑똑하고 영리한 천황 당신은 잘 판단하리라 믿으며 내 말을 반드시 명심해야 할 것이오. 하고 전문을 보냈다. 기분이 좋았다. 그러나 기분이 식기 전에 1919년 8월 15일 호놀룰루에서 분란이 일어났다. 일이란 늘 내분이 일어나게 마련이다. 그러나 그 일은 이승만이 우려했던 대로 상해 임시 정부에서까지 이승만이 대통령이란 칭호를 쓴 것에 대해 상해 임시 정부는 국무총리 제도이고 한성 정부는 집정관 총재 제도이며 대통령 직명은 없는데 대통령이란 이름을 썼다는 이유로 헌법을 개정하지 않고 대통령 행세를 하는 건 헌법 위반이라며 대통령 행세를 하지 말라는 것이었다. 이승만은 대통령이란 이름을 쓰고 못 쓰고를 따지는 게 중요한 것이 아니라 우리 민족끼리 이런 일로 내란이 일어나고 분열되는 소문이 세상에 알려지면 독립에 차질이 생기고 방해가 될까 두려움에 또 한 번 가슴을 쓸어내린다. 이승만은 만약 이런 분란이 밖으로 새어나가 독립에 걸림돌이 된다면 상해 임시 정부에서 그 책임을 질 수 있냐고 물었다. 그 이후 1919년 9월 11일 한성 정부의 법통을 계승한다는 원칙에 따라 상하이를 거점으로 대한국민의회, 상해 임시 정부 한성 정부들 국내외 7개의 임시정부가 개헌형식으로 통합되면서 대한민국 임시정부가 되었다. 대한민국 임시 의정원은 대한민국 임시 헌법을 공포하고 대통령제를 도입하였다. 임시 헌법 제6조에서 대한민국의 주권행사는 헌법 규범 내에서 임시 대통령에게 전임한다고 명시하고, 임시 대통령은 국가를 대표하고 정무를 총감하며 법률을 공포한다고 명시한 헌법에 따라 기존 국무총리였던 이승만이 1919년 9월 6일 대한민국 임시정부의 초대 대통령에 선출되었다. 이렇게 쉽게 이승만이 초대 대통령에 선출된 이유는 이승만이 프린스턴 대학교에서 인연이 되었고 그에게 반했던 윌슨이 당시 미국 대통령으로 대한민국의 혼란을 불 보듯 내다보고 강력하게 이승만을 밀었고 또 그의 말을 우리나라 사람 누구도 거절할 수 있는 상황이 아니었기 때문이었다. 그가 바로 민족자결주의를 선포했기 때문에 우리가 일본으로 하여금 벗어날 수 있었기에 당시 대통령에 욕심이 나는 상해 임시 정부에서도 감히 윌슨 대통령의 생각에 한마디도 할 상황이 못 되었다. 이승만은 기쁘다기보다 이제 어떻게 나라의 질서를 잡아 국민을 하루빨리 안정시킬 수 있을까에 몰두하면서 그다음 달부터 미국 각지를 순회하면서 **대한공화국을 도와주고 지지해주며 함께 어깨동무해서 혼란스러운 정부를 하루빨리 안정시키자**고 호소하고 다녔다. 목이 부어 피가 올라오도록 강연을 하고 홍보 활동을 하고 들어오면 발등은 퉁퉁 붓고 발바닥은 굳은살이 소가죽처럼 늘 붙어 아파서 걷지도 못할 지경이었지만 그것이 문제가 아니었다. 한 번 놀란 가슴은 또 쉽게 놀라듯 일본이 다시 어떤 방법으로 나라를 협박할지 한 치 앞을 내다볼 수 없는 상황이라 질서를 빨리 잡고 안정을 찾는 일은 촌각을 다투는 일이란 생각이었기 때문에 잠시도 마음을 늦힐 수가 없었다. 밥도 제대로 먹지 못해 몸무게가 10kg이나 빠지고 어지럼증까지 왔지만 참고 참고 이를 물고 참았다. 아무리 아프다고 한들 나라를 빼앗겼을 때만큼 아프지는 않다는 생각으로 버텼다. 몸이 아픈 건 마음이 아픈 거에 비교가 안 된다. 훌훌 털고 일어나자 아픈 생각도 사치다. 생각을 둘둘 말아 속주머니에 넣고 대통령으로서 앞으로 나라를 저 무지한 백성들을 조선왕조 5백 년 동안 노예처럼 길들어진 반상의 구별에 물들어진 저들을 어찌 가르쳐야 그 찌들어 붙은 습관을 털고 눈을 떠서 노예와 쌍놈이 아닌 사람으로 살 수 있게 할 수 있을까? 생각이 무겁다. 아마도 저울에 올려 달아보면 천 킬로그램도 더 나갈 것 같다. 대한민국 임시정부 대통령에 선출되고 이렇게 남의 땅 하와이에서 워싱턴으로 다니면서 시간을 지울 시간이 없다. 이승만은 워싱턴을 떠나 배를 타고 상하이로 밀입국을 결심했다. 뱃삯이 모자랐다. 어쩐다. 그렇다고 여기 교민들에게 손을 벌리는 건 죽기보다 싫다. 나라를 위한 독립자금을 모으는 건 모두 자신을 위해 쓰는 것이라 떳떳하게 모을 수 있지만 단 몇 푼이라도 내 개인을 위해 차비를 부탁한다는 건 말이 안 된다. 그럼 방법을 찾아야지. 지금껏 단 한 번이라도 쉬운 날이 있었던가? 그래 이승만은 무릎을 친다. 기발한 생각이 떠올랐다. 중국인 시신 운반선에 밀항하였다가 고국으로 운반될 때 중국인 시신들 틈에 잠깐 시신이 되어 숨어들면 된다. 그 기발한 생각으로 별 탈 없이 상하이로 건너왔다. 시체실에는 혐오감 때문에 아무 검문도 없는 것이 하늘이 도운 것이라는 생각이 든다. 배에서 내려 전에 알고 지내던 중국에 살고 있는 지인을 찾아갔다. 중국인 복장을 구해 달라고 부탁하자 두말없이 자신이 입던 옷을 한 벌 주었다. 몸과 옷은 찰떡궁합같이 잘 맞았다. 그래 이제 됐어 나는 한자를 잘 알기에 중국인으로 잠시만 사는 거야. 그렇게 중국인 신분으로 아무 탈 없이 임시정부에 도착했다. 1920년 10월 2일 혼춘은 한바탕 피바람이 불고 지나간다. 혼춘에는 중국군 부대와 일본 영사관 분관과 동포들이 일상적인 삶의 뿌리를 내리고 있었다. 강지진이 무장한 마적대를 밤 어둠이 걷히기 전에 투입하여 혼춘을 쑥대밭으로 만들어 버려 아수라장이 되고 중국군이 제일 많이 죽어 하루에 수십 명이 죽어 나간다. 일본인과 동포도 한 자릿수 이내로 죽는다. 이렇게 아군 적군 할 것 없이 피비린내가 하늘과 땅을 뒤덮는다. 강지진이 지휘하고 있는 마적대가 지나가고 일본이 군부대를 출동시켜 작전지인 만주에 들이닥친다. 혼춘 중심지에서 동포들을 닥치는 대로 체포한다. 동포들이 많이 사는 마을을 습격하여 학살을 서슴지 않아 피비린내를 뿌린다. 김좌진은 혼춘 대학살과 일본군의 무자비한 무력행위 소식을 듣고 격분하며 대책을 찾아 나선다. 도저히 그냥 지나칠 수가 없다. 가슴을 붉게 달구며 부글부글 끓어오르는 적개심을 제어할 수가 없다. 기필코 하늘에 고인 핏빛을 일본인에게 쏟아부어줄 것이다. 기어가 고장 난 심장이 제멋대로 내리막에서 속도를 마구 내며 달린다. 제어할 수가 없다. 도대체 끝없는 살상은 언제쯤 끝날 것인가. 이 피비린내는 언제쯤 휴업을 하고 평온한 세상이 올 것인가? 김좌진은 아무리 생각해도 뾰족한 수가 떠오르지 않아 밤낮을 고민에게 빼앗기며 방법을 묘책을 찾는다. 그러던 어느 날 김좌진은 장쭤린의 말을 전하러 달려온 맹부덕을 만난다. 긴급한 첩보를 들려주러 온 것이다. 일본군 병력 3개 사단이 북로 군을 공격하고자 은밀히 움직이고 있다는 군사기밀이다. 김좌진은 즉시 보좌진들을 긴급 소집하기에 이른다. 긴급 소집 결과 한목소리로 모아진 건 일단 소나기를 피해 보자는 의견이다. 부대를 우선 장백산맥으로 이동하기로 하고 보좌진들과 앞으로 가장 시급하게 대처해야 할 일을 의논한다. 1920년 10월 16일 북로군정서 부대는 길림성 청산리에 완전무장을 꾸리고 불퇴전의 정신으로 임해 달라고 당부한다. 전투 준비는 끝난다. 이틀 뒤에 일본군 5개 대대가 기습공격을 위해 무산(武山)을 통과한다는 정보를 입수한다. 일본군은 김좌진이 이끄는 부대 병력이 주둔하고 있는 청산리를 포위하며 서서히 전투를 조여 오고 있었다. 어디 한군데 마음 놓을 곳이 없었다.

청산리대첩

김좌진은 일본이 청산리를 포위하고 있다는 소식을 듣고 북간도 왕청현으로 진군할 북로군정서(北路軍政署)를 결성한다. 광복단에서 활동할 때 뜻이 맞은 이범석과 김규식·이장녕 등을 불러 조직을 다진다. 그들은 의기투합하며 칼날 같은 저들의 서슬을 베어버릴 것을 다짐한다. 총사령관은 김좌진 장군이 맡아달라는 장군들의 간청에 김좌진은 사령관직을 수락하고 취임한다. 나라를 위한 일인데 아무리 무거운 짐이라도 기필코 지고 나라를 위해 싸우자. 김좌진 장군은 사령관직을 수락하고 취임한 후 독립군을 이끌고 나갈 인재를 하루빨리 길러내야 한다는 결론을 내리고 사관학교를 설립하여 일본군과 맞붙어 싸울 만반의 태세를 갖추고 한 치의 소홀함이 있어서는 안 된다는 생각에 최선을 다하며 뛰어다닌다. 무엇보다 속전속결로 해야만 했다. 그렇지만 군량미도 군의 힘도 너무나 미비했다. 김좌진 장군은 풀뿌리를 캐 먹으면서라도 반드시 일본을 물리쳐야 한다는 생각을 한다. 김좌진 장군이 여기저기서 애국심을 발휘하는 연설을 칼바람처럼 불고 다니자 반드시 일본을 물리쳐야 한다는 생각이 여기저기서 서슬푸르게 일어나고 있었다. **반드시 일본을 무찌르자! 그래야만 조국이 있고 미래가 있다.** 패기 성성한 김좌진이 고도의 심리전과 정신적인 지혜를 발휘하여 이끈 청산리대첩은 대승으로 돌아갔다. 이시영과 이동녕이 손을 잡고 서로군정서(西路軍政署)를 조직하고 사령관에 이청천을 앉혔으며 신흥학교도 세운다. 홍범도는 대한독립군을 조직하여 일본군과 맞설 기초 작업을 마치고 때를 기다리지 않고 때를 당길 준비들에 모두 힘을 더하고 또 더하며 조국을 위해 헌신할 것을 알리고 다닌다. 화룡현 청산은 조선 교민들이 많이 모여 산다. 북간도의 연길과 용정에서 백두산으로 가는 길목에도 둥지를 틀고 산다. 뒤편으로는 울창한 숲 지대가 조성되어 있고 사방을 에워싸듯 병풍처럼 둘러싼 주위의 산은 산세가 험하고 깊으며 복잡한 곳이다. 청산리 화전민에도 조선인이 약 2백여 호 정도 생활한다. 거의 모든 주민이 나라를 잃은 설움을 대종교를 믿고 의지하며 살아간다. 또한, 대종교 계통에서 운영하는 청일학교 의합천일학교가 있어 미래를 길러내고 있었다. 이들이 사는 주변 산악은 험악한 지형으로 청산리는 독립군이 모이고 활동하며 은신하기에 아주 좋은 환경이었다. 서일과 김좌진은 대종교 계통의 북로군정서를 이끌며 조국의 자유를 새벽기도에 올려놓으며 혁명을 부르짖는다. 1920년 9월 9일 298명의 사관양성소의 사관 졸업식을 한다. 조국의 미래를 보장해 줄 빛나는 졸업식을 마친 그들은 백두산으로 발길을 향한다. 북로군정서도 다른 독립군 부대처럼 중국군과의 약속 때문에 어둠이 짙게 깔린 틈을 타서 어둠을 잘라 옷으로 입고 주로 숲이 우거진 산길을 택해서 이동한다. 500리 길을 걸어 화룡현 삼도구 청산리(靑山里)에 도착한다. 청산리전투의 패배를 마신 붉은 괴수 일본은 미국에 압력을 넣어 이들을 토벌하게 한다. 일본은 전투에서 지자 분노에 불길을 활활 태우며 민간인들을 무차별 학살하는 것으로 보복한다. 청산리 전투에 비전투원을 도와준 현지 한인 주민들을 무차별로 학살했다. 그리고 이 잡듯이 뒤져도 독립군을 잡지 못하자 그에 대한 보복으로 만주와 간도 요양 등지로 이주한 민간인들까지 찾아내어 미쳐 날뛰면서 무자비한 학살을 자행한다. 이 기막힌 붉은 피의 시간을 *간도 참변*이라고 한다. 일본은 얕잡아보며 거드름을 피우다가 독립군에게 뜻밖에 참패를 당했다. 보기 좋게 굴욕을 당한 일본 병사 떼들은 펄펄 날뛰던 자존심이 거꾸러지자 1920년 10월 숲에 주둔하고 있던 부대는 물론 관동 숲 시베리아 숲 등에 있던 부대까지 동원해 세 방향에서 독립군을 공격해온다. 독립군은 처음에는 일본을 피해 병력을 급히 후방으로 이동시키며 기회를 엿보고 있었지만, 그러나 집요한 저들의 추적을 따돌릴 수 없게 되자 작전을 다시 세운다. 이쯤에서 매복해 있다가 일본과 맞서서 싸우는 길밖에 없다고 결론 내리고 매복해 기다리다가 전투를 하기로 결정한다. 10월 21일 김좌진 장군 이범석 장군의 지휘 아래 독립군은 청산리 백운평 숲 위쪽 계곡 양쪽에서 매복해 공격해오는 일본과의 전투 준비를 한다. 김좌진 장군은 주위를 둘러보았다. 곳곳에 새들이 날아다니는 모습이 보이는데 오른쪽 산에는 새들이 날아다니지 않는다. 김좌진은 일본군이 오른쪽 산에 매복해 있음을 직감했다. 울울창창 빼곡하고 험한 삼림이 울창해서 통행도 불가능한 지대인 이곳에서 고독과 공포는 모두 일본인들에게로 보내고 말뚝처럼 우뚝 서서 횃불처럼 빛을 비추며 어쨌든 승리를 해야 한다는 비장한 각오를 다지고 있다. 어떤 방법을 동원해서라도 이겨야 한다는 비장한 충심. 일본을 죽음의 늪으로 끌어들이기 위해 사마의의 지혜를 동원한다. 일단 그 지혜는 군사 두 명을 민간인복 차림으로 변장시킨 다음 마을로 내려보냈다. 마을로 내려간 병사들이 할 일은 마을 사람들에게 입에서 입으로 말씨를 퍼뜨리는 일이다. 독립군은 일본군에 겁을 먹고 사기도 떨어지고 굶주림에 허덕이다 무기도 모두 버리고 허둥지둥 도망갔다. 민들레 씨앗처럼 소문을 공중으로 훨훨 날려 보낸다. 또한, 바짝 마른 말똥을 구해다가 길 여기저기 어지럽게 뿌려두어 독립군이 이미 오래전 이곳을 빠져나간 것처럼 위장술을 펼쳐 적의 눈을 속이며 주도면밀한 작전을 세워 물샐틈없는 준비를 하는 팽팽한 표면장력 위에서 방금 융기한 젊은 기백.

정의의 총성

7

 김좌진 장군이 펼쳐놓은 무대 위로 적군이 연극을 하기 위해 서서히 올라온다. 나뭇잎 떨어지는 소리 스산한 바람 소리 물결 출렁이는 소리 무대장치가 적군에겐 구미가 당기기에 충분했다. 다만 새들은 매복해 있는 무대 위를 날아내리지도 날아오르지도 않았다. 이 연극에 왜 새가 없는지를 일본은 알지 못한 채 회심의 미소를 짓고 빛나는 주인공 역을 잘 완수하는 일, 즉 한판의 승리 김칫국을 훌훌 마시며 느긋하게 연기를 위해 움직이고 있었다. 이렇게 김좌진 병법으로 기획 연출하고 감독까지 탁월한 연극은 성공리에 끝나기에 충분했다. 마지막으로 김좌진 장군은 군사들에게 전투에 이길 수 있는 마약 한 알씩을 나누어 먹였다. 맹자는 '지리불여인화(地理不如人和)라, 즉 천시는 지리만 못하고 지리는 인화만 못하다고 했다. 즉 하늘이 주는 운은 지리상의 이로움만 못하고, 지리상의 이로움도 사람들의 인화단결만 못하다고 했다. 그러나 우리는 그 세 가지를 모두 가졌다. 천시도 우리 편이고 지리도 우리 편이니 우리가 단결만 하면 반드시 이길 것이라는 확신을 가지고 전투에 임하면 반드시 이길 수 있다. 김좌진 장군의 서릿발처럼 차갑고 패기어린 마약을 앞다투어 먹은 군사들은 마약에 취해 하늘도 뚫을 수 있는 기운에 정신은 이미 승리를 한 것 같은 착각에 빠졌다. 성성한 마약에 취해 청산리 계곡으로 각자의 맡은 연기에 충실하기 위해 완벽한 준비를 장전하고 출발했다. 청산리 계곡으로 야스가와가 이끄는 추격대가 사지를 향해 제 발로 달려왔다. 일본군은 배역대로 죽음이란 연기를 하기 위해 걸어 들어온 것이었다. 걸어 들어온 발걸음은 연기가 끝나도 다시 걸어 나가지 못하고 암흑 속으로 사라지고 만다. 총알은 소나기처럼 공중을 날아들어 적장의 흉부를 통과하고 총알로써 연기를 충실하게 수행해 준다. 순식간에 적들을 전멸시킨다. 뒤이어 일본 야마타가 지휘하는 본대가 도착한다. 허둥지둥 당황을 발걸음에 묻히고 들어온 일본 부대. 그러나 김좌진의 지형에 맞는 특수 병법이 탁월했기에 독립군을 승리로 이끄는 연기를 할 수 있었다. 일본 부대는 독립군 총알의 불발 없는 정확한 조준사격에 딸깍딸깍 속수무책 목숨을 땅바닥에 수북하게 쌓고 있었다. 같은 날 오후에는 홍범도 장군이 이끄는 부대가 일본인 목숨 9백여 명을 지옥으로 날려 보냈고 22일 새벽 갑산촌에서 다른 부대와 합류한 김좌진 부대는 일본 기병대가 아직도 부근에서 잠복하고 있다는 정보를 입수한다. 용감한 애국심을 먹고 사는 주민들이 정보를 날라다 준 것이었다. 김좌진 장군은 잠시 군사들과 독립군을 멈추게 한다. 그리고 일본 군대가 잠복하고 있는 곳을 살핀다. 한 시간을 말없이 살피자 부대장이 *대장님 왜 이리 군사들을 모아놓고 기다리게만 하십니까?*라고 불평을 늘어놓는다. 김좌진 장군은 그때야 말한다. *이제 출병해도 된다. 한 시간 동안 지켜보니 일본이 거기에 매복한 게 확실하다. 어떻게 아십니까? 하고 묻자 내 한 시간을 지켜봐도 단 한 마리 새도 내려앉지 않고 모두 근처만 빙빙 날아다니다가 모두 다른 곳으로 날아갔다. 그건 새처럼 영리한 동물이 거기에 일본군이 매복해 있다는 것을 알려 주는 신호다. 확인되었으니 이제 출발한다.* 독립군 부대는 바로 그곳으로 걸음을 채찍질한다. 기세 당당하게 달려가 일본 기병 중대를 한순간에 뼈도 못 추리게 전멸시켜 영혼들을 지옥계로 보내준다. 일본 기병 중대는 우리 독립군을 공격하기 위해 약은 수작으로 주둔하고 있던 일본 아즈마 부대의 한 토막이다. 이후에도 일본은 악을 쓰며 *악! 악! 악!* 공포를 쏘아대며 포기하지 않고 우리 독립군을 포위하며 공격에 공격을 거듭해오지만, 김좌진 장군과 독립군은 당당과 용감을 뭉쳐 총에 장전하고 목숨을 내놓고 싸운다. 자신만만의 전투 출정 준비를 끝내고 산 능선 숲속에서 숨죽이며 일본군의 출현을 기다리고 있던 김좌진 장군의 타의 추종을 불허하는 작전 사령관으로서의 권위와 위세가 대단해 *싸우*

*면 이긴다.*는 부대 구호를 머리에 새긴 용기 팽팽한 독립군에 겁 없이 달려들었다 참패하고 만 일본군. 우리 독립투사들의 반드시 싸워서 이겨 조국의 산하에 대한민국 만세를 마음 놓고 부를 수 있도록 해야만 한다. 그래서 그 후손들은 평화롭게 살아갈 수 있도록 해야만 한다는 돌덩이보다 단단한 다짐을 짊어지고 만반의 태세를 갖추고 있는 독립군을 이기기에는 아무리 숫자가 많은 일본이라지만 역부족이었다. 밤낮을 가리지 않고 총알들은 서로의 주인을 위해 목숨 걸고 공중을 피잉피잉 정신없이 날아다닌다. 일본의 콧대를 납작하게 만들 기회를 칼을 갈고 이를 갈며 기다렸던 우리 군의 탄탄한 결심에 일본군의 결과는 참담했다. 일본 사상자 5천 3백여 명이 초개처럼 목이 잘렸고 우리 전사자도 90여 명이나 되었다. 결과로 따지면 압승이지만 목숨을 거둔 전사자 때문에 김좌진 장군은 가슴을 치며 통탄스러움에 잠을 빼앗겼다. 김좌진 장군의 울부짖음은 온 강토를 적시고 남을 만큼 비참하고 슬퍼서 함께 있던 군사들의 억장을 무너지게 했다. 그러나 슬픔을 미처 말리기도 전에 일본은 또다시 보복에 기름을 붓고 불을 붙여 무자비한 학살을 가하기 시작했다. 중점적으로 한인 마을들에 방화하고 민간인들을 살해하기 시작했다. 일본군의 공격 개시가 하얗게 눈을 뜨며 밝아온다. 야심만만한 기병대가 딸그락딸그락 적진 깊숙이 파고든다. 일본군은 밤도 아니고 새벽도 아니고 해가 중천에 떠 있는 대낮에도 총질을 하며 덤벼들기 시작한다. 호시탐탐 노렸던 일

본군의 심장에 총구멍을 낼 기회가 앞으로 다가온다고 생각한 김좌진 장군과 선두에서 선 독립군은 녹색을 잃은 가을 나뭇잎 서걱거리는 소리에 묻혀 행여 전투를 벌일 기회가 없어질까 봐 근심 아닌 근심을 하는 사이 이범석의 총알에 기병대 대장이 땅을 베고 눕는다. 이를 신호로 독립군은 일제히 방아쇠를 당긴다. 숲속은 총알 튀는 소리가 콩 볶듯 한다. 계곡을 채색하는 핏물이 구불구불 뱀처럼 흘러간다. 한순간의 삶이 한순간의 주검으로 변해버린 계곡의 비명은 푸른 하늘로 울려 퍼진다. 골짜기를 가득 메운 혼을 놓친 육신의 껍데기들은 마치 가을날 떨어지는 낙엽처럼 울음소리를 찬바람에 매달고 우수수 수수수 하강한다. 불과 몇십 분 만에 총알받이가 된 일본군 선발대는 어림잡아 천여 명은 될 것 같았다. 혁혁한 전과를 올린 북로군정서 부대는 내친김에 낮과 밤을 무시하고 갈기를 세워서 달리고 달리어 갑사촌으로 이동한다. 갑사촌에 진을 치고 있던 일본군 백여 명을 죄다 총으로 심장을 꺼낸다. 두 차례나 연이어 독립군에 패한 일본군은 이를 바득바득 갈며 복수의 칼날을 세운다. 다음날이다. 일본군 2만여 병력이 독립군이 점령하고 있는 마록 고지로 전진해갔다. 독립군은 일본 대포에 맞선다. 한 치의 흐트러짐 없이 가늠쇠를 정조준하며 방아쇠를 당긴다. 손가락의 명령을 받은 총알은 한 치의 거역도 없이 모두 임무완수 한다. 백발백중의 명중으로 위력을 과시한다. 적군의 기를 완전히 꺾고 섬멸의 공을 세운 총알총알총알들. 일본군의 심장 2천여 개가 넘게 멈춘다. 독립군과 일본군 사이에 벌어진 이틀 동안의 전투는 그 많은 병력을 투입하고도 힘 한 번 제대로 써보지도 못하고 김좌진과 이범석이 이끌고 있는 부대 병력에 자존심이 산산이 부서져버리고 참패라는 수모를 당하고 마는 일본군. 독립군의 전술과 전략 모두에서 한 수 위인 싸움이었다. 김좌진 장군이 지휘하는 북로군정서 부대의 빛나는 전공으로 이름 붙여진 것이 바로 '청산리 대첩'이다. 밀산은 소련과 만주의 국경지대에 위치한 곳이다. 김좌진의 북로군정서(北路軍政署)부대는 사기가 하늘을 찌르고 강물을 말리고 땅이 춤추게 했다. 이들 부대는 아주 기분 좋은 가벼운 발걸음으로 밀산을 향해 휘파람을 날리며 행군한다. 찬바람 휘몰아치는 을씨년스런 벌판에도 한해는 저물어가고 있다. 해를 넘기지 않는 마지막 달력 한 장이 남아있는 1920년 12월 들어 새 조직을 결성한다. 여기저기 흩어져 있던 독립군 단체들이 밀산으로 집합한다. 기존 조직은 해체하고 하나로 편성된 '대한 독립 군단'을 창설한다. 군단 병력은 3천 5백 명으로 조직을 완료한다. 전열을 가다듬고 전진 앞으로 군홧발 끈을 조여 매고 필승의 깃발을 펄럭인다. 총재 서재일 부총재 김좌진·홍범도·조성화 총사령관 김규식 참모총장 이장녕 여단장 이청천 이름만 들어도 붉은 애국심이 불기둥으로 치솟을 것 같은 그 이름도 찬란찬란찬란한 애국 독립군단 거목들. 그들의 찬란한 빛은 우주를 비추고도 남을 것이다. 자손만대 역사에 길이길이 휘날릴 이름들이다. 청산리대첩의 영웅으로 만주 숲 일대에서 독립군 조직과 양성에 매진하며 조국의 독립과 후손들에게 자유의 날개를 달아주기 위해 자신의 한 몸을 아낌없이 쓰던 명장이다. 10월 21일부터 26일 새벽까지 크고 작은 전투는 10여 회에 달한다. 끊임없는 전투로 맞서 싸운 청산리 대첩에서 독립군은 적의 일본연대장을 포함해 무려 3천여 명의 목을 숲의 거름으로 만든다. 독립군 애국지사 전사자도 1백여 명이 조국의 제물이 되어 육신은 숲에 버리고 영혼만이 날아서날아서 조국의 품으로 돌아온다. 험난한 시대에 꽃으로 피어 이국 만 리 타지에서 조국을 위해 한 몸 기꺼이 버리고 영혼은 또 다른 곳으로 이주해 망명정부를 만들어 자손들에게 힘이 되고 뿌리가 되고 공명통이 되어 영원히 울릴 것이다.

    괜찮아 괜찮아
    또 다른 세상으로 가서
    반드시 나라를 찾고
    자유를 찾고
    자자손손 후손들이 이 자유의 땅에 태어나
    까르르 깔깔 목젖이 보이도록 웃으며 꿈을 키우는
    이 땅에 진정한 자유 꽃이 피어나게 할 거야.

하늘의 별이 되어 반짝반짝 웃으며 조국의 백성을 품에 안아 토닥이고 있었다. 백야 김좌진 장군! 그는 유년 시절부터 글공부보다는 활쏘기 말타기 병정놀이를 즐겨 했다고 한다. 병정놀이를 할 때는 늘 대장이 되곤 했다고 한다. 또 어려서부터 남들이 생각도 못 하는 일과 말을 해 주위 사람과 어른들을 놀라게 하며 칭찬과 귀여움을 독차지했다고 한다. 직접 대장기를 만들어 **억강부약**(抑强扶弱, 강자는 누르고 약자는 돕는다)이란 글을 쓰기도 했으며, 전해져 오는 유명한 일화도 있다. 하루는 김좌진이 아이들과 병정놀이를 하고 있을 때 진짜 의병군이 나타났다고 한다. 그때는 1895년 전국에 단발령이 선포되어 전국에 을미 의병 전쟁이 일어났던 해다. 김좌진의 나이 겨우 여섯 살 때 그 마을을 지나가던 의병대장이 어린이들이 하도 진지하게 전쟁놀이를 하고 있어 어린이들에게 물었다고 한다. *너희들 가운데 누가 대장이냐?*고 묻자 친구들을 뒤로 밀치며 김좌진이 *내가 대장이요!*라며 씩씩하게 나섰다고 한다. 그러고는 무기를 가진 군인들에게 겁도 없이 우렁차고 당당한 말소리로 그들을 향해서 하는 말, *전쟁 놀음하기는 어르신네나 우리나 다 마찬가지인데 우리를 깔보지 마시오!* 하고 말했다고 한다. 너무나 어린 여섯의 당찬 말에 의병대장은 호탕하게 웃으면서 더 이상 아무 말도 못 하고 웃으며 *이다음에 큰 사람이 되어라!*고 머리를 쓰다듬어주고 슬그머니 자리를 뜨고 말았다고 한다. 그뿐 아니라 아직 철이 들지도 않은 어린 나이에 노비 30명을 불러놓고 사람은 모두 평등하게 살 권리가 있다. 이까짓 종이가 무어라고 사람이 사람답게 못 살고 남에게 자신의 인생을 맡기고 자신은 없이 남의 삶을 사느냐? 내가 너희들을 해방해 주마. 하고 노비 문서를 장작불에 태우고는 논밭을 골고루 나누어 주어 노비는 물론 온 동네 사람을 놀라게 했다고 한다. 자신의 집에 노비를 자유롭게 살도록 한 일은 그의 나이 17세 때의 일이다. 김좌진은 군사 훈련을 받기 위해 서울로 날아와 삼청동에 있던 **육군무관학교**에 입학한다. 당시 서울에는 종로4가 육군유년학교 경복궁 동편 쪽에 육군연성학교가 있었는데 김좌진이 공부하던 2년 동안 애국 계몽운동 열풍이 한창 퍼덕거리며 날개를 치고 있던 것을 본 김좌진은 그 영향을 받아 교육이야말로 가장 중요한 일이며 알아야 세상을 보는 힘이 생기고 세상을 보는 힘이 생겨야 조국을 사랑하는 마음인 애국심도 생긴다는 확신을 가진다. 그렇게 2년의 교육을 마친 그는 고향으로 날아와 **호명 학교**라는 사립학교를 설립한다. 80칸이 넘는 자신의 저택을 학교로 쓰기 위해 내놓고 초가집 생활을 하면서 사람들을 가르치기 시작했다. 김좌진이 80칸이 넘는 저택을 내놓으면서 한 말은 聖人이 아니고서는 할 수 없는 말이었다. 그가 한 말은 우리 집이 학교 교사로 쓰일 수 있다니 얼마나 다행한 일인가! 인재 육성에 이 정도의 고생이 따르지 않고서야 어찌 큰일을 할 수 있겠는가. 나라 살리는 길은 오로지 교육에 있기에 교육을 받아 알아야 애국심이 생기지 무지해서는 애국심이 무언지도 모른다. 그러기에 모든 사람이 배워야 나라에 미래가 있다고 믿는다.

글을 모르는 까막눈으로는 사기를 쳐도 모르고 나라를 잃어도 나라의 소중함도 모르고 식물인간으로 살면서 살아 있으나 죽어 있으나 같은 삶을 이어갈 뿐이다. 지금 나라가 바람 앞의 촛불인데도 독립운동을 하는 사람은 거의 애국이 무엇인지 배운 사람들이고 노비로 사는 사람들도 배웠다면 남의 종으로 살지 않았을 것이다. 자신은 주인을 위한 희생물일 뿐이라고 생각하지 않고 자신으로 살아갔을 것이다. 그러니 모두 배워서 사람으로 살아야 하며 애국심을 길러 이 나라를 건져야 한다.고 말했다고 한다. 그뿐 아니라 독립운동을 하면서 주둔하는 곳마다 독립군 양성과 교육을 위해 학교를 설립했으며 19세에 한성신보 이사가 된 후 오성학교 교감이 되고 이후 신민회와 같은 독립운동 단체에 가입해 애국 교육운동을 펼쳐나갔다고 한다. 김좌진은 독립교육과 언론만으로는 나라를 구할 수 없다는 생각에 북간도에도 무관학교를 세워 군을 양성하는 데 힘쓰고 다니자 일본은 김좌진 장군을 비밀리에 감시하기 시작했다. 감시하는 것에 눈썹도 깜빡 않고 독립운동을 하던 김좌진 장군은 감시망에 걸려들고 말았다. 일본 경찰은 독립자금을 모집하며 적극적으로 독립운동을 하는 그를 잡아서 서대문 감옥에 날개를 접어둔다. 그렇지만 김좌진 장군은 그까짓 감옥쯤은 길을 가다가 발을 헛디뎌 잠시 넘어진 거로밖에 생각하지 않는다. 감옥 속에서도 독립운동과 조국을 위해 애국심을 포기하지 않는다. 교도소에서 2년 6개월의 수감생활을 마친다. 감옥에서 나온 김좌진 장군은 불굴의 의지를 시로 표현한다. *사나이 실수하면 용납하기 어렵고 지사가 구차하게 살려고 하면 다시 때를 기다릴 것이다.*(男兒失手難容地 志士潤生更待時) 출소해서 다시 독립운동을 위해 준비하는 과정에 일본에 여러 번 저격을 받았지만, 그 지긋지긋한 감시도 출소한 1년 후에 제1차 세계대전이 발발하면서 끝이 난다. 이 당시 국내에서는 두 개의 큰 지하단체가 조직되어 있었다. **독립의군부와 대한광복단** 이 두 단체는 조국 독립을 위해 비밀리에 결사를 다지는 곳이다. 김좌진 장군은 대한광복단에 가입한다. 대한광복단은 1913년 경상북도 풍기에서 조직된 채기중 대구에서 결성된 박상진의 조선 국권 회복단의 연합단체이다. 대한광복회는 우리 4천 년 종사는 잿더미가 되고 우리 2천만 동포는 노예가 되었다. 일제의 학정이 날로 가중되고 있는 이때에 조국을 회복하려 함이 본회의 설립 취지이다. 동포들은 각자의 능력에 따라 우리를 후원하고 각 자산가는 미리 저축하였다가 본회의 요구에 따라 의연하기를 바란다. 만약 본회의 비밀을 누설하거나 본회의 요구에 불응할 때에는 법에 따라 처단할 것이다.라고 포고문을 발표했다. 김좌진 장군은 피 끓는 시를 지었다.

적막한 달밤에 칼머리의 바람은 차기만 한데
(도두풍동관산월, 刀頭風動關山月)
칼끝에 찬 서리가 고국 생각을 돋게 하는구나

(검말상한고국심, 劍末霜寒故國心)

삼천리 금수강산에 왜놈이 웬말인가

(삼천근역왜하사, 三千槿域倭何事)

단장의 아픈 마음 쏟아버릴 길 없구나!

(부단성진일소심, 不斷腥塵一掃尋)

백야(白冶) 김좌진 장군의 한시 단장지통(斷腸之痛)

한편, 1920년 12월 28일 이승만 임시 대통령 환영회가 열렸다. 그리고 연이어 1921년 1월 1일 대한민국 임시정부 신년 하례회가 처음으로 열렸다. 이승만은 기쁨의 눈물 어지러운 눈물을 찍어 글을 쓴다. 비겁함을 닮은 소리들은 늘 비겁하지 않은 세상을 알지 못하는 법이다. 비겁함이 묻은 초생달이 보름달을 삼키겠다고 아우성치지만 어림없는 소리 우리 민족은 백의민족이고 단군의 자손이다. 너희들의 그 음모가 갈기갈기 갈가리 찢어져서 하늘의 눈송이처럼 휘날리는 겨울이 반드시 올 것이다. 쥐가 밤새도록 우르르 우르르 몰려다니며 남의 천장에 오줌을 싸고 똥을 싸고 벼룩을 태어나게 하지만 해가 뜨면 쥐구멍으로 들어가야 하는 것이 세상의 이치이거늘 언제나 깜깜한 밤만 지배하는 세상은 어디에도 없음을 알고 살무사 어금니 가는 소리 내지 말고 이제 곧 날이 밝으니 깨끗이 너희 나라로 돌아가거라. 너희 나라는 나라 이름이 일본이다. 일의 근본이란 뜻이니 다리 놓고 나무 심고 철도 놓고 건물 짓고 온갖 일을 다 해놓고 너희 나라로 갈 때는 아무것도 가지고 가지 못하고 품삯 한 푼도 없이 쫓겨가야 하리라. 예로부터 호시탐탐 너희 나라는 우리나라를 욕심부렸지. 그러나 다행스럽게도 우리는 하느님이 보우하사 거북선이 있고 이순신 장군이 있고 지혜가 있어 너희들 욕심과 비겁함을 다 물리칠 수 있었으니 그동안 너희들은 우리나라에서 일하느라 고생 많았다. 1년에 12장씩 36년간 달력이 찢겨나가는 동안 달력이 찢기는 고통을 달력 속 하루하루에 숨 막히는 불안과 겁과 울분을 담아 보내며 아픈 세월을 뒷골목으로 보내는 고통을 너희가 어찌 알리. 세월이 온통 붉은 꽃물이 터져 아무것도 볼 수 없던 시간 이제 너희들의 그 비겁함이 무궁화로 활짝 피고 아침이면 나팔꽃이 노래하고 밤이면 달맞이꽃이 달과 함께 나라를 지킬 것이니 그 환희에 찬 시간이 우리나라에서 피어날 준비를 하고 있으니 기다리라. 너희는 욕심을 못 이겨 분통이 터져 불면과 이명에 시달리며 살아야 할 것이다. 눈을 크게 뜨고 보니 이미 복수초가 노랗게 피어나 방 안에 노랑노랑 웃고 있구나. 노란 꽃 속에 복수라는 희망이 눈을 뚫고 자명종을 하얗게 울리고 있다. 이제 그 욕심의 탈을 벗어라. 욕심은 둥둥 물 위에 보름달처럼 떠오르다 결국은 새벽이 되면 사라지지 영원하지 못함이 세상 이치임을 깨닫길 바란다. 우리나라 울타리에 희고 붉고 온갖 색색의 무궁화가 우리 후손들의 젖니 사이에 피어나 방글 방글 웃을 것이다. 그러면 너희들은 먹물처럼 새까맣고 포도알처럼 동그란 눈알을 돌리며 총명총명 자라나는 우리의 후손들 피어나는 모습에 나비의 비명 같은 한숨이 나오리라. 핀에 꽂혀 유리 상자에 갇혀 파닥거리다가 표본실에 박제되어 구경거리나 실험용이 될지도 몰라. 그럴거야, 이제 때를 알리는 닭들이 해바라기 씨를 쪼아먹기 위해 해바라기를 쳐다보다가 해바라기 씨를 쪼아먹지 못하고 고개를 들고 해를 바라보듯 눈부시게 노랗게 그리고 높이 핀 해바라기를 바라만 봐야 할 때가 올 것이다. 이제 욕심에 구멍을 숭숭 뚫어버려야 그 욕심이란 공기를 모두 빼고 나면 지구촌은 만 사람이 노래를 부르고 손뼉 치고 춤을 추며 모두 함께 어우렁더우렁 사는 세상이 가장 아름다운 세상이란 것을 보여줄 테니. 밀물이 있으면 반드시 썰물이 있다. 달도 차면 반드시 기운다. 오르막이 있으면 내리막이 있고 어둠이 있으면 빛이 있는 법이다. 그래서 잠시 그늘이 드리웠다고 낙심하고 있지는 않을 것이다. 곧 밀물이 밀려올 테니. 지금이 아무리 가파른 시간이라 할지라도 절망하지 않고 이겨낼 것이다. 너희들의 악랄한 횡포와 잔인하고 포악함도 이제 막을 내릴 때가 되었음을 각성하기 바란다. 지금은 고라니 눈알보다 까만 밤이지만 곧 환한 햇살이 고라니 눈알에 비쳐 멋진 명화를 그려내리라. 지금은 희망 바람이 불지 않는다. 그러나 바람이 불지 않는다고 가만히 있으면 바람개비는 누가 돌리는가? 희망 바람이 없다면 바람개비를 들고 내가 앞으로 달리면 바람개

비가 돌아가지 않는가? 내가 희망 바람개비를 돌리리라. 그리하여 온 국민에게 희망 바람이 불도록 해 주리라. 어디선가 쉬파리 한 마리가 애애앵 날아든다. 이제 그만 쓰고 어서 나라를 위해 일하라는 신호다. 이승만은 워싱턴 회담 준비를 하기 위해 상하이로 떠난다. 사람들은 대통령이 된 후에도 이승만 박사라는 이름을 쫄깃쫄깃하게 입에 붙이고 산다. 한편 일본에서는 이승만을 체포하기 위해 혈안이 되어 800만 달러의 현상금을 내걸고 성난 야생마처럼 길길이 날뛰고 있을 때였다. 그러니 신변 안전을 보호받기 위해서는 중국인으로 변장을 해야 했다. 일본이 뛰어다니며 나를 잡겠다면 나는 날아다니며 너희를 희롱하리라는 생각으로 누가 봐도 중국인처럼 보이게 변장을 하고 다시 하와이행 화물선 갑판 밑창 시체실 관에 가짜 시체가 되어 누워 있으니 진짜 황천길로 가는 것이 아닌가 싶어 온몸에 소름이 좌악 돋아 꼭 털 뽑은 닭살 같았다. 그렇게 소름 끼치는 시간을 견디며 20일을 하와이에 다녀온다. 그러나 조국에 온 이승만은 상해 임시정부의 심한 당파싸움에 환멸이 느껴졌다. 이제 어쩌나! 어쩌나! 지금 싸움을 하고 있을 때가 아닌데. 걱정이 자꾸 눈처럼 쌓여가 이 눈이 날씨가 추워서 얼면 어쩌나 싶은 생각이 든다. 이리저리 뛰어다니며 **뭉치면 살고 흩어지면 죽는다**고 설득도 했다가 달래기도 하고 호통도 쳐 보지만 조선왕조 5백 년의 기질이 쉽게 바뀌지 않아 이대로 있다가는 이 나라가 자신이 내쉰 한숨 더미에 묻힐 것만 같았다. 조선 땅 전체가

일본이란 감옥에 갇혀 허우적거리면서도 감옥에 갇힌 줄 모르고 개인조차도 진정한 자유가 무엇인지 모르는 이 민족을 어찌해야 할지 이승만은 이 무지한 조국의 진정한 자유를 찾아주어 삶의 질을 높여 주어야겠다 다시 한번 다짐을 한다. 1921년 5월 20일 '태평양회의(太平洋會議)'가 개최된다는 소식이 전해졌다. 임시정부는 외교 후원회를 조직해서 태평양회의 선언서를 발표하면서 이 기회에 한국의 독립 문제를 확실하게 해야겠다는 생각에 이승만은 다시 미국으로 건너갔다. 미국에서 임시정부 요원과 교포들의 환송을 받으며 미국의 컬럼비아호를 타고 마닐라를 지나 워싱턴에 도착했다. 다행스럽게도 뉴욕에서도 후원회가 조직되고 청년 유학생들이 함께 힘을 모아 대표단의 외교 경비를 해결해 주었다. 이승만은 속으로 그래 이렇게 온 국민이 하나로 단결되면 독립된 나라가 발전이 안 될 일도 없지 하는 생각에 머리에 복사꽃이 활짝 피는 느낌이 들어 기분이 좋았다. 복숭아나무 잎을 따서 풀피리라도 불고 싶은 기분을 몇 년 만에 느껴 보는 기분인지도 기억나지 않는다. 그렇지만 그 기분을 만끽하기도 전에 기다리고 있는 일을 해결해야만 했다. 대표단 인원은 5명으로 구성하고 미국 대표단의 단장인 허그스 미 국무장관과 군축 회의 사무국에 신임장을 제출하고 한국 대표단이 이 회의에 정식으로 참석할 수 있도록 주선해 달라고 요청하였으나, 이렇다 할 아무런 회답이 오지 않을 것을 이승만은 아직 미국에서 일본 편인 시각도 있기에 예상을 하지 못한 건 아니었으나 1%의 가능성도 놓쳐서는 안 된다는 생각으로 만약 정식 참석이 어려우면 회의가 어떻게 돌아가는지 사건을 관찰할 수 있는 옵서버(observer)로서라도 참석할 기회를 달라고 했다. 일단 참석할 방법을 위해 온갖 방안으로 노력했지만 끝내 허락해 주지 않았다. 세상이 먹물을 뿌린 듯 깜깜했다. 이승만은 또 다른 기회를 잡으러 날아야 한다. 날개를 더욱 힘차게 비상해야 한다고 울분을 접었다. 그리고 또 다른 방법을 연구하기 위해 법률 고문이었던 프레드 돌프를 찾아갔다. 도와 달라고 기회를 잃으면 결국 또 독립은 염원해질 수 있으니 이 힘없는 나라를 한 번만 도와주면 잊지 않겠다고 사정하자 그는 딱하다는 듯 *애국심이 대단하군.* 하면서 1921년 12월 1일 자에 임시정부 승인에 대한 논설을 미 의회 회의록에 수록하도록 해주었다. 이승만은 그 회의가 처음부터 제국주의 간의 과도한 군비경쟁 해소와 이권 조정이 회의의 목적인 회의에서 식민지 독립에 대한 것에 관심을 둘 리 없다는 것을 알았지만 그렇다고 하더라도 묵사발이 되어 나오더라도 부딪치고 도전하지 않으면 조국의 독립을 장담할 수 없는 불안함 때문에 무모하게 덤빈다는 것을 알면서도 일을 밀고 나갔다. 1921년 8월 16일에는 샌프란시스코에서 열리는 워싱턴 군축 회담에 참석하기 위해 서둘렀다. 누구보다 일찍 가서 준비한 생각들을 잘 피력할 생각으로 참석하지 못할 것을 알면서도 애초에 인터뷰라도 해야 한다는 생각에서 누구보다 일찍 간 것이다. 그러나 자신보다 먼저 샌프란시스코 도착하자 기자들이 먼저 와서 사진을 찍고 인터뷰를 하겠다고 진을 치고 있다. 이게 무슨 일이냐고 대표단들이 물었다. 이승만은 인터뷰에서 워싱턴 군축 회의에서 우리나라의 독립을 호소해 반드시 독립할 수 있도록 하기 위해 워싱턴으로 돌아왔고 한국 대표가 공식적으로 참석할 수 있도록 준비 위원회를 꾸리고 독립운동 동지인 국제통신사의 기자 제롬 윌리엄스 주선으로 신문 기자들을 미리 초청하여 기자 회견을 열기로 만반의 준비를 해 두었다. 물샐 틈없이 치밀한 이승만의 계획에 대표단들도 혀를 내두르며 아무 말도 하지 못했다. 이승만은 인터뷰에서 **이번에는 회의가 미국에서 열리기 때문에 파리 평화회의에서처럼 한국 대표들이 일본 외교관들에게 질식을 당하지는 않을 거며 반드시 우리나라가 독립해야만 함을 만천하에 알리는 계기가 될 것이라고** 힘주어 말했다. 이승만은 이 회의 이후 대다수의 독립운동가들은 서구 열강에게 더 이상 그 어떤 기대도 못 하게 할 것을 불 보듯 내다 보았다. 소련 주도로 공산주의 운동이 확산하면서 좌와 우익 사이에 분열만 더욱 가중하는 꼴이 되고 말았다. 소들의 우유에서는 풀냄새가 나고 벌의 꿀에서는 꽃향기가 나듯 아무리 진흙탕처럼 어지러운 나라에서 서로 이상이 달라 다투더라도 모두 나라를 위한 애국심이었으면 좋겠지만, 아무리 모든 일을 긍정적으로 보려고 애를 쓰며 노력하지만, 세상은 그렇게 호락호락하지 않았다. 이승만은 인간과 세계의 갈등은 정치적인 문제로 귀결되기 때문에 이에 대해 깊은 고민과 성찰을 해 현재의 비극적인 인식의 빠른 회복을 위해서는 격렬한 유토피아 정신을 지향해야만 할 것이라 생각한다. 모든 쇠를 먹어치우는 불가사리처럼 나라의 불운과 악몽을 모두 먹어치우는 불가사리가 되어야 한다고 다짐한다.

정의의 총성

8

　국민대표회의가 1923년 1월 3일 개막되고 안창호를 임시의장으로 예비회의를 거쳤다. 의견 조절을 다듬고 빚어내고 간추린 다음 본회의에 상정할 안건이 확정되고 본회의에 넘겨졌다. 본회의에는 유심초가 의장이 되었고 200여 명이 넘는 지역 대표들이 모두 모여 임시로 세워질 나라를 위해 너도 한 숟가락 나도 한 숟가락 모두 숟가락을 얹으며 논쟁을 벌였다. 아직 어지러워 빙글빙글 제자리도 못 찾고 있는 나라에는 창조 파와 개조 파로 나뉘어 놓고 대립하면서 창조 파는 임시정부가 부진함을 조직 내 혁명 대중과의 연계장치가 잘못 구성되었기 때문이라며 색종이에 종이 뜯어 붙이기를 하듯 들이대며 자신의 파가 대단한 것처럼 날뛰고 개조 파는 임시정부의 체제가 문제가 아니고 개별적 인사의 문제라며 책받침을 겨드랑이에 넣어 닦은 다음 찢어진 종이를 달라붙게 하듯 또 다른 이유를 들이댔다. 한쪽은 완전 개벽을 한 쪽은 인적 쇄신만 해야지 임시정부를 해체하면 권위도 무너진다며 줄을 팽팽하게 잡아당기며 줄다리기를 하고 있었다. 그러나 그 줄다리기는 정당한 게임이 아닌 이승만의 탄핵을 위한 것임을 알 수 있었다. 대국 쇄신안으로 이승만의 탄핵안을 제출하기에 이른다. 탄핵이 가결되고 실행만 남게 되는 벼랑 끝으로 이승만을 내몰았다. 굴욕을 연민하는 뒤틀린 비문 같은 문장에 이승만은 하늘도 땅도 뜯어고치고 사람의 마음까지 뜯어고쳐야 한다는 생각을 한다. 정치하는 사람들은 직위에 따르는 도덕적 의무인 노블레스 오블리주(Noblesse Oblige)라는 말을 잘 새겨야 할 것이다. 노블레스 오블리주라는 말은 로마 귀족의 절제된 행동과 납세의 의무를 다하던 모범적 생활이 평민에게 본보기가 되어 천 년을 지탱하는 초석이 되었음을 우리는 배워야 할 것이다. 로마 귀족들은 절제된 행동과 납세의 의무를 모범적으로 해서 평민들에게 귀감이 되었으며 전쟁이 일어나자 국가에 사재를 헌납하고 솔선수범하여 서로 전쟁터로 나가려고 했었다. 전쟁터에 나가서 싸우다 죽는 것을 자신이 해야 할 벼슬의 대가라고 생각했다. 노블레스는 우리 말로 닭의 볏이란 뜻이고 오블리주는 달걀의 노른자라는 뜻이다. 두 단어를 합해서 만든 단어가 노블레스 오블리주인데 이 말은 닭이 자신의 사명인 벼슬을 자랑함에 있는 것이 아니라 알을 잘 낳는 데 있다는 말이다. 다시 말하면 사회로부터 정당한 대접을 받기 위해서는 사회지도층의 도덕적 의무를 다하는, 즉 자신이 누리는 명성인 닭의 볏만큼 달걀의 노른자 역할을 해야 한다는 의미다. 그런데 지금 왕권 시대에서 막 풀려난 사람들은 그 시대 습관을 벗지 못하고 아직도 국민이 자신들이 부리던 노예로 착각하는지 자신들 명예만 내세우고 진정한 나라를 생각하는 사람들이 보이지 않아 이승만은 한숨밖에 나오지 않았다. 물론 조선 시대 때 흉년으로 인해 식량난에 굶주림을 당하던 제주도 사람들을 위해 거상 김만덕은 전 재산으로 쌀을 사서 나누어 주는 노블레스 오블리주를 직접 실천하기도 한 사람도 있었다. 왜 권력과 명예와 부를 탐하는 자들이 좋은 본보기는 외면하고 자신의 이익만 생각하는지? 한 치의 타협도 없이 서로가 자신만 옳다며 싸우는 모습에 절망감이 밀려온다. 아직도 나라가 완전 독립되기까지 많은 힘이 필요한데 개인의 밥그릇을 놓고 자신의 논에만 물을 대기 위해 싸움만 하고 있음에 지도층이 흙탕물을 만들면 우리 사회는 진흙탕이 되어 어렵게 찾은 조국을 유지시키기도 어려울 것이란 생각이 든다. 지금 막 태풍이 쓸고 갔지만 언제 또다시 태풍이 불어올지 모르는 아슬아슬한 현실. 정치를 하려는 자들의 당파 싸움에 정신없고 국민들은 글자도 잘 모르는 무지렁이들이어서 푼돈에도 들풀처럼 흔들리며 돈 몇 푼에 이익인지 손해인지도 모르고 시키는 대로 말 잘 듣고 복종을 자처하는 민초들이 90% 정도는 되는 것 같고, 글도 알고 무엇이 문제인지는 알아도 속으로만 불만을 품고 있다가 자신이 유리한 쪽으로 따르는 백성이 9% 정도 되는 것 같고 불의에 저항하며 행동하고 목소리를 내고 방안을 찾아내며 대안을 토론하며 나라를 위해 혼신의 힘을 다하는 시민들이 1% 정도 될 거란 생각을 한다. 이 나라를 살리려면 90%의 민초들이 어떻게 해야 불의에 저항하며 행동하고 목소리를 내고 방안을 찾아내며 대안을 토론하며 나라를 위해 온 힘을 다하는 시민이 될지 암담했다. 위임 통치 청원에 대해 적극적으로 해명했고 대통령제 임시정부는 1925년 3월 25일까지 유임되었다. 이승만은 임시정부가 해결할 일들이 너무 많음을 깨달았다. 재정난도 심각했고 당파 간의 갈등도 날이 갈수록 심각해 민심은 무엇인지도 모르고 이리저리 흔들리는 들풀처럼 파랗게 어지러웠다. 그러나 기호파와 서북파 간의 싸움은 그칠 줄 몰랐다. 타협이라든가 토론으로 이 정국을 헤쳐갈 생각은 뒤로 미루고 모두 자기네 파에서 정권을 잡길 원하며 나라를 이끌기 위한 반대가 아니라 내 편이 아니어서 반대하고 있었다. 그렇게 서로 앙숙이 되어 싸우더니 서북파와 홍사단 계열은 또다시 이승만의 탄핵안을 들고 나왔다. 이승만은 울 곳도 없었다. 자신보다 더 잘할 사람이 있으면 나라를 맡기고 싶은 심정이지만 그렇다고 지금 세계정세 특히 미국의 정세를 아는 이는 아무도 없고 잘한다고 한 일이 오히려 나라를 국내외적으로 위험에 빠트릴 말들과 행동을 하고 있으니 이러지도 저러지도 못하고 냇가에 오래된 버드나무를 찾아갔다. 지혜를 빌리고 싶었다. 수양버들은 머리를 풀어헤치고 흔들흔들 온몸으로 반겨 주었다. 반가웠다. 사람들은 모두 자신의 이익만 위해 나라가 망하든지 일본에 영원히 빼앗기든 관심이 없다. 이 빼앗긴 들에 언제나 수양버들 너처럼 움이 트고 자라 싱그럽게 머릿결을 풀어놓고 자유로이 놀 수 있느냐? 대답 좀 해 봐라. 아! 나는 한 모금의 내 사심을 위함이 아닌 것을 수양버들 너는 알고 있지 않으냐? 나는 이 어지러운 나라를 한시바삐 평정해 놓는 것이 나의 소명이라 생각하는데 왜 저들은 자신들의 안위를 위해 나를 탄핵하려고 하느냐? 내가 들어봐서 탄핵을 당해야 한다면 나는 지금이라도 등에 진 모든 짐을 내려놓고 편하게 너의 그늘에 와서 너의 그늘을 깔고 덮고 붓으로 연초록 바람을 찍어 우리나라 한글로 시나 짓고 나라의 안녕이나 빌면서 살고 싶다. 그런데 아무리 생각해도 지금 내가 짐을 지고 가다 고꾸라져 죽더라도 조국이란 짐을 내려놓을 수가 없구나. 나의 스승 윌슨 대통령은 우리의 조국을 도와줄 생각은 일도 없고 자신의 제자인 나를 도와준다고 하니 이를 어쩌면 좋겠느냐? 저들의 욕심을 위한 탄핵 때문에 나라를 등지고 나만 편하게 살자니 이 나라에 태어난 나의 예의가 아닌 것 같고 나라를 위해 살자니 우리 국민의 의식 수준이 너무 낮아 선동하는 사람들의 의견에 더 찬성하는 오늘의 이 사태를 어찌해야 한단 말이냐? 모두 자신의 이익만 위하며 달콤한 꿀 발린 말로 나라를 망치려 하고 있으니 어찌해야 하느냐? 버드나무야 어찌해야 한단 말이냐? 어쩌란 말이냐?

정말이지 내 욕심만 생각한다면 이제 나라를 생각하는 일과 과감하게 작별을 하고 싶다. 현실의 나를 잠시 지우고 나라에 관한 관심을 환기시키고 나 스스로에 대한 성찰을 통해 세계를 보는 성숙에의 투시력을 쌓아 내 머릿속에 더 다양한 지식 데이터를 쌓아 세상을 구하는 책을 쓰고 싶다. 이것이 나의 궤도를 찾아가는 것인데 하필이면 이때 왜 우리나라가 이런 수모를 당해서 나의 궤도를 침범해 송두리째 빼앗아 가느냐 말이다. 수양버들아! 이것이 너무 과한 나의 욕심일까? 비정상적인 개인 욕심이 나라를 위태롭게 만들고 정신적이나 물질적 식민화로 밀어 넣고 있으니 이걸 어쩌란 말이냐? 말이 아니라 피였다. 도대체 이 사태를 어찌해야 할지 이때 막막하다는 말이 가장 잘 어울리는 듯했다. 눈물은 자꾸 주책없이 쏟아져 하늘을 쳐다본다. 별도 반짝반짝 이승만이 딱해 못 보겠다는 듯 눈물을 글썽인다. 고개를 드니 급경사로 흘러내리는 눈물은 이 작은 나라가 떠내려갈 것 같았다. 이승만은 두 손을 모으고 버드나무 아래서 별과 달의 위로를 받으며 밤새도록 울었다. 수양버들은 밤새 바람을 만들어 이승만의 눈물을 쓰다듬어 주었다. 하늘도 울고 땅도 울었다. 그렇게 버드나무를 잡고 하소연을 하고 울고 났지만 무엇 하나 달라지지는 않았다. 터덜터덜 집으로 오는 길에 새벽달이 희미한 웃음을 건네고 있었다. 갑자기 스승 윌슨 대통령이 보고 싶었다. 그러나 이 약한 모습을 보이면 스승의 은혜를 저버리는 것 같아 마음을 접고 다시 뛰어보자 마음을 먹는다. 나라는 지금 너무 어지럽다. 거기에 자금난을 해결할 방법조차도 없었다. 상하이 임시정부에서는 이승만이 상하이로 와서 직접 영도해 달라고 편지가 왔지만 답답하기만 했다. 돈이 단 몇 만 원이라도 허리띠에 두르고 간다면 모두가 환영하겠지만 여비도 장만하지 못하는 이 판국에 가 본들 누가 나를 환영해 줄 것인가? 그러나 처음에는 임시정부에 박수를 보냈으나 자금이 없고 단결도 되지 않자 갈수록 앞이 보이지 않는다. 이승만이 나라의 자금난을 걱정하는 사이 1925년 3월 23일 임시 의정은 이승만 탄핵을 의결하고 대통령직에서 밀어낸 자리에 박은식을 임시 대통령으로 선출하는 사태가 벌어지고 말았다. 그들은 이승만이 상해를 떠나 있으면서 돌아오지 않고 정무를 살피지도 않기에 사람 집에 주인이 살지 않으면 그 집안 살림은 빈곤해지고 어려워지는데 나라는 더 말해 무엇하겠냐며 대중의 인심이 갈수록 더 과격해지더니 드디어 개혁을 하게 되었다고 이유 같지 않은 이유를 끌어다 뚫어진 양말을 꿰매듯 꿰맸다. 그러나 이승만은 그런 일에는 별로 관심이 없고 어떻게 하면 우리나라의 미래를 탄탄대로로 만드는 백년대계(大計)를 이어갈까? 그러자면 저런 자들의 탄핵보다 맨주먹으로 현시점을 이겨낼 비책이 시급하다는 생각만 머릿속에 가득할 뿐이었다. 이승만이 나라를 위기에서 건질 책략을 구상하는 사이 임시정부는 약 1년간 서북파 흥사단 안창호 계열이 장악했으나 이승만은 생각했다. 그런 무사안일한 생각으로 세상

정세를 아무것도 모르는 그들이 무슨 수로 임시정부를 끌어가겠는가? 나도 이렇게 전전긍긍하는데 그들은 분명 임시정부를 맡아 식물 정부를 만들고 말 것이다. 조국이라는 단어 하나를 쥐고 모두의 생각이 다르지만 보고 듣고 연구하고 공부를 하지 않은 선진 문화를 경험하지 않은 그들은 우물 안 개구리 같은 생각만 하고 있으니 먼 태평양 바다를 구경하지 못한 그들이 아무리 태평양의 넓은 그 모습과 파랑과 물고기 종류와 넓이와 깊이를 설명한들 보지 못한 그들이 알아들을 리도 없고 설명 자체가 되지 않음에 이승만은 가슴을 주먹으로 친다. 단 몇 명이라도 미국의 선진 문명을 공부해서 함께 조국을 일으킬 토론을 할 사람이 있어도 이렇게 외롭지는 않을 것이란 생각을 하지만 이미 하늘에선 그런 상대를 주지 않았는데 무슨 의미가 있겠는가. 그들이 만약에 탁월한 지도력이 있어 이 나라를 바로 세울 수만 있다면 상관없다고 생각했다. 이승만의 생각은 정확하게 들어맞아 이갈등파와 어용호파끼리 다시 주도권에 대한 파벌 경쟁으로 진흙탕이 되었다. 이렇게 되자 조소앙 선생은 다시 이승만에게 임시정부로 복귀를 해달라고 서신을 보냈다. 간절히 원하면 하늘의 응답을 받는다고 했던가. 미국 교민들이 얼마의 자금을 마련해 주어 이승만은 다시 1925년 4월 29일 *대통령 선포문*을 발표했다. 1925년 5월 11일 임시정부는 주미 외교 위원부를 대한인국민 중앙 총회가 있는 미국 샌프란시스코에 설치하고 본격적인 업무 보좌관을 두고 이승만은 활동하였다. 가히 혼자 활동했다고 해도 될 만큼 발바닥이 굳은살이 굳어버리도록 뛰어다니면서 방책을 연구했다. 당시 자금이란 이승만에게만 국한된 것이 아니라 나라 전체의 문제여서 누구 하나도 자금에서부터 자유로울 수 없었다. 어떤 이는 같은 교회 다니는 일본인에게 자금을 조달해서 이승만에게 전달했다. 자금을 받고 이승만은 이 독립자금이 어디서 왔는지 출처를 반드시 밝히라는 지시에 따라 일본인임이 밝혀지자 이승만은 그 자금을 곧바로 돌려보내면서 자금을 전한 사람에게 말했다. 아무리 배가 고파도 독을 먹으면 죽고 마는 법, 지금 이 나라가 굶주린다고 해서 먹으면 곧바로 죽는 쥐약을 먹는 어리석은 짓을 두 번 다시 하면 용서하지 않을 것이라며 호통을 쳤다. 임시정부는 일본 경찰의 감시망에 걸려들지 않고 일본의 발길이 많지 않은 곳을 골랐다. 1926년 4월 26일 쉰세 살의 순종이 승하한다. 일본은 도쿄에 거주하고 있는 영친왕에게 왕위를 계승케 한다. 백성들은 순종의 승하에 슬픔을 동참하며 상제 차림으로 돈화문 앞을 속속 모여든다. 엎드려 절을 하며 통곡 소리를 장안 가득히 풀어놓는다. 순종의 장례식이 6월 10일로 결정된다. 일본은 3.1운동 때 대한 독립 만세 운동이 일어난 것을 떠올리면서 노심초사다. 장례식장 주변의 경비가 삼엄하다. 그들이 노심초사하는 만큼 우리 백성들 역시 기회를 놓치지 않으려는 비장한 각오를 하고 준비에 준비를 거듭한다. 장례행렬이 떠난 후 곧바로 행동에 옮긴다. 백성들의 뭉친 각오는 일시에 터져 나온다. 일본은 장례식 행렬이 돈화문을 떠날 때까지 노심초사하다 한숨 돌렸다 방심을 늦추는 사이 사건은 일어난다. 장례식 행렬이 천천히 돈화문을 떠나고 한 시간이 채 안 되었다. 갑작스럽게 주변이 소란스러워진다. 여기서도 웅성거리고 저기서도 웅성거린다. 학생들은 한 몸처럼 뭉치고 단결해서 움직인다. 학생들이 우르르우르르 몰려들며 전단을 뿌린다. *대한 독립 만세!* 싱그런 소리가 바람을 타고 빙글빙글 허공을 돌다가 수많은 백성 귓전으로 일제히 모여든다. 귓전으로 물밀듯 몰려든 만세 소리는 불기둥처럼 타올라 골목골목까지 환하게 비춘다. 빠삐용 핑핑 빠삐용 핑핑 파피용처럼 날아다닌다. 일본의 험악한 입이 윽박지르는 소리는 까마귀 소리로 변해 마귀마귀까마귀 마귀마귀까마귀 조선 땅에 시커멓게 떼로 얼어 죽는다. 돼지로 변해 돼지돼지 꿀렁 돼지돼지 꿀렁 돼지 소리로 들릴 뿐이다. 애국지사들의 두려움 없는 애국 사랑은 펄펄 끓는 용광로 속이 된다. 여기저기서 백성들은 덩달아 대한 독립 만세를 외치며 한 몸이 되어 움직이자 위기를 느낀 일본 경찰은 잠시 늦췄던 긴장과 경계의 눈초리를 다시 먹이를 잡는 매처럼 매섭게 굴리며 재빠르게 만세삼창을 외치던 학생들과 동조한 백성들을 모두 붙잡아 경찰서로 데리고 간다. 나라를 위해 만세를 부르는 일을 가두는 저 파렴치에 백성들은 온몸을 사시나무 떨듯 부르르 떤다. 1927년 1월 신간회(新幹會)가 출범의 닻을 올린다. 회장이박사가 신간회를 움직이고 임원들은 전국 각지를 순회

하며 강연회를 연다. 무지몽매한 무지렁이 농부들을 비롯한 백성들을 깨우치며 독립의 결의를 다지며 동분서주한다. 조직이 퍼지고 활기를 띠자 공기가 심상치 않음을 감지하고 일본의 조선총독부는 억압에 수단과 방법을 가리지 않고 막기 시작한다. 그렇지만 개의치 않고 다짐을 키운다. 우리는 일본인에게 겁내지 말고 두려워하지 말자. 우리나라 내 조국을 위해 뛰고뛰고 뛰다가 목숨을 버릴지라도 후회나 원망 같은 건 하지 말자. 우리는 일본의 악행 앞에서 기죽지 말자. 저들의 악행이 꽃잎처럼 우르르우르르 떨어질 때까지 조금도 기죽지 말고 웃자웃자웃자. 푸른 하늘에 웃음을 모두 다 마시며 희망의 배를 부르게 하자. 우리는 길을 가다 칠흑 같은 밤이 오면 반딧불 꽁무니에서 나오는 빛을 들자. 일본의 발길질이 저벅저벅 앞을 막으면 우리들의 눈알에 눈빛으로 질식시키자. 우리는 꿈을 버리지 말자. 창밖에 겨울이 아무리 높이 쌓여도 봄을 이기지는 못한다. 잠속에 꿈에서도 영롱한 꿈을 더욱 밝혀 잠속을 헤엄쳐 나오자. 우리는 고무나무보다 질긴 일본의 행패를 녹이자. 불로 태우고 물로 씻고 지우개로 박박 지워 행패를 한 톨도 남기지 말고 모두 없애자. 우리는 가공할 냄새를 풍기며 우리의 터전을 일본이 밤낮 감시하며 위협하며 365일 지키면 우리는 366일을 투쟁하자. 우리는 저들의 악행이 지쳐서 다 녹아버릴 때까지 싸우자. 저들의 악행이 물러 터져서 피를 토할 때까지 아프고 지쳐서 뒹굴 때까지 악의 장막이 뚫어내지 못하게 튼튼한 버팀

목이 되어 조국의 허파를 지키자. 우리는 일본이 이 땅에 한 발자국도 딛지 못하게 지뢰를 묻자. 보이지 않는 지뢰를 묻어 죄에 치여 폭발할 때까지 살아남아 조국을 지켜 아가아가아가의 아가들에게 그 아가의 아가 아가의 아가들에게 세세손손 넘겨주자. 일본이 절벽임을 느끼고 싹싹싹 싹싹싹 손바닥이 발바닥이 되도록 꿇어앉아 애원하며 도망칠 그날을 가꾸어내자. *대한민국 만세! 대한민국 만세! 대한민국 만세!* 하늘에 펄럭이게 하자. 1927년 8월 일제의 사이토오가 다시 총독으로 명을 받고 조선 땅을 밟는다. 나주와 광주를 통학하는 광주여고보 여학생들이 일본인 중학생들에게 희롱을 당한다. 11월 30일에 벌어진 여학생 희롱사건은 입소문을 건너 패싸움으로 번져간다. 모욕을 당한 여학생들은 집안에 오빠에게 자초지종을 말하고 혼내주기를 간청한다. 그러나 되로 주고 말로 받는 그런 결과를 재촉할 뿐이다. 결국, 패싸움으로 번져 일본인 학생과 광주 여학생과 연관되거나 분노를 금치 못할 젊은 혈기의 남학생들이 동맹을 맺고 싸움판을 크게 벌여놓는다. 일본 경찰은 패싸움을 벌인 두 학교 주동자를 검거하여 치안 질서를 어지럽게 한 죗값을 받으라고 으름장을 놓는다. 예상대로 일본인 학생은 금세 풀려나 자유의 몸이 된다. 광주고보 학생들과 농업학교 학생들은 그냥 맥없이 당하고만 있을 수만 없다고 두 주먹을 불끈 쥔다. 코피가 터지고 팔다리가 부러져도 좋다. 남학생들은 이심전심으로 꼭 복수를 해 체면을 세울 것을 서로 손가락을 걸며 맹세한다. 선전포고는 생략한다. 일본인 중학교로 쳐들어간다. 결과는 백여 명 학생이 체포되었다는 것, 그리고 모두 유치장 신세로 추락했다는 것으로 결론지어진다. 신간회 등 여러 독립운동 단체에서 각기 대표를 뽑아 유치장에 있는 학생들 석방을 위해 광주로 급파한다. 이에 총독부는 신간회를 요주의 단체로 눈여겨보기 시작한다. 무슨 일이든 꼬투리만 잡히면 신분의 높낮이를 가리지 않고 엄벌로 다스릴 것을 구속시키기를 벼르고 벼른다. 때가 때인지라 광주로 온 신간회 회원들을 모조리 잡아들이라는 상부의 명령이 떨어진다. 신간회는 철저한 탄압의 대상으로 점 찍혀 있다. 밤낮없이 감시의 대상이 되어 행동반경이 많이 위축되어 있다. 신간회는 힘 한 번 제대로 쓰지도 못하고 해산의 길로 접어들어 간판을 내리고 만다. 11월 2일 광주고보와 농업학교 학생들 합동으로 대대적인 시가행진을 벌인다. 대한 독립 만세를 외치며 목이 터지라고 시위의 정당성을 울부짖는다. **광주의 학생들은 총 궐기하라. 일본 제국주의는 이 땅에서 물러나라.** 학생들의 시가행진이 어느새 만세 운동으로 확산하여 간다. 화들짝 놀란 일본 경찰은 시위에 가담한 학생 2백 5십여 명을 전원 체포해 경찰서 유치장에 가두어 버린다. 체포된 학생 가운데서 적극적으로 만세 운동을 벌인 학생들은 이참에 학교를 다니지 못하도록 퇴교 명령을 내린다. 학생으로서는 사형선고인 것이다. 가혹한 광주 학생들의 명령을 접수한 서울의 학생들은 분노가 이 강산을 태워버릴 것처럼 마구 끓어올라 삼삼오오 대열을 짜서 사방팔방으로 동맹휴학에 가담해 줄 것을 결의 설득하고 나선다. 그렇게 길들이 길을 잃고 헤매는 사이에도 해와 달은 쉬지 않고 걸어가 낙엽이 쓸쓸하게 땅바닥에 나뒹구는 11월이 죽고 12월이 태어난다. 본격적인 추위를 몰고 오는 바람은 12월의 깃을 더욱 여미게 만든다. 그렇지만 억울하게 구속된 동료와 남의 나라에서 만행을 일삼는 일본을 향해 끊임없이 저항하고 우리 학생들의 푸른 혈기들은 일본의 폭력에 시위를 하며 일본 학생 세 명을 강으로 끌고 가 강물에 넣고 밟아버리자 일본 학생은 살려 달라고 두 손이 발이 되도록 빌었다. 목숨 앞에서 저렇게 비겁한 일본에 당하고 있다는 생각에 화가 난 학생들은 12월 초부터는 더욱 맹렬하게 분노를 휘뿌려 댄다. 억울한 피가 여름 더위보다 더 끓어오르는 젊음의 대학생들이 다시 또 거리로 뛰쳐나온다. 거리를 빼곡히 메우며 소리를 공중으로 쏘아 올려댄다. **구속 학생 석방하라! 대한 독립 만세!** 서울에서 불이 붙은 동맹휴학의 불길은 그 불씨가 펄펄 날아 차츰차츰 지방으로까지 날아간다. 화력이 예사롭지 않다. 뜨겁다 못해 꽁꽁 얼어붙는다. 먼저 불길은 북쪽으로 방향을 틀어 타 올라가기 시작한다. 함흥의 영생고보를 선두로 원산·신천·평양까지 일사천리로 분노의 함성이 푸른 물결로 흘러간다. 남으로는 영남 쪽에서 대구·진주·부산에서 가담한다. 그러고는 제주와 전주·목포·고창 마침내 강원도 춘천까지 동맹휴학의 불길은 활활 타올라 관솔 타듯이 타오르며 송진

냄새로 조선의 하늘을 뒤덮는다. 조선의 하늘은 그렇게 젊은 관솔들이 활활 타오르는 속에 이승만은 일본인이 아무리 같은 교회를 다닌다고 해도 그들의 인성은 믿을 수가 없었다. 그리고 프랑스 대사관 관할구역 건물에 월세를 주면서 입주해 업무를 보았다. 그렇지만 월세가 비싼 탓에 청사 임대료 30원을 내지 못하자 건물주와 토지주가 찾아와 고발을 하겠다며 엄포를 놓았고 청사의 각부 직원과 급사 경무국 직원들의 월급도 제때 주지 못해 떠나는 사람들은 임시정부를 떠나면서 소송을 제기했다. 이승만은 갑갑하다 못해 화가 나기도 했다. 모두 뿔뿔이 흩어지는 게 안타깝기도 했지만, 일본에 나라를 빼앗기냐 찾느냐에 재산을 털어 나라를 구하지는 못해도 월급을 제때 못 준다고 임시정부를 상대로 소송을 한다는 일에 너무 상처를 받고 화도 나고 그런 국민이 불쌍하기도 하고 무어라고 형용할 수 없어 또 수양버들 나무 아래로 가서 기도했다. 하느님 불쌍한 국민을 도와주소서! 저들은 나라가 어떤 것인지 나라 없는 설움이 어떤 것인지 상상도 못하고 오직 한 숟가락의 밥만 있으면 만족하는 자들입니다. 불쌍하게 여기소서. 제발 버리지는 말아주소서. 저들의 나라를 찾아서 교육을 할 수 있게 힘을 주소서! 심장이 다 녹아내리는 심정으로 기도를 올렸다. 그럼에도 쉽게 나가는 길은 어디에도 보이지 않았고 미국 워싱턴에 있는 구미위원부는 새로운 거처를 옮기고 한국평론은 계속 발행하기로 했고 톈진에서 의열단원에게 박용만이 암살을 당하자 이승만은 서재필과 함께 미국 언론과 방송 담화를 통해 의열단을 비판하고 항의했다. 이들은 말도 안 되는 말만 되풀이했다. 아무런 증거도 없이 박용만이 총독부에 매수된 밀정이라며 비난했다. 어쨌든 이승만은 끊임없이 한국은 반드시 독립되어야 함을 외치고 다니고 선전문건을 만들어 배포하고 다녔다. 한편 일본제국의 관동군은 천연자원이 풍부한 만주를 병참기지로 만들고 식민화하기 위한 목적으로 만주를 점령하고 난 후 청나라의 마지막 황제인 아이신기오로 푸이를 옹립해 만주국을 건국했다. 대한제국의 외교권을 강탈한 뒤 간도협약으로 만주와 연해주를 포기했다고 했지만, 일본제국의 대륙 확장 주의는 제국의 태동기부터 이미 시작되었다. 개화 사상가 후쿠자와 유키치는 **일본의 번영을 위해선 만주를 식민화해야 한다**고 외쳤으며 청일전쟁에서 랴오둥반도를 할양받는 등 만주로 영향력을 확대하려는 야욕을 버리지 않았다. 만주사변 배경은 세계 제1차대전 후부터 일본 사회의 군국주의 물결이 펄럭이면서부터 시작되었다. 이미 청일전쟁을 통해서 맛본 전쟁 보상과 할양받은 타이완섬의 재개발로 경제를 부흥시키는 꿀맛을 본 일본은 욕심이 하늘을 찔러 러일 전쟁에서 역시 많은 이익을 챙길 것으로 기대했지만 일본은 자금이 바닥나버렸고 포츠머스 조약에서 배상금 획득은 한 푼도 없었으며 겨우 한반도에서의 우위와 남사할린 정도뿐이었으니 결국 여론으로도 밀리기 시작했고 러일 전쟁의 전리품으로 획득한 조선 통치를 위한 기초 작업인 철

도와 도로건설에 천문학적인 돈이 들어가는 바람에 인구는 너무 많고, 석유나 특산품도 없고 문화유산도 애국자들이 다 사들이는 바람에 우리나라에 자금만 쏟아붓고 만 꼴이 된다고 투덜거리면서도 나라를 돌려줄 생각은 꿈에도 하지 않고 우리나라에 돈을 투자하고 있었고 타이완섬만이 유일하게 사탕수수 산업 덕분에 조금 체면을 살릴 정도의 흑자를 낼 뿐이었다. 일본은 앞을 내다보는 눈이 흐렸다. 일본 쇼와 텐노는 미나미 지로 육군 대신에게 군 내부의 불온한 움직임이 일어나고 있으니 이를 잘 다스릴 것을 주문했고 와카쓰키 레이지로 총리에게도 따로 중국과 관계를 잘 유지해야 한다고 간청했지만, 군부의 폭주 기운이 심상치 않게 돌아가자 텐노는 9월 11일 미나미 지로를 다시 소환하여 *나카무라 사건과 만보산 사건 등을 중국에만 책임을 떠넘기는 것은 잘못된 일이니 다시 생각해야 한다*고 말했다. 중국에만 계속 책임을 떠넘기다 보면 큰 낭패를 볼 수 있다고 여긴 것이다. *메이지 텐노의 군대에 문제가 생기면 안 되니 엄격히 사태를 주시하라*고 엄명을 내린다. 그리고 사이온지 긴모치도 미나미 지로에게 외무대신이 아닌 군이 끼어드는 것이 건방지기가 강물처럼 범람한다고 질책했다. 이렇게 혼란스러움이 계속되자 처음엔 관동군의 계획을 지지하던 육군 중앙은 생각을 바꾼다. 생각을 바꾸고는 9월 14일 만주에 파견하여 침공 계획을 저지하기로 하고 다테카와 요시쓰구 소장을 만주에 파견한다. 다테카와 소장은 어쩔 수 없이 명령을 어길 수 없어 침탈계획에 찬성하는 인물이었으나 만주로 향했다. 그러나 자기 뜻과 맞지 않는 명령에 불만이 풍선처럼 부풀어 올라 비행기 대신 기차를 타며 느긋하게 출발했다. 참모본부의 러시아 반장이었던 하시모토 긴고로 중좌가 관동군에 다테카와가 봉천에 도착하기 전에 거사해야 한다는 비밀 전문을 보냈지만, 그는 느긋하게 움직인다. 하시모토 긴고로의 비밀 전문을 전해 받은 관동군 참모장 등 주요 간부들은 뤼순의 혼조 시게루 사령관에게로 달려가 이를 알렸고 이타가키 세이시로, 이시와라 간지, 하나야 타다시, 헌병 분대장 미타니 기요시, 주재 분대장 이마다 신타로 등이 봉천에 모두 합류했다. 이들은 9월 16일 침공 작전 실행 긴급회의를 했다. 그러나 결론은 나지 않았다. 지루한 회의가 계속되고 이들은 술을 마시면서 느긋하게 회의인지 술타령인지 모를 회의를 하다가 이마다 신타로가 갑자기 좋은 생각이 있다며 제안 하나를 한다. 어차피 운은 하늘에 맞기고 나무젓가락을 세워서 점을 친 다음 거기에 맞게 정하는 것이 어떨까? 좋지, 좋아. 아니 이 나무젓가락 점이 국가 중대사를 위한 바른 결정을 하는 점괘를 알려줄까? 그럼 알려주고 말고. 자네 말 잘 들으라고, 오른쪽으로 떨어지면 중지, 왼쪽으로 구르면 결행으로 결정하는 거라고. 세 번 해서 결정하는 거야. 그 말에 모두 손뼉을 치며 술의 힘으로 모두 동의한 후 점을 쳤다. *첫 번째 해봐. 와아! 오른쪽으로 굴렀어. 두 번째 해봐. 와아! 또 오른쪽으로 해봐. 와아! 또 오른쪽으로 굴렀*

어. 연속 세 번 모두 오른쪽으로 굴러떨어졌으니 이건 중지하라는 신의 계시야 중지! 이들은 애초에 계획을 중지하려는 의도였다. 이렇게 정확한 젓가락 神의 계획 중지 계시에 따라 계획 중지 결정을 내렸다.

정의의 총성

9

　밀짚모자 그늘로 봄볕을 밀어내며 논두렁에 앉아 푸르게 물오른 버드나무 껍질을 벗겨 봄바람을 불어 재끼는 구불구불한 버들피리 소리와 나폴나폴한 찔레꽃 향기를 안주 삼아 막걸리를 마시고 입술과 입술 사이에서 비틀비틀 흘러나오는 고단한 소리에 개구리 끼룩끼룩 합창하듯 한가로운 결정을 하는 사람들. 그러나 젊은 강경파였던 이마다 신타로와 미타니 기요시 등은 **다시 생각해야 한다, 국가 중대사를 젓가락 점을 쳐서 결정하는 것이 말이 되냐**며 핏대를 올려 주장했고, 9월 18일 다테카와 요시쓰구 소장이 도착하자 애주가였던 이타가키 세이시로는 다테카와도 술을 좋아한다는 정보를 알고 기쿠분이란 요정에 데려가 주지육림(酒池肉林)에 빠트리고 최고조의 기분을 이용해 설득한다. 술과 싱싱한 여자 향과 조명의 합심에 설득을 당하고만 다테카와는 이타가키 세이시로에게 자신은 묵인할 것을 약속했다. 이시와라는 혼조 시게루 사령관을 빛 좋은 개살구 같은 말로 설득하는 와중에 관동군은 작전을 열흘 앞당겨 침공 계획에 들어가기에 이르렀다. 절벽인지 허방인지도 모르고 수수방관 죄를 자청하고 결백을 증명할 궁리도 잊은 채 시간은 그렇게 설렁설렁 어설픈 작전을 허락하고 만다. 한편, 김좌진 장군은 1889년 이 지상에 와서 삶의 페이지를 모두 넘기고 도돌이표가 붙어 있는 악기를 연주하듯 나라를 위해 세상에서 가장 아름다운 연주를 하며 처참하고 어지럽고 무시무시한 불한당(不汗黨)의 입에서 나라를 꺼내 한 시대를 평정하기 위해 싸우다가 이 지상을 버리고 매초롬히 떠나갔다. 그 푸른 삶에 눈멀지 않고 입술이 부르터지지 않고 눈가가 짓무르지 않는 사람이 없었다. 참사람 김좌진 장군은 하늘이 눈발을 하얗게 투레질하는 1930년 1월 24일 북만주 산시역 인근 자택 앞 정미소에서 공산주의자 육시랄의 흉탄을 맞고 이 세상을 하직했다. 그의 나이는 41세 그가 세상을 버리자 하늘도 땅도 모두 머리를 풀어헤치고 통곡을 했다. 별들도 모두 지상으로 내려와 애도했고 새들도 공중을 가르며 구름 지팡이를 짚고 울었고 물고기들은 물살을 뚫고 수면 위로 뛰어오르며 물거품 상복을 입고 뻐끔뻐끔 애도했다. 청산리 전투에 참여했던 대한 군정서 사령관 김좌진 장군은 나라를 위해 자신의 목숨을 걸고 싸우며 반드시 일본군을 초전박살 내어 일본군이 자랑하는 용맹성을 치욕스럽게 무릎 꿇리고 말 것을 결의하며 목숨을 내걸고 외치던 조선의 애국지사였다. 한편, 1931년 9월 18일 밤 10시 20분 펑톈 외곽 북쪽 7.5km 떨어진 류탸오후에서 관동군 휘하 독립수비대 2대대 3중대는 철도를 폭발시키려고 했으나 폭발의 세기가 약해 굉음 소리만 요란했을 뿐 열차가 다닐 수 있을 정도였다. 그러나 폭발물이 약한 것이 아니라 그것은 그들의 작전이었다. 애초에 침공 명분이었기에 철도 폭발에는 의미를 두지 않았다. 이들은 철도를 폭파한 후 중국 동북군 소행이라는 거짓 보고를 올리자는 것이 목적이었다. 물소리는 물소리로 흐르고 구름은 구름 소리로 흐르고 있을 뿐이었다. 이타가키 세이시로 대좌가 호랑이를 사칭해 어슬렁어슬렁 꼬리를 흔들면서 숲을 헤치고 혼조 시게루 사령관으로 둔갑했다. 가짜 얼룩무늬를 두르고 수염을 빳빳하게 세운 호랑이는 독립수비대 2대대와 5대대에 동북군 7여 사단을, 2사단 29연대에 펑톈성(봉천성)을 공격할 것을 지시했다. 도깨비불과 접신한 것 같은 참으로 기가 막힐 노릇이었다. 사령관을 사칭해서 명령하는 자도 그렇지만 그걸 모르고 움직이는 군도 한심하기는 마찬가지였다. 이렇게 만주사변의 서막은 시작되었다. 이때 만주의 권력자였던 장학림은 일본이 중국 땅에 침략해 수천만의 재산과 무고한 인명이 희생되었다. 왜 우리는 같은 민족을 죽이고 있는가! 우리 모두 일어나 일본을 밀어내고 우리 땅을 지키기 위해 최후의 한 명이 남더라도 싸워 우리는 반드시 적군을 밀어내야 할 것이다. 하고 명령했다. 그러나 일본 관동군 장교가 봉천역을 달리던 열차를 폭파하게 시킴으로써 즉사한 아버지 원수를 갚기 위해 장쉐량은 장개석과 공동보조를 맞추기로 약속을 한다. 장쉐량은 사태를 관망하기 위해 일단 한발을 뒤로 빼고 사태를 관망한다. 낙엽이 지고 가을이 죽고 칼바람이 불고 겨울이 죽고 봄이 태어나자 새싹이 어김없이 파릇파릇 봄날이 돋아난다. 대지에는 죽지 않고 살아있는 추위가 아직도 꿈틀거리며 목숨을 연명하고 있다. 마음 날씨는 아직 3월이라서 추위가 아직 미련을 떨면서 남아 있는 것이다. 일본이 남의 영토를 침범하고 미련을 떨면서 남아 있듯이. 일본은 청나라 황제 부의(溥儀)를 앞세워 만주국을 세운다. 이 무렵 조선 총독인 우가키는 국내 거주하고 있는 주요 인사들을 접촉한다. 자기네 편으로 끌어들이기 위해 수로부인이 사람이 닿을 수 없는 돌산 위에 핀 철쭉꽃이 가지고 싶다면 소를 몰고 가던 노인이 신이 되어 철쭉을 꺾어다 바치듯 그들에게 죽음을 무릅쓰고 꽃을 꺾어다 바치는 유화작전을 펼치면서 온갖 술수를 다 동원하는데 넘어가는 매국노들. 돈과 지위를 보장해준다는 달콤한 언약에 넘어가 출세! 출세! 출세 가도의 길을 거침없이 달려가라고 꼬드긴다. 불빛에 유혹당해 춤을 추는 나방처럼 일본의 유혹에 춤을 추는 분위기 속에서도 달콤한 유혹에는 나라를 말아먹는 독이 들었다며 한사코 유혹에 소금을 뿌려대는 애국자. 송진우와 한용운은 갖고 싶지도 않은 철쭉을 꺾어다 주며 유혹을 하자 철쭉꽃을 받아 땅바닥에 패대기쳐

버리고도 한이 안 풀려 철쭉꽃을 짓밟아 버린다. 죄 없는 꽃만 붉은 피를 쏟아내고 습기를 버리고 있었다. 가슴에 칼을 들이대도 불의에 가담할 수 없다고 손사래 친다. 그들의 어림 반 푼어치도 없는 손사래에 일본은 다른 유혹을 던져 보지만 역시 단호하게 거부한다. 단호한 거부에 초목도 사지를 덜덜 떨고 있다. 이렇게 어떤 사람은 목숨을 던져 항거하고 어떤 얼빠진 인간은 쌀 한 숟가락에 역적질하면서 아무것도 진전되지 않는데도 시간은 무심하게 흘렀다. 1932년 1월 8일 이충성은 숨을 죽인다. 천황의 마차가 지나갈 때를 기다리다, 천황의 마차가 서서히 모습을 드러내자 이때다 하고 품속에서 폭탄을 꺼내어 휘익 던진다. 그러나 폭탄은 주인의 말을 거역하며 엉뚱한 곳으로 날아가 실패한다. 일본 천황 히로히토 신변에는 아무런 흠집이 없다. 폭탄은 히로히토의 편에 서서 반역을 꾀한 것이다. 히로히토는 멀쩡하고 폭탄은 이충성에게로 달려들어 사형 선고를 내린다. 이충성은 대한민국 임시정부의 특무부대인 한인애국단(韓人愛國團)의 단원으로서 도쿄에서 일왕에게 폭탄을 던지는 의열 투쟁을 실천했으나 실패했다. 그러나 이 거사를 통하여 독립운동의 의지를 세계에 알리고 항일의식을 고취하는 강력한 밑거름이 되었다. 이충성은 1901년 8월 10일 서울 용산구에서 아버지 이진규(李鎭奎)와 어머니 밀양 손씨(密陽 孫氏) 사이에서 2남으로 태어났다. 그의 집안은 선조로부터 많은 땅을 물려받았지만, 철도 부속지로 편입되는 바람에 일제에 의해 강탈되어 생계가 어려워지면서 서울 용산으로 이주했다. 아버지는 건축업과 달구지운반업을 경영하였고 조선 왕실의 건축을 청부받을 정도로 상당한 자산가였지만, 아버지의 투병과 홍수로 인한 손실이 있었고 사기 피해 등이 겹치면서 점차 가세가 기울었다. 이충성은 8세부터 서당을 다니다가, 11세 때인 1911년 천도교에서 세운 문창(文昌) 보통학교에 입학하여 15세에 졸업하였다. 가세가 완전히 기울어 상급학교 진학을 포기했다. 일본인 과자점(菓子店)의 점원으로 일하다가 약국 점원으로 일하고 있을 때 일본인들이 조선인에 대해 차별을 하고 아무리 일을 잘해도 조선인이라는 이유로 승진과 봉급, 상여금 등 모든 면에서 차별을 받는다. 그러다 이충성은 일제 최초의 근대적 인구조사라고 할 수 있는 1925년의 간이국세 조사에서 조사위원으로 활동하였다. 국세 조사위원의 선발자격은 엄격했는데, 조사위원은 도지사의 추천에 따라 조선총독이 임명하도록 규정했다. 이충성은 금정청년회를 후원하는 용산 지역의 유지들과 용산역에 근무하던 시절 일본인 동료들로부터 추천을 부탁했다. 조사가 종료된 이후에는 조사를 잘한 공로를 인정받아 경성부청(京城府廳)으로부터 상금 20원과 나무잔을 선물 받았지만, 이충성은 조선인 차별에 대한 불만으로 용산역을 그만두기는 했지만, 여전히 식민지인으로서 일제 정책에 협조적이었다. 그러나 누군가로부터 조선에서는 차별대우를 받지만, 일본 내에서는 차별대우를 받지 않는다는 말을 듣고 일본으로 가고 싶었다.

그러나 가족, 특히 어머니를 두고 떠나갈 수 없어 망설이고 있을 때 용산역에 있을 때부터 알고 지내던 후지하라(藤旗)라는 일본인이 본국으로 돌아가려고 하는데, 한국인 식모를 데리고 가고 싶어 하자, 조카딸인 지팔자를 소개해주면서 함께 일본으로 떠나게 되었다. 1925년이었다. 그는 조선을 떠나 도쿄에 도착하게 된다. 그는 일본어에 능통했기 때문에 일본에 가면 좋은 일자리를 구할 것이라고 생각했지만, 일본에서도 조선인에 대한 차별은 마찬가지였다. 조선인이라는 신분을 밝히면 거절당했다. 1926년 2월에 어느 가스회사에 취직되었는데, 재일조선인(在日朝鮮人)들이 편의상 일본식 이름을 쓰는 것을 보고 이때부터 일본 이름을 쓰기 시작했다. 하지만 가스회사에 취직한 지 2개월 만에 각기병에 걸려 이듬해 4월에야 건강을 회복하였다. 잠시 효고현(兵庫県)에서 간장 가게에 취직했다가 다시 오사카(大阪)로 돌아와 가스회사에 복직했지만, 하루 결근했다는 이유로 3일에 한 번씩 강제로 쉬게 하자, 부당한 취급에 다시 회사를 그만둔 후 이충성은 부두노동자나 석탄 짐꾼, 공장 잡역 등을 전전하는 생활 속에서 조선인에 대한 차별대우를 절실하게 체감하면서도, 현실을 체념하며 자신을 일본인과 똑같은 일왕의 백성이며 조선인이지만 더욱 일본인다운 신(新) 일본인으로 적응해야만 살아갈 수 있다고 생각했다. 그러나 그것도 착각이었다. 적응하려고 발버둥 칠수록 더욱 괴리감과 좌절감을 느껴야 했다. 그러던 1928년 11월 교토(京都)에서 거행되는 히로히토(裕

ㅅ) 일왕 즉위식을 구경하러 갔다가 유치장에 구금되는 사건이 발생하였다. 경찰들은 당시에 즉위식을 보러 온 사람들을 모두 검문했는데, 이때 이충성은 국한문 혼용으로 쓰인 편지를 가지고 있었다는 이유로 유치장에 수감되었다. 함께 감금된 일본인들은 대부분 다음날 풀려났지만, 경찰들은 편지 내용을 알려고 하지도 않은 채 열흘이나 감금하였다. 이충성은 '신 일본인'이 되려고 아무리 노력해도 소용없음을 깨달았다. 아무리 노력해도 일본인들은 여전히 자신을 식민지인으로 여기고 있었다는 사실에 아득한 절망감이 밀려왔다. 이때 머리에 찬물을 끼얹듯 번쩍 정신이 들었다. 지금 내가 무슨 짓을 하고 있단 말인가? 일본이 지금 조국을 짓밟고 이렇게 나처럼 부당한 대우를 받고 있는 이 판국에 내가 신 일본인? 머리를 쥐어뜯으며 수치심을 느꼈다. 안된다, 조국의 독립을 위해 힘써야 한다. 그렇지만 독립운동에 참여할 기회나 연줄이 없었기 때문에 곧바로 행동으로 옮길 수 없었다. 또 정신 어느 한쪽에 눈을 동그랗게 뜨고 진짜 일본인이 되어 잘살아 보아야겠다는 욕망이 파랗게 싹을 틔워 괴로워하며 번민 속에서 생활에 자제력까지 잃어 오랫동안 방황의 시간을 보냈다. 일본인 행세를 하며 도쿄(東京)에도 갔지만, 여러 일자리를 전전하는 것은 조금도 변함이 없었다. 오사카로 가 보았다. 오사카로 간다고 조선인을 대우해 주는 일은 똑같았고 멸시를 받았다. 그러던 중 어느 음식점에 앉아서 두 사람이 주고받는 이야기를 들었다. 1930년 11월 어느

날이었다. 상하이(上海)에 가면 프랑스 조계(租界, 개항 도시의 외국인 거주지)에 대한민국 임시정부가 있어서 조선인들을 돌봐주고, 영국 전차회사에서 조선인들을 우대해서 써준다는 말을 듣고 그는 옆 좌석으로 자리를 옮겼다. 주춤거리며 거리를 두던 두 사람은 자신이 조선 사람이라고 말하자 긴장을 풀었고 상하이에 가면 좋은 일자리와 차별 없이 떳떳하게 살 수 있을 것이라는 말을 믿은 그는 1930년 12월 6일 일본에서 출발해 나흘 만인 10일에 상하이에 도착하였다. 상하이에 도착해 우선 가장 급한 것이 일자리를 구하는 일이었지만 중국말을 할 줄도 몰랐고 상하이에서 아는 사람도 없었기 때문에 일자리를 구하기는 쉽지 않았다. 임시정부를 찾아가야 하지만 주소를 알 수 없어 막막해 공원에 앉아 있는데 공원에 어떤 남자 둘이서 조선말로 이야기를 비밀스럽게 나누고 있었다. 그들은 임시정부 요원들이었다. 이충성은 전차회사 취직을 도와 달라고 요청하려는 목적에서 임시정부를 함께 따라갔다. 그러나 임시정부 사무실을 방문한 그를 보자 임시정부 요인들은 이충성을 보고 일본말을 섞어서 대화하며 행색도 일본인에 가까운 차림이라 경계하기 시작했다. 아무리 아니라고 우겨도 소용없었다. 임시정부는 결국 일본의 밀정(密偵)이라고 생각하고 내쫓았다. 임시정부 건물의 2층에 있던 김구는 소란스러운 소리를 듣고 내려왔다. 이야기를 다 듣고 이충성을 본 김구는 범상치 않음을 느끼고 그를 임시정부 청사 주변의 여관에 묵게 하였다. 그리고 김구는 철저히 신분을 숨긴 채 수차례 이충성을 만나 그에 대해서 자세히 살피고 그의 마음속을 꺼내 보았다. 한 달이 넘게 이충성을 지켜본 김구는 이충성이 일본어에 능통하고 일본에 오랫동안 살아서 도쿄의 지리나 상황에 대해 잘 알고 있다는 사실을 알게 되었다. 그리고 이충성이 일왕 즉위식에 간 적이 있으며 거기에서 감옥에 갇힌 사건과 무기가 있었으면 처단하는 것도 어렵지 않았을 것이라는 말을 듣고 김구의 머리에는 번개처럼 스치는 것이 있었다. 일왕을 처단할 의거의 적임자임을 깨달았다. 이충성은 처음에는 단지 일본인들의 조선인 차별에 대해 울분을 느끼는 정도였고 상하이에서도 일자리를 구하기 위한 목적이 더 컸지만, 김구와 대화를 나누면서 점차 독립운동에 대한 의지를 다져갔다. 1년이 넘도록 김구는 의도적으로 이충성에게 독립운동 정신을 몸속으로 생각 속으로 교육시켜 넣었다. 이렇게 김구의 계획은 맞아떨어져 갔다. 일본어를 잘하고 일본에 살았던 경험으로 이충성을 완벽하게 일본인으로 행세하면서 임시정부나 상하이 한인 교민단과는 멀리 하도록 교육했으며 3개월에 한 번씩 임시정부를 방문하여 김구에게 그곳 사정을 보고하고 일왕 처단 준비 상황 등을 논의하였다. 김구는 우선 장래의 거사를 위해서는 비밀을 유지해야 하므로 이충성에게 임시정부나 교민단 출입을 철저하게 삼가고, 또한 일본인 거주지역에서 살면서 일본인 행세를 하도록 하였다. 그리하여 이충성은 일본에서 사용하였던 일본 이름을 그대로 사용하면서 취직도 하여 스스로 생활비를 마련하여 생활하였다. 이충성은 또 자신이 벌어서 살아야 한다는 구차한 생각이 간간이 들었다. 그러나 김구의 끈질긴 독립운동 정신의 강조와 임시정부 역시 각자 먹을 것을 조달하는 형편이니 정치적으로나 재정적으로 매우 어려운 상황에 처해 있으며 국내외 독립지사들이 힘을 합쳐 건설한 대한민국 임시정부이니 우리 모두 힘을 합치자고 설득하였다. 일제의 탄압과 서양 열강들의 무관심, 독립운동가들의 분열과 심신이 지친 탓으로 정신도 마음도 물질도 모든 것들이 크게 침체되었다. 더군다나 일제의 대륙침략이 본격화되면서 임시정부의 입지는 더욱 줄어들 수밖에 없었으며 어지러움과 혼란이 가중되었다. 1931년 7월 2일에는 일제 측의 계략에 휘말리면서 중국 길림성(吉林省) 만보산(萬寶山)에서 조선인 농민과 중국인들 간에 수로를 둘러싸고 벌어진 만보산 사건이 발생하기까지 했다. 조선인 농민과 중국인들 간의 싸움은 아주 작은 말다툼 정도의 가벼운 충돌일 뿐인데 일본 관동군(關東軍)과 재만주(在滿洲) 일본영사관에서 조선의 언론에 조선인이 막대한 손해를 입고 있다고 뻥튀기처럼 튀겨서 보도했다. 일본의 계략대로 보도를 접한 조선에서는 중국인 배척 운동이 일어나 많은 사상자가 발생하며 중국인과 조선인 사이에 불신감을 조장하는 데 성공한 일본 관동군이 만주사변을 일으킨다. 대한민국 임시정부도 중국인들의 관심과 지원이 끊어지고 고립되었다. 이러한 난국을 타개하는 유일한 길은 한인들이 일제에 강력하게 저항하고 있다는 사실을 세계에 널리 알려야만 했다. 김구는 임시정부 산하에 비밀 특무대인 '한인애국단'을 설치하여 의열 투쟁을 전개해야 한다고 생각했다. 김구의 독립정신에 의해 이충성은 드디어 거사하기로 마음먹고 모든 준비를 시작했다. 그리고 철저하게 준비에 들어가 중국군으로 복무하며 상하이병공창(上海兵工廠) 병기 주임을 맡고 있던 강무기는 폭탄 준비를 담당하였고 거사를 위한 자금은 재미 한인교포들과 독립운동단체에 편지를 발송하여 마련하도록 했다. 1931년 김구는 이충성을 만나 거사 준비를 다 마쳤음을 알리며 일본에 갈 여비와 준비에 필요한 것들을 마련하라며 중국 지폐를 줬다. 그리고 마지막으로 태극기를 배경으로 한인애국단 선서문을 목에 걸고 양손에 거사에 사용할 폭탄을 들고 사진을 촬영하고 이충성은 상하이 생활을 정리했다. 김구는 한 치의 실수가 있어서는 안 될 것이니 치밀한 거사 계획을 위해 폭탄 사용법 및 휴대방법, 일본 경찰에 체포되어 심문받을 때의 대응법 등에 대해 충분히 숙지하고 이충성은 배를 타고 상하이를 떠나 도쿄에 도착하였다. 도쿄에 도착하자 이충성은 품속에 폭탄이 잘 있는지 다시 한번 만져본다. 가슴이 뛰었다. 겁이 나서 뛰는 것인지 좋아서 뛰는 것인지 가늠할 수 없지만, 정신없이 심쿵심쿵 뛰고 있어 자신의 심장에게 정신 차리라고 가슴을 자꾸 쓸어주었다. 그 이듬해 신문에서 1월 8일 도쿄 교외에 있는 요요기(代代木) 연병장에서 있을 육군 관병식(觀兵式) 행사에 일왕 히로히토가 만주국 황제 푸이(溥儀)와 함께 참석한다는 기사를 보며 그날을 거사 일로 결정했다. 그리고 김구에게 전보를 발송했다. *1월 8일에 준비한 상품이 꼭 팔릴 것이라*는 문구는 거사 결행 일을 알리는 말이었다. 1월 8일 이충성은 일왕이 하라주쿠(原宿)를 지나 요요기 연병장으로 지나갈 때 거사를 결행할까 생각했으나 연병장 주변 경계가 너무 삼엄해 욘타니미츠케(四谷見附)로 자리를 옮겼으나 신문팔이 소년에게서 일왕이 사카타니미츠케(赤坂見附)를 통과할 것이라는 이야기를 듣고 달려갔다. 그러나 일왕 행렬은 지나갔다. 하는 수 없이 이제 일왕이 환궁할 때를 기다리다 이마저도 놓치고 낙담하였는데 주변 사람들이 웅성거리는 소리에 귀가 번쩍했다. 일왕의 환궁 행렬이 우회하니 지름길로 가면 볼 수 있을 것이다. 희망의 발걸음은 펄펄 날아 사쿠라다문(櫻田門) 앞 경시청(警視廳) 앞으로 날아갔다. 일왕 행렬을 보기 위한 인파에 섞여 행렬이 지나가기를 기다리고 있었다. 오전 11시 44분 일왕이 탔을 것이라 추측되는 마차가 서서히 오고 있었다. 이충성은 *아! 저 마차가 분명하다. 수류탄아 제발 내 임무를 무사히 마치게 해줘!* 하고는 두 번째 마차를 향해 수류탄을 던졌다. 그러나 불행하게도 두 번째 마차는 일왕이 아니라 궁내대신(宮內大臣)이었던 이치키 기도쿠로(一木喜德郎)가 타고 있었다. 그리고 수류탄도 이충성의 말을 듣지 않고 힘을 쭉 빼고 마차의 밑바닥과 바퀴에 약간의 손상과 바로 뒤를 따르던 말에 약간의 상처만 주었다. 두 번째 수류탄은 던지지 못하고 다른 사람이 범인으로 지목되자 이충성은 스스로 일본 경찰에 자수했다. 이충성은 '대역죄'의 명목으로 사형을 받아 10월 10일 이치타니(市谷) 형무소에서 오전 9시 교수형으로 순국하였다. 한국 독립당에서도 선언서를 발표하여 중국의 신문에 게재되고 여타 한인 독립운동단체에 의해서 중국 관내 각 지역에도 우송되었다. 선언서에서는 일제 식민통치의 포악성과 이충성 의거의 정당성을 밝히고 앞으로도 독립운동이 계속될 것을 천명하였다. 중국 언론들은 즉각 이충성의 의거 소식을 전하면서 그를 '의사(義士)', '지사(志士)'로 표현하며 그의 의거를 높이 평가하였다. 김구는 이충성의 사형 공판 이틀 전인 9월 28일에 '동경 적안의 진상'을 작성하였다. 서른한 살의 이충성은 독립을 위해 시름겨운 조국의 제단에 피를 뿌리고 왔던 길로 되돌아간다. 이충성의 거사를 도우며 행동으로 실천하게 한 천황의 시해 배후자는 분명코 김구라고 단정한다. 일본은 그렇게 결론을 짓는다. 상해의 김구 수배령과 현상금을 걸고 벽보를 붙인다. 벽보에 꿀을 발라 개미들이 모여들게 할 묘수이다. 이충성의 실패를 누구보다 가슴 아프게 여기던 청년이 있다. 윤봉길은 김구를 만난다. 히로히토 생일은 4월 29일이다. 도하 신문에 제목으로 크게 뽑은 기사가 번쩍 눈에 들어온다. 상해에 주둔하고 있는 일본군이 전승을 축하하는 기념식을 거행한다는 보도기사다. 도하 신문이 길을 알려주고 있다. 김구는 지난번과 똑같이 강무기에게 폭탄 제조를 간곡히 부탁한다. 제삿

날이 되자 상해공원으로 사람들이 속속 모여든다. 오전 11시를 조금 지나 묵념이 고개를 숙인다. 묵념은 일본인들의 고개를 일제히 숙이도록 지휘를 한다. 묵념이 시키는 대로 일본인들의 고개가 땅바닥을 향하는 그 순간을 기다린다. 윤봉길은 단상을 정면으로 바라보는 세 번째 줄에 앉는다. 윤봉길은 폭탄에게 *제발 성공해주길!* 충심으로 빌면서 다시 한번 폭탄에게 당부를 한다. 상하이 파견군 사령관으로 복직한 시라카와 요시노리를 향해 도시락 폭탄을 던지기 전 *충심! 충심! 충심!* 충심에게 모든 걸 맡기고 부탁한 윤봉길은 폭탄 물통의 뚜껑을 열고 냅다 단상으로 던진다. 헉헉 퍽퍽 퍽퍽 헉헉 폭탄은 죽을힘으로 포물선을 그리며 단상으로 날아가 단상을 아수라장으로 만든다. 주인의 말을 충실하게 수행하고 목숨을 날린다. 조용하고 엄숙하게 고개를 숙이고 있던 묵념이 모두 고개를 들고 순간에 박살 나는 단상으로 눈알을 굴린다. 아수라계 아귀계 지옥계 저승사자들이 내려와 죄인의 목숨줄을 압송해 간다. 윤봉길은 큰소리로 외친다. *대한독립 만세! 대한독립 만세! 대한독립 만세!* 두 팔이 하늘을 찌를 듯 만세삼창을 외치고 그의 입은 대한독립 만세를 오장이 터지도록 울부짖는다. 눈 깜빡할 사이에 생명줄이 끊겨버린 단상에 앉아 있던 일본인 거물 시리카와 사령관과 중국 거류 단장 카와비다가 쓰러진다. 윤봉길은 오사카로 압송되어 별 숲으로 목숨을 이식한다. 별 숲으로 목숨을 옮겨 심은 그해 6월 21일. 오직 나라의 앞날을 위해 모든 걸 바친

대한의 의사 윤봉길을 그렇게 일본의 손에 목숨을 잘리고 만다. 천추만대에 기록될 이름 윤봉길 의사! 그의 목숨은 성성 밤마다 빛을 반짝이며 잘 자라고 있다. 조선 위해 하늘의 별들을 모아놓고 독립운동을 하고 있다. 1932년 4월 29일 상하이 훙커우 공원에서 윤봉길 의사가 폭탄을 투척해 의거를 일으키고 난 후 5월 4일 안창호를 비롯해 무고한 한국 사람 11명을 일본이 체포하자 이승만은 다시 피가 거꾸로 솟아올라 그들을 구출할 방법을 백방으로 모색했다. 저 일본놈들은 자기들이 우리나라에 한 짓은 생각도 않고 목숨 바쳐 내 나라를 구하려는 사람들을 도리어 체포하니 소도둑놈이 바늘 도둑을 잡는 격이라면서 반박하면서 구미위원부의 이름으로 프랑스 대사관에 공문을 보냈다. 제발 상해에 거주하고 있는 한인 보호에 협조해 달라는 내용을 보냈지만, 초록은 동색이라고 우리나라 편에 서서 일을 해주는 것 같은 느낌이 들지 않았다. 그렇다고 손 놓고 그냥 있을 수는 없다. 어떤 일이든 해야만 하지만 그 일에 대한 대가가 돌아오지 않을 때는 약소국의 비애 때문에 온몸의 힘을 어떤 보이지 않는 신들이 모두 빼앗아 가는 느낌이 들었다. 이승만은 경제적 자급자족을 실현하기 위해 프로젝트로 나무를 벌목해 가구용 목재를 만들고 농지를 개간해 동지촌을 건설하려는 목표로 동지 촌에 동지식산회사를 운영했다. 그러나 동지 촌은 비가 많이 오는 곳이어서 비포장도로로 재소와 숯가마에서 나오는 물자를 수송하기란 여간 힘든 것이 아니었다. 이러다가 사람들 고생만 하고 시간만 헛되이 흘려보내겠다는 판단이 서자 과감하게 동지 촌을 파산했다. 그렇지만 이승만은 여기저기 모금을 하고 동포들에게 하소연하고 조국을 살리는 데 동참하자고 미국 본토 전역을 돌아다니고 호놀룰루로 돌아와 '태평양 잡지'를 '태평양 주보'로 이름을 바꿔 다시 발간하면서 갖은 노력을 다했다. 그렇게 어두운 터널을 건너오던 이승만은 임시정부 국무회의에서 국제연맹에 한국 독립을 탄원할 특명 전권대사로 임명되었다. 1932년 11월 10일이었다. 임시정부 대통령직에서 탄핵 면직을 시켜놓고 인제 와서 특명 전권대사로 임명을 하는 이유를 곰곰 생각하니 화도 났지만, 임시정부에서 외교 독립운동을 수행할 만한 적임자는 이승만을 능가할 사람이 없다는 말을 듣고 마음을 바꾼다. 그래 조국을 위하는 일이라면 그까짓 탄핵 정도야 아무런 문제가 아니라면서 1932년 12월 미국을 떠나 런던으로 갔다. 제대로 먹지도 못하고 거의 탈진 상태였을 때 누군가 유창한 영어를 쓰면서 이승만 박사십니까? 하고 묻는다. 누구시오? 저는 심부름을 왔습니다. 우리나라를 위해 애쓰신다며 먹을 것을 대접하겠다고 모시고 오라는 분부를 받고 모시러 왔습니다. 함께 가시지요. 정중한 말씨로 보아 해칠 사람 같지는 않아 그를 따라갔다. 꽤 넓은 골목에 자리한 식당으로 안내를 했다. 이승만은 의심이 들었지만, 식당에서 먹는 밥에 독약을 타지야 않겠지. 막연한 생각을 하고 식당으로 들어갔다. 아주 고급진 식당에 여주인은 상당히 미인이었다. 자리에 앉자 건장하게 생긴 남자가 자신의 이름을 마피아라고 소개를 한 후 돈 보따리를 건넸다. 아주 단단하게 싸고 꽤 많은 돈이 든 것 같았다. 이리 조국을 위해 애써 주시니 고맙습니다. 하고 돈 보따리를 받아 옆에 놓고 있는데 마피아는 잠깐 화장실 좀 다녀오겠습니다. 하고 자리를 뜬다. 컵에 있는 물을 마시려는 순간 미인인 주인 여자가 오더니 어서 저 돈을 들고 여기를 나가시오. 화장실 옆 오른쪽으로 가면 호랑이가 그려진 부분이 있을 것이오. 그것이 비밀 문이니 내 비밀 문을 열어 두었으니 화장실 다녀온다고 하고 어서 탈출하시오. 저들은 일본놈들의 지령을 받고 독립군들을 쥐도 새도 모르게 죽이는 자니 어서 뜨시오. 이 돈은 이 가방에 넣고 당신 그 가방은 여기 두어야 의심이 없을 테니 반드시 마피아가 화장실에서 오면 바로 실행에 옮기시오. 침착하게 행동하셔야 합니다. 하고는 뛰어서 주방 쪽으로 간다. 이승만은 얼떨결에 그녀가 시키는 대로 그녀가 준 얇은 백에 돈을 넣어 겨드랑이 밑에 끼우고 팔짱을 끼고 있다가 가방을 두고 태연한 척 앉아 있다. 가방을 마피아가 최대한 늦게 볼 수 있게 의자 옆에 둔다. 화장실을 다녀온 마피아란 남자는 다행히 아무 눈치도 못 챈 것 같았다. 배가 많이 고픈데 음식이 왜 안 나오는 거요? 하고 최대한 안정된 말을 하면서 얼굴은 배가 고프다는 연기를 했다. 그러자 마피아란 남자는 곧 나오겠지요. 이 집 음식이 아주 맛있으나 더 맛있게 먹으려면 시장이 반찬이라고 조금만 더 참으시오!

하고 니글니글한 표정을 섞어 입술 사이로 말을 꺼냈다. 이때다 싶어 이승만은 *밥 나오기 전에 화장실 좀 빨리 다녀올 테니 밥 좀 재촉해 주시오.* 하고는 아무렇지도 않은 듯 일어섰지만, 몸에서는 식은땀이 속옷을 흠뻑 적셨다.

정의의 총성

10

한 발자국을 떼는 데 1시간이 걸리는 느낌이 들었다. 날카로운 인상에 아주 불길한 기운이 가득 도는 느낌이던 마피아가 뒤에 와서 덥석 덜미를 잡아챌 것만 같아 몰골이 서늘하다. 뒤돌아보면 의심받을지 모르지. 최대한 침착하게 뒤돌아보지 않고 최대한 아무렇지도 않게 화장실로 간다. 전설의 고향에서 천 년을 수도하고 하루를 못 참아 사람이 못 되거나 돌아보지 말라는 말을 어겨 사람이 못 되었다. 나도 그 꼴이 나지 않으려면 돌아보지 말아야 한다고 다짐을 하면서 앞으로 걷는다. 그녀가 말했던 대로 화장실 옆 벽에는 날카로운 이빨을 드러낸, 금방이라도 삼킬듯한 호랑이가 있다. 호랑이 얼굴을 손으로 미니 문이 열린다. 문 뒤로 지하로 내려가는 층계가 좁고 가파르게 나 있다. 대낮인데도 내려가기가 무서워 꼭 지하 감옥을 내려가는 느낌이 들었다. 혹시 저 식당 주인에게 당한 것이 아닐까? 천당과 지옥을 닮은 생각이 교차하지만 지옥이든 천당이든 이제는 선택의 여지가 없다는 생각이 든다. 그래 운명에 맡기자고 마음을 진정시키며 조심조심 층계를 따라 한참을 가니 또 호랑이가 입을 벌리고 있다. 호랑이 얼굴에 손을 대고 밀어내니 문이 열린다. 또다시 층계가 나왔다. 이번엔 아주 좁아 사람 하나 겨우 올라갈 수 있는 철로 만들어진 사다리다. 이승만은 마음으로 부리나케 뛰었으나 제자리에서 뛰는 느낌이 들었다. 좁은 층계를 올라가니 나무로 만든 조그만 문이 나왔다. 문을 여니 좁은 골목이 보인다. 그 사이 옷은 비 맞은 것처럼 흠뻑 젖었다. 문을 열고 막 서 있는데 어떤 청년 하나가 손짓을 한다. 청년의 손짓을 따라가니 으슥한 골목으로 들어간다. 한참 골목을 따라가다가 허름한 집으로 들어간다. 묵묵히 따라 들어가니 철문으로 된 방문을 열고 들어가며 *어서 들어오세요!* 하고 손짓을 하며 말한다. 몹시 불안한 마음이 들었지만 다른 선택의 여지가 없어 따라 들어간다. 이 청년을 믿어야 하는 건지 잠시 생각이 머리를 스치지만 확인할 방법은 없다. 마피아 측 사람인지 주인 여자 측 사람인지 아니면 마피아와 주인 여자가 짜고 자신을 죽이려고 하는지 도무지 생각이 혼란스럽기만 했다. 주춤거리고 서 있는데 청년이 말한다. *아무 걱정하지 말고 따라서 오시오. 시간이 없습니다. 마피아가 따라올지도 몰라요.*라며 빨리 들어오라고 재촉한다. 어쩔 수 없이 방으로 따라 들어간다. 방은 동굴처럼 작고 어두침침했다. 청년은 어서 앉으십시오. 저는 이 가게 종업원이며 한국 독립군을 돕기 위해 이 가게를 열고 있는 사장님을 도와 독립군에게 자금도 전달하고 연락도 해주는 사람 구하라라고 합니다. 안심하시오. 우리 사장님 이름은 구국자입니다. 조국독립을 위해 애쓰시는 애국자십니다. 하고 말한다. 이승만은 순간 고마움에 그 청년의 손을 덥석 잡고 고맙소! 고맙소! 정말 고맙소! 구국자 사장에게도 고맙다는 말을 꼭 전해주시오. 그에게 들은 말로는 그 미모의 여사장은 일본 놈들을 포섭해 친한 척 친분을 유지하며 조선 독립군을 만나도록 도와주고 안심을 시키며 묘하게 일본군을 따돌리는 재주가 뛰어나 일본 놈들은 이 가게에 매출을 많이 올려주며 여기서 나온 수익금을 가끔 일본인에게 주며 일본인 행세를 한다고 했다. 일본어를 유창하게 해서 일본인들이 구국자를 일본 사람으로 깜빡 속고 있다고 했다. 이야기를 대충 마친 청년은 여기 오래 머물면 위험하니 어서 이 옷으로 갈아입으시오. 하고 보기만 해도 멋스럽게 보이는 옷 한 벌을 내밀었다. 미처 받지 못하고 멍하니 있는 이승만의 손에다 옷을 들려주며 이 옷으로 어서 갈아입으십시오. 일본놈이 박사님의 얼굴을 보았기 때문에 이 옷으로 갈아입고 이 모자를 쓰시고 영어를 유창하게 잘하시니 영어를 쓰시면 일본놈들이 박사님이 누구인지 못 알아볼 것입니다. 그런데 내가 여기 올 것은 어찌 알았소? 사장님께서는 독립군을 도우시면서 특히 박사님에 관해서는 모든 소식을 훤하게 꿰뚫고 계십니다. 런던에 오셔서 진을 치고 있는 일본인에게 저격을 당하실까 봐 미리 박사님이 어디로 오시는지 목적지를 알아내어 일본놈에게 알려 주었답니다. 그러니 일본놈들은 구국자 사장님께 완전 속아 넘어가고 있는 것이지요. 말대로 박사님을 만나게 되었으니 일본놈은 지금쯤 박사님을 암살할 생각에 회심의 미소를 짓고 있을 겁니다. 이미 만반의 준비를 하고 있을 텐데 오늘 그 표정이 궁금합니다. 자 이제 아무도 모르니 그들이 준 돈을 독립자금으로 쓰십시오. 그 돈 역시 사장님께서 박사님께 이 돈으로 미끼를 놓으라고 준 돈이니 일본놈들은 '닭 쫓던 개 지붕 쳐다보는 격'이 되겠네요. 이승만은 청년이 내민 옷으로 갈아입고 모자를 쓰고 런던 거리로 나온다. 허기가 져서 속이 쓰리고 밥 달라고 아우성을 치는 뱃속에 일단 무어라도 좀 먹여야 할 것 같았다. 며칠간 빵 몇 조각으로 요기를 했으니 허기를 넘어서 쓰린 것도 당연한 데다 오늘 너무 황당한 일을 당해 정신이 어벙벙하다. 모자를 쓰고 수염을 붙이고 지팡이까지 짚었으니 누가 봐도 그는 영국 신사처럼 보였다. 일본놈이 아무리 설쳐본들 알아볼 수 없는 완벽한 분장이었다. 이승만은 모처럼 안심하고 식당으로 들어간다. 스테이크를 몇 년 만에 먹는다. 그렇지만 이 돈은 언론에 보도 자료도 내야 하고 당장 급하게 써야 할 곳이 태산 같다. 당장 차비가 없어 시체실에 타지 않아도 되니 다행이라 생각된다. 순간 지금 생각해도 몸서리가 처지는 시체실에서 있었던 일이 생각났다. 시체실에서 그냥 있으면 들킬 것 같아 시체실에 있는 관뚜껑을 열자 시체가 눈을 뜨고 빤히 쳐다보고 있었다. 이승만은 너무 놀라 관뚜껑을 닫아버리고 한참을 생각했다. 온몸이 시체처럼 빳빳하게 굳는 느낌이 들었다. 아니 괜찮아 인간은 모두 죽는데 무슨 상관이야, 생각하는데 갑자기 뇌리를 스치는 것이 있었다. 그건 눈을 뜨고 있는 그 시체도 자신과 같은 처지에 있는 사람이란 생각이 들었다. 무서움은 거짓말처럼 달아나고 다시 용기를 얻은 이승만은 다시 관뚜껑을 열고 쉿! 검지를 입술에 갖다 대고 관속으로 들어갔다. 다행스럽게 관에 비해 사람 키가 작았다. 억지로 몸을 구부리고 손으로 관뚜껑이 들릴까 염려스러워 관뚜껑을 꽉 잡고 말했다. 나도 당신과 같은 처지요. 여비가 없어서 여기에 탔으니 너무 탓하지 마시고 함께 이 방에서 잘 지내는 것이 서로 좋을 듯하오. 내 방값은 나중에 사례하리다. 떠들다가 들키면 당신이나 나나 모두 죽음이오. 하고 말했다. 그러나 남자는 아무 말이 없었다. 이승만은 허락한 그것으로 생각하고 여기서 떠들다가 들키면 죽음이란 생각이 들어 숨도 크게 못 쉬고 누워 있었다. 그렇게 부두에 도착하고 관에서 뚜껑을 열고 살그머니 나와서 고맙소! 내가 위에서 눌러 당신 힘들었겠소. 미안하오. 잘 견뎌 주어서 고맙소. 당신도 어서 일어서 나오시오. 하고 손을 잡으니 손이 물컹한 느낌이 들어 자신도 모르게 머리카락이 하늘로 다 뻗어 오르고 정신에 아찔한 현기증이 일고 다리에 힘이 빠져 후들거렸던 생각이 났다. 정말 돌이키고 싶지 않은 일이지만 주머니에 여비도 없던 그 시절 다른 방법이 없었던 것을 생각하면 지금 이 상황은 하늘이 독립을 위해 도와주고 있다는 생각이 들었다. 이 차림은 런던에서 볼일을 보고 프랑스 파리로 건너가기에 아주 잘 어울리는 옷이어서 괜히 횡재한 것 같은 기분이 들었다. 이 옷 한 벌과 모자 지팡이 그리고 턱에 붙인 수염이 이렇게 자신을 보호해 줄 것은 꿈에도 생각 못 했는데 그 미모의 사장인 구국자와 구하라가 더욱 고맙기만 하다. 이승만은 생각한다. 이름 한 번 참 잘 지었다고. 나라를 구할 자라는 것이 이미 이름에 있으니 여인의 몸으로 그렇게 조국의 독립을 위해 애를 쓰고 있다는 생각을 한다. 참으로 대견스럽고 당찬 여성이란 생각이 든다. 이다음에 꼭 다시 만나서 감사의 뜻을 표하리라 생각했다. 그렇게 고마움을 입고 지팡이로 짚고 턱에 붙이고 이승만은 세계 각국의 영향력 있는 언론들에 한국의 입장을 호소하려고 부단히 애를 썼다. 프랑스어 일간 신문인 주르날 드 제네바((Journal de Geneve) 1933년 1월 26일자에 일본인의 가혹한 학대를 받게 된 만주의 한국망명 이주자들의 입장에 대한 담화가 장문의 기사로 게재되었다. 국제연맹이 서비스하는 방송에도 찾아가 *한국 및 극동의 분쟁*이라는 제목으로 연설을 하기도 하고, 한국의 독립을 요구하는 편지를 국제연맹 회원국 대표들과 기자들에게 배포하고 할 수 있는 일은 다 해야겠다는 생각으로 뛰어다니며 설명했다. *나는 내가 하는 모든 일이 어떤 결과를 가져오더라도 뛰어다니며 알리지 않으면 세계인 그 누*

구도 이 조그마한 나라가 식민지가 되었다는 것에 관해 관심조차 두지 않는다는 것을 알기에 내 한 몸이 부서지더라도 일본의 만행을 알리고 또 알리러 뛰어다닐 것이다. 그리고 독립운동을 하는 독립투사들을 만나 호소했다. 연암 박지원은 이런 말을 했다. 시비와 이해의 두 저울이 있고, 행동에는 네 개의 결과가 있다. 첫 번째 옳은 일을 해서 좋게 되는 경우, 두 번째는 옳은 일을 해서 해롭게 되는 경우, 세 번째는 나쁜 짓을 해서 이익을 보는 경우, 네 번째는 나쁜 짓을 해서 해롭게 되는 경우라고 했다. 첫 번째 옳은 일을 해서 좋게 되는 경우와 네 번째 나쁜 짓을 해서 해롭게 되는 경우는 아무 문제가 없다. 문제는 두 번째 옳은 일을 해서 해롭게 되는 경우와 세 번째 나쁜 짓을 해서 이익을 보는 경우라고 했다. 오늘날의 우리나라는 세 번째 자신의 이익을 위해 수단 방법 가리지 않고 오히려 이들은 옳은 일을 하다 손해 보는 사람을 바보라고 말한다. 우리는 두 번째와 세 번째 중 어디에 우선 가치를 두어야 하는지를 잊고 있는 듯하다. 이롭고 해로움의 욕심적인 문제보다, 옳은 것의 가치가 인정받고 우선시되는 사회가 되어야 한다. 세 번째 판단처럼 나쁜 짓을 해서 이익을 보는 사람보다 옳은 일을 하다가 비록 나에게 손해가 되더라도 우선 가치를 옳은 것에 두고 내가 손해를 보면서도 옳은 신념으로 버티는 힘이 조국을 찾는 일이라고 생각한다.고 독립운동에 힘을 모아 줄 것을 강연하고 국제연맹 사무국장인 에릭 드러몬드 경에게 한국의 독립회복은 우리나라뿐 아니라 아시아의 질서를 바로잡는 것이 된다고 서한을 보냈다.

운명 새와 숙명 새

끊임없이 뛰어다니며 서한을 보내고 강연을 한 후 프랑스 파리를 떠나 1933년 1월 4일 제네바에 도착하였다. 구국자가 건네준 독립을 위한 자금이 생긴 이승만은 스위스 제네바에서 격주간으로 발행되던 '라 트리뷴 도리랑'지에 자신을 소개하고 만주 문제에 대한 주장과 신념을 피력하기 위해 호텔 드 루씨(Hotel de Russie)의 레스토랑에서 기자를 만나기로 했다. 하얗게 눈이 덮인 알프스산맥 바람은 포근했다. 아름다운 밤에 물에 드리운 야경은 아무리 무딘 사람이라도 사랑의 감정을 일으키게 할 정도였다. 이승만은 일찍 도착한지라 눈발이 듬성듬성 내리는 경치가 아름다워 창가에 앉았다. 거리엔 사람들이 물결치고 남녀가 팔짱을 끼고 날리는 눈발을 털어주며 거리를 다니는 모습에 정신없이 오랜만에 자신으로 돌아와 감상하며 생각했다. 긴 외출에서 돌아와 우편함을 열어보면 반가운 사람에게서 자신의 근황을 물어보는 누군가의 정성스러운 지문이 가득 찍힌 손편지가 기다리고 있을 것 같은 기대를 하며 혹시, 하며 오지 않을 편지를 기다리며 텅 빈 빨간우체통을 열어보는 기분이랄까? 아님, 하얀 교복을 단정하게 입은 여학생이 빨간 단풍잎 하나를 주워 단발머리 나풀거리며 건넬 것 같은 상상 속으로 빠져들었다. 차창 밖에는 물 위에 내려온 하늘이 구름을 타고 노닐고 있다. 지금까지 무엇을 위해 그 흔한 지난 시간조차 한 번 소환하지 못했단 말인가? 손으로 얼굴을 감싸며 앉아 있다. 그 시간 프란체스카는 어머니와 함께 여행을 왔다가 그 호텔 레스토랑에 들른다. 이승만이란 이름을 멀리서 전해 들은 프란체스카는 속으로 그를 대단한 자라고 흠모하던 사람인데 이 장소에서 운명의 밧줄로 묶일 것은 상상도 못 했다. 운명이란 그렇게 느닷없이 날아온다던가? 어머니와 함께 창가에 앉으려다 무엇엔가 끌린 것처럼 이승만 앞으로 다가온 프란체스카는 이승만에게 영어로 인사말을 하고 **평범한 분 같지는 않은데 실례지만 성함을 여쭤도 될까요? 혹시 한국 분?** 하고 수작을 거는 건지 작전을 세우는 것인지 물어본다. 이승만이 이탈했던 정신을 불러들이고 쳐다보니 키가 크고 코가 크고 금발 머리에 호수처럼 깊은 눈에 상당히 미인이고 젊어 보여 거부감을 느끼거나 싫다는 생각이 들지는 않았다. 사실 프란체스카는 그의 멋진 영국 신사 같은 옷차림과 그 모자를 보고 가슴이 뛰었다. 그러나 그녀는 4개 국어를 하는 엘리트고 신지식인이라 자신이 마음에 있는 말을 참는 성격이 아니었다. 이승만 앞자리에 실례한다는 말도 없이 앉은 그녀는 꼬치꼬치 이승만에게 질문을 소나기처럼 퍼부었다. 이승만은 당돌해 보이기도 하고 거만해 보이기도 하고 당당해 보이기도 한 그녀가 묻는 말에 자신이 대답을 해주고 있음을 느끼고는 혼자 자신을 책망한다. 처음 보는 여자한테 무슨 짓이라는 책망. 그러나 프란체스카는 이승만이라는 걸 알고는 눈 동공에 흰자만 남도록 놀라는 바람에 이승만의 눈 동공도 그렇게 덩달아 놀란다. 그렇게 놀라는 사이에 약속한 기자가 오자 더 이상 진전은 없었다. 공교롭게도 그녀는 이 호텔에 묵는다고 했다. 이승만은 기자를 만나 인터뷰를 하는데 기자가 물었다. *조선은 일본의 식민지로 몹시 가난한 나라로 알고 있는데 이승만 당신은 참으로 멋지십니다. 이 호텔에 묵으십니까?* 하고 묻는 말에 엉겁결에 *예 그렇습니다.* 하고 대답을 해버렸다. 거짓은 언제나 알려지는 것이다. 거짓말을 했으니 어쩐다. 이 호텔에 묵으면 비용이 만만치 않을 것인데. 그러나 언론사 기자에게 거짓말을 해서는 나라에 독이 된다. 그렇다면 거짓말이 참말이 되도록 해야 한다는 결정을 하면서 기자의 말이 귓가에 왕왕 울린다. *조선이 가난하다는 말이 참이 아닌 모양이군요.* 이승만은 이 호텔에 묵기로 마음을 굳힌다. 외신 기자들을 만나려면 호텔에서 만나야 하고 낯선 나라에서 숙소를 어디서 찾을지도 모른다. 어쩌면 숙소를 찾는 시간을 아껴 이 호텔에 묵으면서 언론사 기자를 한 명 더 만나는 것이 조국을 위한 길이며 조국의 독립을 위해 건네준 구국자의 뜻을 잘 지켜주는 길이란 생각이 든다. 호텔이 사치인 건 알지만 이

건 조국을 위한 일이니 어쩔 수 없다는 생각이 들었다. 그렇게 복잡한 마음으로 호텔로 들어간다. 기자의 말이 왕왕거려 자존심이 상했다. 나의 조국이 이렇게 비춰진다는 것에 자존심이 상하고 굴욕감 같은 것이 치밀었다. 목욕을 해도 굴욕감은 씻기지 않았다. 도무지 머릿속에서 그놈의 굴욕은 떠나질 않는다. 이승만은 자신에게 미친 생각 지금 나라가 이 지경인데 무슨 굴욕감, 그렇게 마음을 자꾸 다독인다. 그리고 언론사에 줄 글을 쓰려고 하자 당당하던 여성이 궁금해졌다. 그것도 잠시 밤새워 뒤척이며 무엇을 어떻게 해야 조국에 도움이 될까? 생각 사이로 그녀의 얼굴이 또 잠시 스쳐 간다. 아직 어려 보였는데 모델? 학생? 혹시 그녀에게 무슨 도움 같은 것을 받을 일은 없을까? 그러나 그건 말도 안 된다는 생각을 하며 그렇게 쓸데없는 생각을 하는 자신을 질책하며 옆으로 누웠다 바로 누웠다가 베개를 끌어안았다 이불을 끌어안았다 그렇게 씨름하던 잠은 새벽이 되어서야 나가떨어졌는지 일어나니 밖이 환했다. 창 가리개를 양손으로 밀치니 밖의 날씨는 또 눈발이 적당하게 내리며 이승만의 마음을 유혹 속으로 몰아넣었다. 미친, 하고 자신의 머리를 한 대 쥐어박고 세수를 했다. 몇 년 만에 이렇게 느긋하게 씻기도 하고 나라도 까맣게 잊고 처음 만난 이국의 풍경을 머리에 장전하고 일본에 들키지 않게 수염을 붙이고 모자를 쓰고 그렇게 호텔 레스토랑으로 나간다. 로비에 나가다가 이승만은 심장이 얼어붙는 느낌을 받는다. 하얀 블라우스를 입고 쑥

색 짧은 치마를 입고 나지막한 단화를 신은 그녀가 어제 앉았던 창가 그 자리에 다리를 꼬고 앉아서 무슨 신문을 열심히 읽고 있다. 그 모습이 어찌나 천사처럼 고와 보이는지 이승만은 반가움에 그녀 옆으로 간다. *일찍 나오셨네요.* 하고 그녀가 먼저 인사를 건넨다. 그녀의 말에 이승만은 *일찍이라니요 해가 신다리까지 올라왔는데요.* 했다. 그녀는 두 손을 모아 입을 가리고 무슨 대단한 말이라도 들은 듯 웃는다. 이승만은 슬쩍 자신이 무슨 실수를 했나 싶어 불안하기까지 하다. *왜 그리 웃으세요? 아니 살다가 해가 신다리까지 올라왔다는 말은 처음 들어봐서요.* 이승만은 이미 그녀 앞에 앉아서는 *앉아도 될까요?* 한다. *벌써 앉으셨잖아요.* 그녀는 이해가 안 된다는 듯 말한다. *무슨 신문이세요?* 이승만이 묻자 그녀는 보고 있던 신문을 이승만 앞으로 내민다. *이거, 이게 뭐요? 이거 신문 스크랩한 겁니다. 당신한테 필요할 것 같아서요.* 하고 신문 스크랩을 내미는데 내용에는 관심이 없고 손이 어쩌면 저렇게 희고 곱게 생겼을까? 조국의 모두가 짧은 손가락만 보다가 프란체스카의 손을 보자 잘 조각된 조각품 같다는 생각이 든다. *왜 맘에 안 드세요? 아닙니다. 손이 하도 고와서요.* 그녀는 두 손을 모아 뒤로 감추면서 웃는다. 이렇게 둘의 인연은 시작되었다. 그날 이승만은 또 할 일을 찾아야 하는데 그녀는 자신도 함께 다니면 안 되냐고 함께 다니자고 졸랐다. 그녀는 자신의 어머니와 함께 이승만을 따라나선다. 어쩔 수 없이 이승만은 셋이서 함께 다닌다.

오히려 일본 눈에 띌 확률이 적어 훨씬 좋기는 했지만 이렇게 시간을 쓰고 있는 것이 마음이 불안했다. 그녀와 셋이서 독립에 도움이 될만한 정보를 얻기 위해 온종일 돌아다닌 이승만은 그날 저녁 호텔에 들어와 붓을 들어 시 한 수를 쓴다.

느닷,

느닷이란 날개를 가진 운명과 숙명이란 새

운명새는 가슴섶으로 날아오고
숙명새는 등섶으로 날아온다

붉은 언어로 눈알을 쪼는 운명새는
가슴섶으로 날아와 피할 수라도 있지
어린무녀 씻김굿 같은 숙명새는
등섶으로 날아야 피하지도 못한다

꽃물처럼 붉고 낙타등처럼 황량한 운명새와 숙명새

구급차 부를 틈도 없이 날아드는 느닷에
안이 밖으로 바뀌기도 하고

양지가 음지로 변하기도 한다

등섶으로 지면 짐이 되지만
가슴섶으로 안으면 꽃이 되는 느닷

누군가는
휘파람 불며 솔향기 나는 황금문자 만들고
누군가는
소나무에 거꾸로 매달려 절망문자 깁는
느닷이란 날개를 가진 운명새와 숙명새

    이승만은 생각한다. 런던에서 만난 구국자라는 미모의 식당 여주인을 만나지 않았다면 호텔 밥은커녕 거지 신세로 돌아다니며 독립운동을 해야 하지만 지금은 이 호텔 드 루씨(Hotel de Russia)에 머물며 일을 할 수 있다는 것이 새삼 고맙고 감사할 따름이었다. 그래도 조국을 구하기 위해 이렇게 일본의 지금 거리에서 일본을 자칭해 독립군을 도우며 독립운동하는 사람이 있으니 조국의 장래가 밝다는 생각에 기분이 좋았다. 이리저리 정신없이 나라를 독립시키려고 신문 방송 인터뷰 등을 하느라 바빴지만 그래도 하늘이 독립을 도와줄 거라고 굳게 믿으며 최선을 다해 바쁘게 뛰어다니는 이승만에게 프란체스카 도너 33세의 여성이 느닷없이 다가와 호의를 베풀지만, 다시 부담스럽게 여겨졌다. 그녀가 싫지는 않지만 어린 나이에 철없이 접근해서 매달려 다니는 여자에게 시간을 빼앗길 수 없다는 생각을 하고 이튿날 호텔 로비에서는 가벼운 묵례만 하고 일을 보러 나왔다. 그런데 한참을 걷고 있는데 또 프란체스카가 뒤따라오고 있었다. 나는 지금 바쁜 사람이오, 조국이 바람 앞에 촛불 같은데 당신과 이렇게 한가하게 시간을 보낼 처지가 못 되니 어머니와 함께 여행 잘하시길 바랍니다. 하고 냉정하게 말했다. 그러나 그녀는 말을 못 들은 사람처럼 끈질기게 그림자처럼 따라다녔다. 그리고 저녁이 되면 호텔 로비에서 기다리고 있었다. 이승만은 그녀에게 더는 안 되겠다 싶어서 말했다. 나는 한 번 결혼했었던 사람이고 나이도 많고 당신은 젊고 예쁘고 아가씨 같은데 이런 잠시의 감정으로 가볍게 사치스러운 시간을 보낼 시간이 없으니 더는 내게 부담을 주지 마시오. 하고 고드름 소리가 나도록 차갑게 말했다. 애초에 싹이 트지 않게 잘라버려야지 괜히 여자 때문에 독립운동에 지장이 있으면 안 된다고 자신을 타일렀다. 그러나 프란체스카는 그 말을 들었는지 마셨는지 도랑에 처박아 버렸는지 그도 아니면 공중에 날려 보냈는지 찰거머리처럼 달라붙어 다니려 했다. 이승만은 이해가 가지 않아 호텔을 옮겨야 하나 생각하다가 프란체스카가 계속 이 호텔에 있으면 며칠이나 있겠나 싶어 그냥 호텔에 머물면서 독립운동을 하기로 마음을 굳혔다. 그러나 프란체스카는 한국에 관한 기사면 무엇이든지 오려서 이승만에게 가져다주었다. 이승만은 그 기사를 가져오는 것에 차츰 마음이 기울었다. 프란체스카는 운명처럼 이승만이 좋았다. 오로지 조국의 독립을 위해 태어난 것처럼 열심히 뛰어다니는 이승만이 사나이답고 멋지다는 생각이 들어 프란체스카는 이미 이승만의 매력에 자신의 전생을 옭아매는 생각을 하고 있었다. 얼마나 힘들까? 조국을 일본에 빼앗기고 오로지 조국만 위해 자신의 몸속에 있는 힘을 모두 다 쓰는 이 남자는 다른 것은 눈에 보이지도 않고 들리지도 않는 눈도 없고 귀도 없는 사람 같다. 그러니 조국의 독립에 대한 정보나 일본에 대한 정보를 들고 만나자고 하면 눈빛이 달라지는 걸 눈치챈 프란체스카는 생각했다. 저 조국을 생각하는 마음의 10분의 1만 자신에게 관심을 두면 좋겠다고. 58세 곧, 회갑이 돌아오는 저 고령에 어디서 저런 열정이 나오는지 이승만의 가슴에는 펄펄 끓는 용광로가 들어있다가 조국독립 이야기만 나오면 김을 내뿜는 오로지 독립투사의 결기만 살아있고 자신한테 아무 관심이 없으면 없을수록 프란체스카는 더욱 갈증이 났다. 나이를 보나 무엇을 보나 자신한테 과분할 여인을 옆에 두고 저렇게 차디찬 얼음판 같은 마음을 한편으로 이해를 하면서 또 한편으로는 이해할 수가 없어 멋있어 보이다가 바보 같아 보이다가 맹탕 같아 보이다가 진국처럼 보이다가 용처럼 보이다가 이무기처럼 보이다가 안달이 났다. 그러나 이승만인들 왜 아름다운 여성에게 눈길이 가지 않겠는가! 그렇지만 이승만은 지금 상황에 여자한테 시간을 단

10분이라도 덜어내서는 안 된다는 생각에 이를 물고 참고 있는 걸 프란체스카가 알 리 없었다. 이혼남과 이혼녀의 만남, 프란체스카의 첫 결혼 상대는 자동차 레이서였는데 내연녀가 있음을 알고 금방 헤어졌다. 그녀는 어려서 의사가 되는 꿈을 꾸었다. 아버지는 사업을 했는데 사업이 아주 번창해 부유한 환경에서 자랐다. 아들이 없는 그의 아버지는 아들이 없어 후계자를 누구를 정해야 할지 고민하며 유심히 관심을 가지고 딸들을 지켜보던 아버지는 딸 셋 중에 막내딸인 프란체스카를 낙점하고 후계자 수업에 들어갔다. 힘도 생각도 모두 후계자로 맞추기 위해 학교도 그녀의 의사는 무시되고 상업학교를 보냈고 영어를 가르치기 위해 스코틀랜드로 유학을 시켰다. 프란체스카는 유학하는 동안 영어 통역관 국제 자격증을 취득하고 타자와 속기도 배웠다. 그리고 모국어와 독일어 프랑스어 영어 등 외국어를 잘 구사할 뿐 아니라 재능이 뛰어난 여성이었다. 아버지와 어머니는 그녀에 대해 거는 기대가 컸다. 융통성도 있고 어휘력도 뛰어나고 머리도 영리해 가업을 이어갈 딸로 잘 성장해 왔기에 부모님은 불굴의 투지력까지 갖춘 딸이 자랑스러웠다. 그렇지만 그녀는 사업엔 관심 밖이었고 자유로운 영혼으로 자유롭게 살고 싶어 했다. 딸의 갈등을 눈치챈 어머니는 딸의 마음을 달랠 겸 여행을 함께 다니던 중이었다. 그러나 결과적으로 마음을 달래는 것이 아니라 마음을 다른 곳으로 날아가게 만들고 말았다. 나이가 많은 이승만이 젊고 아름답고 유능한 자신을 돌아보지 않자 그녀는 어떤 오기 같은 것이 생겼다. 프란체스카는 조국이 없어 발 디딜 곳도 없는 슬픈 사내의 마음을 뜨개질바늘로 뜨개질해서 반드시 다리를 연결하겠다고 자신의 마음을 인질로 삼고 구불구불 흐르는 물소리를 잘라다 뜨개질을 시작하고 있었다. 프란체스카는 위는 산 모양으로 솟고 아래는 비를 머금고 있어 금방이라도 우박·소나기·천둥을 동반하는 물줄기를 쏟아낼 쎈비구름 같은 이승만의 모습에 차가운 말의 후음이 공중에 앉아 우는 소리가 자신을 미치게 했다. 그녀의 한숨으로 무엇을 가꾸어도 파릇파릇 돋아날 것만큼 푸른 생각이 그녀의 심장에 마귀 뛰어다니며 그녀의 심기를 흔들어 곧 비라도 쏟아질 것 같이 괴롭혔다. 그녀는 방법을 찾았다. 이승만이 좋아할 만한 소식을 스크랩하기 시작했다. 그렇게 조선에 대한 정보를 수집한 다음 날을 잡았다. *나 당신한테 줄 게 있소.* 이승만은 쌩 그냥 지나쳤다. *당신 조국독립에 대한 정보인데 안 보시면 후회하실걸요.* 이승만은 조국독립이란 말에 등을 돌려 앞을 보였다. 상큼한 향기가 머리칼을 폴폴 날리고 서 있는 프란체스카는 마치 가출할 궁리를 하는 사춘기 소녀가 목련꽃처럼 흰 침대에 불면증을 버리고 나온 모습 같았다. 야생동물보호구역의 꽃사슴같이 크고 순한 눈망울과 아름다운 자태에 황홀한 현기증이 일어 온 마음을 적셨다. 그러나 최대한 아무렇지도 않게 천천히 화장실로 간다.

정의의 총성

11

　황홀한 현기증을 밀어내기 위해 이승만은 비탈비탈 엄나무 가시처럼 가시가 뾰족뾰족 박힌 말을 했다. *그게 뭐요? 맨입으로 이 중요한 정보를 달란 말이에요? 그럼 어쩌란 말이오? 내일 아침 식사 후 커피를 사시오. 알겠소.* 이승만은 다시 등을 보이며 밖으로 나가면서 생각했다. 구국자가 독립자금을 주지 않았다면 아무리 중요한 독립 정보라고 하더라도 받지 못할 뻔했다는 생각에 또 한 번 고맙다는 생각을 한다. 프란체스카는 얼굴에 화가 꽃처럼 붉게 터졌지만, 방법이 없었다. 밤새 잠을 뒤척였다. 밤은 동지섣달처럼 꼬불꼬불 길고 지루하고 가팔랐다. 뱀을 밟고 지나가듯 무섭고 징그러운 긴긴 어둠을 건너 밝은 빛으로 건너온 이튿날, 스크랩을 핑계로 이승만을 만난 프란체스카는 자신에게 놀자고 들어온 화를 이승만에게 풀었다. *당신은 조국을 위해 태어났나요? 당신 혼*

자 그렇게 밤낮으로 독립운동을 한다고 누가 알아주나요? 왜 그렇게 조선이 당신 혼자의 나라인 것처럼 날뛰고 다니는지 도무지 이해가 안 되네요. 어리석음의 극치가 데굴데굴 굴러다니며 당신을 조롱하는 것 같네요. 프란체스카의 말에 기분이 몹시 상한 이승만은 프란체스카에게 말한다. 당신같이 맹한 사람에게 이 말이 들릴지 모르겠으나 내 말 잘 들으시오! 북해나 베링 해협 같은 먼바다에서 잡히는 청어는 배에 싣고 오는 동안 대부분 죽는데 이걸 당연히 죽는다고 생각하는 사람과 어떤 방법으로라도 살려서 배에 싣고 올 것을 생각하는 사람과의 차이를 아시오? 내가 그걸 왜 알아야 하오. 나와 아무 상관없는 청어 이야기를. 하자 이승만은 여기서 그만 말할까 생각하다가 내친김에 말을 해야겠다 싶어 다시 말을 잇는다. 당신은 지금 당연히 죽으니 살릴 방법을 생각하지 말라는 말과 같소. 싱싱하게 배달하는 방법을 생각하면서 길을 찾으면 길을 찾을 수 있지만, 당신처럼 나 혼자만 조국독립을 위해 뛴다고 독립이 될 것이며 무엇이 달라지느냐는 생각을 모두가 한다면 싱싱한 청어를 절대로 맛볼 수 없음을 명심하시오. 어떻게 하면 싱싱한 청어를 먹을 수 있을까? 하는 생각은 한 사람이 해내는 것입니다. 모두 생각은 하지만 발상 전환을 가장 잘하는 사람이 생각해 낸 방법에 따라 모든 사람이 살아있는 청어를 맛있게 먹는 것이오. 그 방법을 밤낮없이 연구하며 어떻게 싱싱하게 살아있는 청어를 배달해서 팔 수 있을까? 생각하고 연구한 결과 천적을 생각해 냈소. 그 생각은 한 사람의 새로운 길을 찾으려는 노력에서 나온 것이오. 그 노력의 결과로 청어를 운반해 오는 수조에 청어의 천적인 물메기를 함께 넣어오면 된다는 생각에 다다랐고, 천적을 청어의 수조에 넣으니 청어는 천적에게 잡히지 않으려고 끊임없이 고군분투하고 살길을 찾는 힘으로 인해 청어는 죽지 않고 살아있게 되고 결국 살아서 시장으로 가져오게 하는 원동력이 되었소. 그래서 많은 사람이 싱싱하게 살아 퍼덕이는 청어를 팔아 돈을 벌고, 사람들은 싱싱한 청어를 먹을 수 있게 되었소. 세상을 바꾸는 일은 모두가 아닌 한 사람의 뛰어난 생각에서 나와 모두를 동참시키는 것임을 모르오? 외부의 도전에 효과적으로 응전(應戰)했던 민족이나 문명은 살아남지만 그렇지 못한 문명은 소멸했으며 또 도전이 없었던 민족이나 문명도 무사안일에 빠져 사라지고 말았음을 보지 못했단 말이오. 수많은 문명권이 등장하고 쇠락하는 과정을 추적한 기록들을 읽어보면 수많은 도전과 응전에 매달려 싸우며 방어하는 방법을 연구하는 민족이 살아남아 문명을 일으켰소. 자연환경도 마찬 가지오. 안락한 환경이 아니라 대부분 가혹한 환경, 그러니까 먹고 먹혀야 하는 전투적인 환경, 다시 말해 자연조건이 지나치게 좋은 환경에서는 오히려 문명이 사라진 것을 보지 못했단 말이오. 잘 들으시오. 고대 문명과 세계 3대 종교의 발상지도 모두 척박한 땅이었다는 것이 이를 증명하고 있지 않소. 이집트 문명, 수메르 문명, 미노스 문명, 인도 문명, 안데스 문명, 중국 문명 등 가혹한 환경에서 가혹함을 이겨 내려는 힘에서 창의력이 생기고 더 나은 생각을 하게 되고 그 생각으로 인해 성공적으로 응전한 사례를 보지 못했단 말이오. 아프리카 북부 지역에서 수렵 생활을 했던 자들이 이집트 문명을 일으켰소. 이들이 만약 자신의 손으로 농사를 지을 상상을 하지 않고 노력을 하지 않았다면 현재의 수렵 생활에 만족하며 무사안일하게 살았다면 오늘의 인류 발전이 있었을까요? 지금으로부터 5~6천 년 전 아프리카 북부를 걸치고 있던 강우 전선이 북유럽 쪽으로 이동했고 아프리카 북부의 남아시아 지역을 빠르게 건조하게 해 사막지대로 변해갔으니 이들은 어떤 방법으로든 살아야만, 아니 살아남아야만 했소. 극한 상황이 오자 이들은 극한 상황에 살아남기 위해 생각하고 연구하고 선택을 하지 않으면 모두 몰살할 수밖에 없는 환경이었소. 그러나 그들은 끊임없이 위기에서 살아남을 생각을 하는 사람과 무감각하게 내일 죽을지도 모르는 한 치 앞을 보지 못하는 사람이 섞여 있었지요. 그들 중에서도 첫째 아무 감각이 없는 백성들은 습관처럼 그곳에 남아 하던 대로 기존의 수렵 생활을 영위하면서 연명할 생각만 했고, 둘째 조금 생각이 있는 사람과 이대로 수렵 생활로 연명만 해서는 안 되고 이 자리에 남아서 수렵 생활 대신 유목이나 농경 생활로 살아가면 된다고 역시 반 바퀴도 안 되는 생각을 굴리는 사람도 있었소. 그러나 세 번째는 한 사람의 독특한 방식은 거주지역의 생활 방식을 모두 바꾸고 힘들고 고통스럽더라도 새로운 길을 개척해야 한다고 주장했소. 그러나 한 사람의 독특한 방식을 찬성하는 사람은 불과 몇 명에 불과했소. 심지어 생활 방식을 통째로 바꾸려는 사람을 정신 나간 사람으로 매도까지 했소. 왜냐구요? 그건 무지몽매한 사람이 대부분이었기에 한 사람이 보지도 듣지도 못했던 생각을 말하니 그들로서는 믿어지지도 않고 변화가 두려워 지금 생활로 만족하려는 습관에 갇혀 절대로 바꾸고 싶은 생각이 없고 살아오던 대로 눈앞만 보는 사람에게 만 리 앞을 보는 사람의 말이 이해가 되지 않았기 때문이오. 그러니 앞서가는 눈을 가진 사람을 도리어 허무맹랑한 말이라고 보이는 만큼 아는 만큼 자신의 잣대로 매도했기 때문이었소. 당신처럼 말이오. 저 만 리 뒤에 황금산이 있다고 한들 그것이 오직 그냥 평범한 산으로만 보는 눈을 가진 당신 같은 사람의 눈을 가진 그들에게는 허무맹랑하고 말도 안 되는 것으로 생각되었겠지요. 그뿐 아니라 대부분 사람은 습관에서 벗어나는 것을 두렵게 생각했기 때문이오. 자신의 이익에 눈이 멀어 자신을 구렁텅이로 밀어 넣는다는 것조차 모르는 사람, 특히 당신 프란체스카 같은 사람이 대부분이었단 말이오. 자연의 공격에 응전 태세를 갖춘 사람과 어쩔 수 없다고 습관대로 사는 사람 중 어느 것을 택했느냐에 따라서 이들의 운명이 갈린다는 것조차 모르는 무식에 무슨 발전이 있단 말이오. 그저 동물처럼 식물처럼 피었다 지고 태어났다 죽는 그저 티끌 하나일 뿐인 것이지. 결과를 말하면 그 자리에 남아 조상들의 방식대로 습관을 바꾸는 것이 두려워 안정적인 수렵 생활을 계속했던 부족은 오래 가지 못하고 사라졌으며 한 사람의 특별한 생각에 무엇인가가 있을 것 같기도 하고 아닌 것 같기도 하지만 일단 따라가 보자고 반신반의로 따라온 사람들은 중간에 모두 그렇게 죽고 말았고, 그 생각에 당장 눈앞에 보이지는 않아도 무엇인가가 있다고 높은 생각을 하고 생활 방식을 보지도 듣지도 못하는 생각으로 바꾸는 사람을 무조건 믿고 따라나서 나일강 언저리 밀림 지역으로 옮겨 농경과 목축을 선택한 부족들은 마침내 찬란한 이집트 문명과 수메르 문명을 일궜다는 걸 역사에서 뚜렷이 보지 못했다는 말이오. 나일강 언저리는 강수량이 풍부하고 땅이 비옥해서 농사짓기에는 적합했지만 해마다 나일강의 범람이 반복되자 그들은 또 다른 연구를 하며 끊임없이 희망을 찾아 달렸소. 그렇게 꿈을 포기하지 않고 달리는 도전에 동의하고 함께 따른 사람들은 기어이 이집트 문명을 일궈낸 주역이 되었소. 그들은 해마다 반복되는 범람 시기를 예측하기 위해 천문학과 태양력을 발달하게 했고 범람 후의 경지 측정을 위해 기하학이 발달했으며 범람을 막기 위해 대대적인 제방 공사를 하는 과정에서 도르래와 수레를 발명하는 계기가 되었소. 이에 그들은 이 기반을 발전시켜 기어이 피라미드를 건설하는 기반기술이 생기게 되었다는 걸 보지 못했소. 하긴 무식한 소리 하는 걸 보니 역사를 읽지도 않았지만, 관심조차도 없는 무지렁이로 살았을 것이 뻔한데 내가 말한들 바위에 물주기지 그렇지만 그래도 마저 들어보시오. 또 다른 나라 중국을 살펴보면 중국은 양쯔강과 황허강 등 두 개의 큰 강이 대륙을 가로지르고 있는데 양쯔강 유역은 기후가 따뜻하고 강물의 흐름이 완만한 곳이지요. 그러니 농토가 비옥하여 농사짓기에 안성맞춤이었지만 쿤룬산맥에서 발원하여 발해만으로 흐르는 황허강은 혹독한 추위로 겨울이면 얼어붙었지요. 강이 얼어붙으면 배가 다닐 수 없을 뿐아니라 해마다 우기가 되면 범람을 반복하여 많은 생명과 재산을 앗아갔지요. 그러나 고대 문명을 일으킨 지역은 모든 조건이 갖추어진 양쯔강이 아니라 바로 험난한 황허강 언저리였소. 그 이유가 무엇인지 공부 좀 하고 생각이란 것도 좀 이번 기회에 진지하게 하고 말을 하란 말이오. 마야문명은 외부의 도전이 없고 살기 좋은 곳이었지만 스스로 사라져버린 걸 알지 못하오? 고대 마야는 기원전부터 중앙아메리카를 중심으로 화려한 꽃을 피우던 문명이었소. 수학과 천문학이 발달했고 웅장하면서도 화려한 건축물을 남긴 이들이 에이디(A.D) 900년경에 갑작스레 사라진 이유는 공룡의 멸종만큼이나 예상 밖의 결과가 빚은 모순이나 부조화 같지만 나는 당연한 결과라고 보오. 그 이유는 당신 프란체스카처럼 무사안일하고 습관적이고 편안함과 안락함, 즉 육체적인 편안함에 빠져 정신은 점점 굳어가는 것과 같은 이치요. 몸은 매일 기름지고 맛있는 것을 먹어 무겁고 비대하고 머리는 아무것도 먹이지 않아 텅 비어 굳어 있으니 머리가 작동을 안 하는 몸은 당연히 죽고 말 것임을 모르는 민족이었기 때문이오. 그중 누구라도 생각이 앞선 사람이 있었다면 저렇게 마야문명과 인종도 사라지지 않고 번창했을 것이오. 당신 같이 편안함과 안락함에 빠져 습관적으로 동물처럼 사는 사람은 절대로 영원히 살아가지 못함을 기억하시오. 프란체스카는 이승만의 해박한 지식에 지혜까지 겸한 이야기를 들으며 자신이 유학하면서 배웠던 4대 국어가 무색하고 부끄러워 오징어가 숯불 위에서 오그라들듯 몸이 오그라드는 느낌이 든다. 이승만은 프란체스카의 그런 생각을 아는지 모르는지 신경을 곤두세우며 그녀를 면도날로 벨 것 같은 목소리로 말했다. 남의 나라에 나라를 빼앗겨 보지도 않았고 태어나서 고생도 하지 않은 당신이 감히 조국 잃은 아픔이 어떤 것인지 알기나 하고 그런 말을 하는 거요? 나 이렇게 당신처럼 무식한 여자하고 실랑이할 시간이 없으니 다시는 그런 말 같지도 않은 말을 하려거든 내 앞에 나타나지 마시오. 나는 그렇게 당신처럼 낭만을 즐기려고 이 호텔에 있는 것이 아니오. 목숨을 걸고 독립운동을 하는 중이니 그런 한가한 소리 말고 어서 당신이 즐기려는 여행이나 즐기며 식물 같은 삶이나 싱싱하게 사시오. 하고는 자리를 박차고 일어나 나가버렸다. 프란체스카는 처음에 해박한 지식과 지혜에 몸이 오그라들던 것과 달리 무식하다는 말과 식물 같은 삶이나 살아가라는 말이 자존심을 찔러 자존심에 피가 철철 흘렀다. 화를 참지 못하고 뛰어나가 이승만 앞을 가로막았다. 벌겋게 달아오른 목소리로 이승만을 향해 쏘아댄다. 무식한 여자라고요? 식물같이 살아가라고요? 프란체스카의 앙칼진 말에 이승만도 한 발도 물러서지 않는다. 그래요, 무엇이든 모르면 무식한 거요, 그리고 당신같이 자연이 주는 햇빛과 물과 공기에 귀함도 모르고 생각이란 것도 없이 바람 부는 대로 마음 가는 대로 따라 흔들리면 식물과 다를 것이 무엇이란 말이오. 당신은 나라의 국민이 나라를 빼앗기고 주권도 행사하지 못하고 우리 글도 못 배우고 …그만합시다. 당신은 천만 번을 죽었다 깨어나도 내 심정을 이해하지 못할 테니 어서 비키시오. 나는 지금 조국의 독립 말고는 아무것도 무의미하오. 공자는 아침에 도를 알고 저녁에 죽어도 여한이 없다고 했지만 나는 아침에 독립하고 저녁에 죽어도 여한이 없는 사람이오. 그러니 자꾸 쓸데없는 말로 나의 시간을 잘라내지 마시오. 당신에게 잘라 줄 시간은 단 1분도 아까우니. 하고는 프란체스카를 밀치고 가버린다. 화가 난 그녀는 휘잉 돌아서서 이승만의 뒷모습을 본다. 프란체스카는 무식하단 말과 식물같이 살아가라는 말이 돌부리에 걸려 넘어져 피를 철철 흘리자 칸나처럼 붉은 마음을 잡기 위해 마음 상처에 발라줄 연고를 제조해야겠다고 떨리는 마음을 찍어 호텔 로비에 앉아 시 한 수를 쓴다. 햇빛이 말갛게 웃으며 창문으로 그녀를 엿보고 있었다.

말그릇

사람마다 가슴에 말그릇 하나씩 가지고 있다

깊이와 넓이를 알 수 없는 깊고 큰그릇
얕고 좁아 한눈에 보이는 작은그릇

깊고 큰그릇엔 무엇이든 담을 수 있어
좀처럼 그 크기를 잴 수 없지만
얕고 좁은 그릇엔 조금만 담아도 출렁출렁 넘쳐
그릇의 크기를 한눈에 알 수 있다

투박한 질그릇
잘 깨지고 이가 빠지는 사기그릇
쉬 데워지고 쉬 식는 양은그릇

장점을 모두 수용한
이 세상 그릇 중에 가장 멋진 그릇은
그 사람의 입에서 나오는 말의
깊이와 크기를 잴 수 없는 말그릇이다

환하고 곱고 아름다운 꽃향기 나는 말
늘 푸른 결기를 푸르게 흔드는 결기 굳은 댓잎말
봉황처럼 곧게 허공을 나르며 우아한 향기를 내는 난초말
서리가 하얗게 내려도 환한 향기를 내뿜는 국화향기말

강풍에 흔들리고 있는
누군가의 마음창문을 열고 조용히 불고 간 휘파람말
아무도 모르게 상처나 외로움을 말리며 심장을 뛰게 하는 말

세상에서 가장 크고 빛나는 말그릇은
남의 말을 잘 담아주는 말그릇이다

시 한 수를 쓰고 나니 생각이 달라진다. 자신을 밀치고 씩씩하게 걸어가는 그의 뒷모습이 30대 청년처럼 늠름하고 멋지고 패기 있게 탈바꿈한 모습으로 보여 혼자 씨익 웃는다. 그러고는 프란체스카 너는 못 말리는 여자야. 아니 간도 쓸개도 자존심도 없는 여자야. 나이도 많고 조국도 없고 무모하게 혼자 나라를 구할 것처럼 미친 짓을 하는 저 보잘것없는 남자에게 왜 마음을 빼앗기고 정신을 못 차리는 거야. 저런 남자한테 무식한 사람이란 소리를 듣지 않나 식물 같은 삶을 살아가라는 악담을 듣지 않나, 수많은 남자가 좋다고 따라다녀도 콧대를 세우고 다니던 그 대단한 자존심

은 어디에 팔아먹고 이렇게 허접하고 보잘것없는 여자로 변해 있단 말이냐 제발! 정신 차려! 자신의 머리를 콩콩 쥐어박고 타이르면서도 마음은 이승만을 뒤따라가서 함께 이야기를 하고 독립운동을 돕고 싶다는 생각을 하며 두 마음이 싸우고 있다. 그러나 이승만에게 정신을 빼앗긴 마음이 승리하고 만다. 그렇게 프란체스카는 줄기차게 따라다니며 애를 숯덩이처럼 까맣게 태우고 이승만은 피해 다닌다. 이를 옆에서 지켜보는 프란체스카 어머니는 딸이 사춘기 소녀처럼 보여 불안했다. 아무리 생각해도 이대로는 안 되겠다고 생각한 그녀의 어머니는 여행이고 뭐고 관심 없이 이승만만 졸졸 따라다니는 딸을 다그쳤다. *너 지금 제정신이니? 머리가 어떻게 된 거 아니야? 나이 많은 영감을 뭐가 좋다고 그리 그림자처럼 따라다니는 거야?* 그녀는 어머니께 말한다. *어머니 나는 저 사람 곁을 잠시도 떠날 수 없으니 어머니 혼자 집으로 돌아가세요.* 하자 어머니는 불에 덴 듯 일어선다. *프란체스카 너는 지금 제정신이 아니다. 무엇에 홀린 것 같구나. 집으로 돌아가서 조용히 마음을 가라앉히고 냉정하게 생각해 보자.* 딸이 이승만을 좋아하는 마음은 일시적인 환상에 빠진 거로 생각한 어머니는 당장 여행을 중단하고 집으로 돌아가기로 결심한다. 프란체스카는 어머니 혼자 집으로 돌아가라고 했지만, 어머니에게 통할 리 없었다. 호텔 예약 날짜도 남겨두고 강제로 가려는 어머니께 프란체스카는 이승만에게 작별 인사라도 하고 가야 한다고 했지만, 어머니는 그것 역

시 허락할 리 없었다. 그길로 바로 여행을 끝내야만 했다. 프란체스카는 암담해 세상이 먹물을 뿌린 것처럼 까맣게 보였다. 한나절도 아닌데 벌써 깜깜한 밤이 된 느낌이 들어 그녀는 돌아가지 않겠다고 버텼지만 그렇다면 아버지에게 일러바친다고 으름장을 놓았다. 으름장을 놓고 난 프란체스카 어머니는 혹시 딸이 반항심으로 그 남자와 결혼이라도 선포할까 두려워 최대한 마음을 가라앉히고 딸이 알아듣도록 설득을 한다. 식물을 풍성하고 단단하게 키우는 방법은 잘라내기다. 사과나 포도 같은 과일도 크고 탐스럽고 실한 과일을 수확하기 위해서는 해마다 가지를 치고 순을 자르고 접과도 해야만 한다. 삶도 그렇다. 때로 슬픔과 아픔이 웃자란다. 그렇지만 그 슬픔과 아픔을 과감하게 잘라내지 않으면 걷잡을 수 없이 벋어나간다. 그대로 두면 탐스럽고 실한 과일을 기대할 수 없다. 그러기에 그렇게 웃자라는 불필요한 슬픔과 아픔을 과감하게 잘라낼 줄 알아야 건강하고 크고 탐스럽고 실한 감정으로 자랄 것이다. 특히 너 나이 때는 더욱 모든 감정이 무성하게 자라는 시기이니 웃자란 감정들을 잘 잘라주어야 하는 거다. 그러니 삶의 과정이라고 생각하고 집으로 가서 감정을 전지(剪枝)해라. 그러나 프란체스카의 심장에는 이미 이승만이 들어와 배롱나무꽃보다 곱게 배롱배롱 자리 잡고 바람도 없는 뱃속에서 심장을 마구 흔들어 놓아 쉽게 단념이란 어려울 것 같아 어머니의 말은 바위에 물주기처럼 겉돌았다. 어머니는 도무지 딸이 자신의 말을 듣지 않자 어쩔 수 없이 극약처방으로 이 일을 아버지께 말씀드리겠다고 엄포를 놓는다. 프란체스카는 어깃장을 놓느라 *아버지께 말씀드리면 이승만과 결혼을 하겠어요.* 한다. 자식 이기는 부모 없다던가? 어머니는 프란체스카에게 *그럼 아버지에게는 비밀을 지킬 테니 돌아가자*고 설득했다. 그렇게 모녀는 여행을 남겨두고 집으로 돌아갔지만, 프란체스카의 마음은 이승만에게 꺼내 놓고 간지라 도무지 아무것도 손에 잡히지 않는다. 어머니의 매처럼 매서운 눈초리에서 벗어나기 위해 프란체스카는 곰곰 생각을 한다. 그러다 기발한 생각이 떠오르자 당장 생각대로 작전을 바꾸기 시작했다. 이승만을 깨끗이 잊었다고 말한 뒤 아무렇지도 않게 가족과 웃고 떠들며 예전처럼 행동했다. 어머니는 가슴을 쓸어내리며 다행이라 생각하며 잊을 즈음 프란체스카는 어학연수를 핑계 삼아 집을 떠나기로 마음먹는다. 아버지께 *아빠 저 어학연수를 더 다녀오고 싶은데 허락해주세요.* 하자 아버지는 *그래 우리 딸이 하고 싶다는데 무얼 못 해주겠냐? 무엇이든 필요한 거 있으면 말해라.* *아빠 이번엔 돈이 좀 많이 들 것 같아요. 얼마든지!* 아버지의 시원한 대답에 다 큰 처녀는 아버지를 그러안고 볼에 입을 맞추며 좋아한다. 어느 아버지가 딸이 볼에 입을 맞추며 애교를 부리는데 넘어가지 않을 아버지가 있단 말인가! 어학연수를 핑계로 많은 돈을 요구하는데도 딸을 어여삐 여기는 아버지는 아무 말도 하지 않고 큰돈을 딸에게 주었다. 프란체스카 어머니는 무슨 *어학연수를 또 가?*라는 말에 아버지가 한마디 거든다. 당신 왜 프란체스카가 공부하겠다는데 말리는 거요. 한 나라 언어라도 더 알면 사업이 더 국제적으로 성장할 수 있는 일이지. 당신은 아무 말 마시오. 우리 딸이 지금까지 우리를 실망하게 한 적이 없는데 왜 새삼스럽게 그러오. 하고 프란체스카 대신 변명을 해주었다. 프란체스카는 아버지가 이렇게 멋지게 보인 적이 없다는 생각을 한다. 밖으로 나오자 어머니는 혹시 너 여행에서 만났던 그 남자를 만나러 가는 건 아니겠지? 하고 노파심을 발휘한다. 아니 노파심이 아니라 정확하게 딸을 아는 것인지도 몰랐다. 프란체스카는 엄마 무슨 말도 안 되는, 어학연수 다녀와서 아버지 사업 이어받아서 좋은 일 하고 살 거예요. 못 사는 나라도 도와주고. 그래 잘 생각했다. 하고 마음을 놓았지만, 프란체스카 어머니는 딸의 말 중에 못사는 나라도 도와주고라는 말이 걸렸다. 그러나 딸을 믿어야 만일이란 일이 안 일어날 거라 생각을 바꾸고 머리를 털어낸다. 프란체스카는 많은 돈을 가방에 넣고 집을 나와 이승만 곁으로 달려갔다. 아버지께 많은 돈을 요구한 것은 어학연수라는 명분이지만 이승만이 늘 똑같은 옷만 입고 생활하던 생각이 나서 가난한 나라이니 돈이 필요할 것 같다는 생각에서였다. 이승만은 어느 날 막무가내로 달려온 그녀를 어떻게 할 수 없었다. 그러나 프란체스카는 내가 당신 조국독립을 위해 필요하다면 무엇이든지 도와줄 테니 옆에 두고 비서로 써주세요. 하고 졸랐다. 이승만은 나는 월급을 줄 형편도 못 되니 비서로 일을 시킬 수 없소. 그러니 어서 집으로 돌아가시오. 하자 그녀는 돈 같은 건 필요 없고 그냥 도와주겠어요. 돈은 내게도 충분하게 있으니 그냥 비서로 써 주고 일만 시키시면 됩니다. 애원했다. 이승만은 생각했다. 아니 저렇게 무모한 여인이 있을까? 나이도 어린 여자가 그것도 남부러울 게 없고 많이도 배운 지식인인데 무슨 이유인지 도무지 이해가 가질 않는다. 그리고 지금 여자한테 정신을 둘 시간이 어디 있나 싶었다. 이승만은 *어서 돌아가시오! 나는 그렇게 사랑타령이나 하며 한가하게 시간을 쓸 수 없는 사람이란 말이오.* 하고 말하고 돌아서는데 기침이 나왔다. 손바닥으로 입을 닦으니 피가 붉은 꽃물처럼 손바닥에 흥건하게 묻어나온다. 프란체스카의 눈이 보름달보다 크게 열렸다. 아니, 그 그게 뭐예요? 글쎄 상관 말고 돌아가라지 않소. 네 돌아갑니다. 쫓아내지 않아도 돌아갑니다. 그러나 *병원이라도 함께 가보고 돌아가리니 걱정하지 마시고 병원에 가시지요.* 이승만은 자신의 몸에 이상이 있는 걸 알았지만 병원에 갈 시간도 돈도 없어 괜찮겠거니 하고 그냥 내버려 두고 있던 차였다. 그렇지만 프란체스카는 조금도 망설이지 않고 서둘러 이승만을 데리고 병원엘 갔다. 결과는 예상대로 폐결핵이었다. 너무 오랫동안 먹지도 자지도 못하고 과로한 탓에 폐결핵이 온 것이다. 병원에서 담당 의사는 *어서 입원하지 않으면 큰일 납니다. 따님이신가요? 어떻게 이 지경이 되도록 그냥 내버려 두셨습니까? 조금 늦었으면 큰일 날 뻔했습니다. 어서 입원 절차를 밟으세요.* 하고 프란체스카를 보며 하는 의사의 말에 프란체스카는 의사라는 작자가 딱 보면 알아야지 전혀 다른 민족을 딸이냐고 묻다니 기분이 나빴지만, 기분을 따질 때가 아니라는 생각에 미치자 마치 보호자라도 되는 듯 말을 곱게 다진다. 내가 누군가가 중요한 게 아니라 어서 치료방법을 찾는 것이 먼저 아니오. 하며 치료해줄 것을 말하자 이승만은 나는 괜찮소. 내 수중에 치료비가 없으니 집에 가서 치료합시다. 하고 돌아선다. 프란체스카는 치료비 정도는 나도 있소. 사람이 먼저지 돈이 먼저입니까? 하고 의사에게 말해 강제 입원을 시키고 치료를 시작했다. 삼 일째 되는 날 프란체스카가 필요한 물품을 사러 간 사이 이승만은 편지 한 장을 써놓고 병원에서 나왔다. 내가 당신에게 치료비를 부담시킬 이유도 없고 또 괜찮으니 내 걱정하지 마시고 고국으로 돌아가시오. 쪽지를 본 프란체스카는 기가 막혀 할 말을 잊었다. 그러나 어찌하랴, 차선의 선택을 해야지. 프란체스카는 의사와 면담을 하고 약을 지은 다음 집으로 왔다. 이승만에게 그녀는 담담하게 말했다. 내 무리한 요구는 않겠습니다. 당신 병이 치료되면 미련 없이 당신 곁을 떠날 테니 그때까지만 당신 집에 있게 해 주시오. 이승만은 간절하게 말하는 프란체스카를 돌려보내기도 그렇고 그럼 내가 나을 때까지만이오. 하고 승낙했다. 프란체스카는 병원에서 약을 타다가 먹이고 잘 먹어야 빨리 낫는다는 의사의 말에 영양가 있는 것들을 골라 먹이며 요양시켰다. 누가 보았으면 부부라도 해도 어색하지 않을 만큼 지극정성으로 돌봐 주었다. 정성을 다하지만, 이승만은 아픈 몸으로도 잠시도 쉬지 않고 독립을 위해 뛰어다녔다. 말린다고 들을 사람도 아닌 것을 안 프란체스카는 말리는 것을 체념한다. 어느 날 아침에 독립 강연을 하러 나가는데 그녀는 빨간 손수건을 주었다. 무슨 빨간 손수건이오. 나도 손수건 있소. 이거 이별 손수건이오? 하고 묻자 혹시 기침이 나면 사람들이 눈치채지 못하게 이 손수건으로 닦으세요. 당신이 폐결핵인 것을 알면 모든 사람이 당신을 꺼릴 것이오. 하고 말했다. 이승만은 자꾸만 마음이 그녀에게로 기울어가는 것에 불안을 느꼈다. 보름이 지나자 몸이 많이 좋아졌다. 이제 돌아가시오. 하고 이승만이 말하자. 아직은 안 됩니다. 의사가 완치 판결을 내릴 때 갈 테니 걱정하지 마시오. 하고 대차게 받아치자 이승만은 아니 당신이 내가 아픈 것과 무슨 상관이 있다고 이러시오. 이제 그만하니 어서 돌아가시오.

정의의 총성

12

 얼음처럼 차갑고 하얗게 꽁꽁 얼어붙은 이승만의 말에 프란체스카는 대책 없는 사람 같아 기가 막혔다. 오고 가는 것은 내 맘이오. 내 몸 가지고 내 맘대로 하겠다는데 당신이 무슨 권리로 오라 가라 하시오. 아무리 그래도 소용없으니 어서 다녀오시오. 프란체스카의 초승달처럼 샹크란 말에 이승만은 더는 아무 말도 못 하고 집을 나선다. 그렇게 또 보름이 흐르는 사이 이승만은 프란체스카에게 하루에 단 두 마디도 하지 않았다. 말문을 닫은 사람 같았다. 이승만은 자신이 최대한 냉정해야 프란체스카가 자신의 곁에서 떠나가리라 생각했다. 그렇게 보름을 모르는 남처럼 지내는 동안 프란체스카는 지극정성으로 고기반찬에 약을 챙겨주며 이승만의 냉대에 따뜻한 군불을 지피고 숯을 화로에 담아 화롯불로 차가움을 녹여주었다. 마치 한겨울 손주가 밖에서 놀다 발갛게 언 손 호호

불며 들어오면 두 손을 잡아 품에 넣어주며 손을 녹여주는 할머니처럼 말 한마디 않는 서릿발 같은 냉대를 녹여주면서 어떤 불평도 하지 않았다. 보름이 지난 어느 밤 이승만은 몸에 오한이 들어 일찍 들어와 쉬었다. 약을 먹고 한숨 자고 일어나니 머리맡에 앉아서 이마에 손을 얹어보며 물수건으로 찜질을 하고 있는 프란체스카에게 이승만이 물었다. 프란체스카 당신 잠시 정신이 나간 사람 아니오? 4개 국어를 유창하게 하고 무엇 하나 부족할 게 없는 젊은 당신이 왜 여기에서 헛되이 시간을 죽이고 있단 말이오. 이해가 되질 않는구려. 하자 프란체스카는 무식하고 식물처럼 살지 않으려고 당신 곁에 붙어서 배우기 위해 연수를 온 겁니다. 내가 한 말에 대한 복수요? 아닙니다. 지금은 복수초를 키울 때가 지났습니다. 진심입니다. 아무렇지도 않게 나긋나긋 휘파람을 불듯 상쾌한 말을 입에서 술술 불어낸다. 이승만은 생각한다. 그녀가 이렇게 지극정성으로 자신을 돌봐 주고 독립운동에 도움을 주겠다는데 이 판국에 찬밥 더운밥 가릴 상황이 아니라고. 지푸라기라도 독립에 도움이 된다면 잡아야 한다는 생각이 문득, 들었다. 그동안 심신이 지칠 대로 지친 상태에서 따뜻한 온돌방 같은 그녀의 보살핌에 마음을 빼앗긴 이승만은 그녀가 돌아가지 않고 자신의 곁에 더 머무른다는 그녀의 말에 마음대로 하라고 반허락을 했고 그녀는 그때부터 이승만 옆에서 마음 놓고 일을 돕기 시작했다. 그녀는 타자도 잘 치고 언어도 잘 통해서 생각 외로 도움을 받을 일이 많았다. 흠잡을 데 없이 아름다운 여자였다. 발가벗은 생각이 은혜로운 빛에 젖어 들고 있었다. 마치 관자놀이를 눌러 두통을 지압하여 오류에 젖은 책들을 골라내자 뺨에서도 피가 도는 듯 파릇파릇한 생각이 들었다. 월급 한 푼 없이 무료로 조국의 독립을 돕겠다니 이것보다 더 좋을 행운이 어디 있겠나 싶지만, 이승만은 내심 고마운 마음보다 미안한 마음이 더 컸다. 그녀의 지극정성으로 6개월 후 이승만은 완치 판결을 받았지만, 프란체스카에 대한 신세에 미안함이 산더미처럼 쌓였다. 그러나 미안함을 표현할 여유도 없이 조국독립을 위해 뛰었다. 국제연맹에서 일본을 퇴출하는 데는 성공했다. 그러나 또한 구한말 고종이 맺은 서양 각국과의 조약문들도 국제연맹에 등록해야 하고 통상조약을 맺은 나라들에 조약의 인증 사본도 요청해야 하고 국제연맹에 따라 일본에 금수 조처를 하도록 서류도 작성해야 하고 고립된 일본의 재도발을 막기 위해 미국과 러시아 한국 4국 항일연대도 구상해야 하고 돈도 많이 들고 힘도 많이 들고 지칠 대로 지친 이승만에게 프란체스카는 자신의 돈을 모두 내어주고 모자라면 자신의 아버지에게 도움을 요청해 독립자금을 마련해 주었다. 그러던 어느 날 프란체스카의 부모님이 찾아왔다. 프란체스카는 아버지께는 솔직하게 어디에서 무엇을 하고 있는지 모두 털어놓았다. 아버지는 자신이 하는 일에 무조건 지지를 해주기 때문이었다. 프란체스카의 아버지는 프란체스카가 이승만의 곁에서 독립을 돕고 있다는 것을 아내에게 말하고 둘의 장래를 응원해 주자고 했다. 프란체스카가 이승만 옆에 있다는 것을 안 즉시 어머니는 집을 나서서 프란체스카에게 달려왔다. 프란체스카의 아버지는 내 자식이 귀하면 남의 자식도 귀하고, 내 나라가 귀하면 남의 나라 귀한 것을 아는 것이 사람이요. 하자 프란체스카 어머니는 미꾸라지에 소금을 뿌린 것처럼 마구 뛰었다. 더는 아무 말도 하지 않고 달려왔지만, 아버지는 아내가 딸에게 상처를 입힐까 걱정을 하면서 왔다. 프란체스카를 보자 어머니 입을 막기 위해 아버지가 먼저 입을 열었다. 어차피 부모를 속이고 이승만을 돕기로 마음을 먹었다면 너의 두 팔을 걷어붙이고 전격적으로 나서서 조선독립을 도와라! 아버지의 말에 프란체스카의 어머니는 펄쩍 뛰었다. 당신 지금 제정신이요? 딸과 아버지가 같이 미쳐 돌아가시는구먼! 절대 불가합니다. 프란체스카 어서 짐을 싸거라! 아니 짐이고 뭐고 다 필요 없으니 그냥 이 길로 따라나서. 집에 가서 이야기하자. 하고 프란체스카를 눈빛으로 쏘아 죽일 듯이 쳐다보며 소리 지른다. 프란체스카의 아버지는 당신 냉수 한 잔 먹고 차분하게 생각해 보시오. 아무리 자식이지만 자식의 의사도 존중해 줘야지. 아무리 당신이 원하는 대로 살아간다고 해도 딸이 불행하다면 그건 부모로서 해서는 안 될 일이오. 아무리 어렵고 힘들고 이해가 되지 않는 일이라지만 그건 당신 생각일 뿐이지. 딸이 자기 스스로 결정해서 하는 일은 비록 그곳이 지옥이라고 해도 행복할 것이며, 당신이 결정한 일이 천당이라고 해도 프란체스카가 불행하다면 당신이 프란체스카라면 어떤 선택을 할 것인지 곰곰 생각해 보시오. 늘 당신처럼 자신만 생각한다면 세상은 각박해서 살맛이 안 날 것이오. 세상엔 자신을 희생하면서도 남을 돕는 따뜻한 마음을 가진 사람이 많기에 살맛이 나는 것이오. 프란체스카도 배울 만큼 배웠고 또 자신이 어떤 생각이 있어서 우리를 속여가면서 이렇게 하는 것 아니오. 우리를 속였다고 힐책하기보다 우리를 속이면서까지 하고 싶은 딸의 심정을 좀 헤아려주란 말이오. 인생엔 정답도 오답도 없소. 나는 우리 프란체스카가 대견하고 자랑스럽소. 당신은 프란체스카가 프란체스카보다 잘나고 권력 있고 돈 많고 젊은 남자를 만나 결혼하기를 바라는 것이 아니오? 프란체스카의 아버지 목소리 색깔이 검게 변하자 그건 당연한 부모의 마음이지 그게 뭐가 잘 못 되었단 말이오! 어머니의 단호한 말에 프란체스카 아버지는 다시 연녹색 말을 꺼내서 그린그린 말을 한다. 그래 당신 말이 옳다고 칩시다. 모든 부모가 다 그렇게 원한다면 이 세상 남녀는 절대 결혼이란 걸 할 수가 없고 자신이 좋아하는 일도 할 수 없는 부모의 하수인이 되어 꼭두각시로 살아야 하오. 남녀 양쪽 조건은 누가 나아도 조금이라도 낫지 똑같은 조건이란 없소. 그럼 어디서 똑같은 조건을 찾는단 말이오. 너도나도 나보다 나은 조건을 찾는데 조건이란 시소처럼 한쪽이 올라가면 한쪽이 내려가는 게 세상 이치지 똑같이 올라가고 내려가는 시소란 이 지구 어디에도 없단 말이오. 조건을 공장에서 똑같이 찍어

낸다면 모를까. 프란체스카가 저렇게 행복해하는데 당신 욕심 채우자고 딸의 행복을 짓밟는 게 어머니 자격이라고 착각하지 말고 딸이 행복해하는 일을 하게 해 주시오. 잘 생각해 보시오. 당신은 딸을 위해서라는 명분으로 당신 가슴속에 욕심을 채우려는 것이오. 딸을 위해서라면 딸이 좋아하는 일을 도와주는 것이 진정 딸을 위하는 것임을 잊지 마시오. 프란체스카의 어머니는 아무 말도 없이 고개를 숙이고 있었다. 프란체스카는 어머니 마음이 풀렸나 기대했지만, 아버지와 함께 일어서면서 나하고 인연 끊자! 너는 내 딸이 아니야! 차가운 한 마디를 내놓고 나갔다. 아버지가 곧바로 프란체스카의 손을 잡고 괜찮아질 거야. 그 대신 잘 살아야 한다. 경제적 지원이 필요하면 언제든지 엄마 모르게 내게 연락하렴. 프란체스카를 한 번 안아준 아버지가 이승만을 향해 꼭 조국을 독립시키고 조국에서 행복하게 살날을 기도해 주겠네! 힘내게. 어둠이 깊은 건 곧 밝음이 온다는 신호야. 둘이 힘을 합하면 못할 일도 없지 건투를 비네. 조국을 잃은 마음이 어떤 것인지는 모르겠지만 내 우리 딸의 말을 들으니 자네 조국은 반드시 다시 찾도록 神의 가호가 있을 거야! 용기 잃지 말고 프란체스카와 힘을 합해 어서 조국을 찾게. 도움이 필요하면 내게 연락하고 내 딸을 잘 부탁하네. 하고는 돌아서서 오른손을 크게 한 번 들어 보이고 멀리 먼저 가고 있는 아내 뒤를 따라 부지런히 걸어갔다. 이승만은 프란체스카에게 너무 미안했다. 그러나 그녀 아버지의 그 대단한 인격에 점

점 감정이 달빛처럼 기울어갔다. 내 마음을 이겨내야 내가 일류인 사람이야. 내가 일류가 되어야 나라를 일류로 만들 수가 있어. 그렇게 하려면 누군가가 나를 일류가 되도록 도움을 줘야 한다. 그래 사랑은 여유가 있어 하는 것이 아니고 사랑해서 여유를 만들어 황량한 세상에 손을 맞잡고 건너가는 것이다. 사랑은 내가 멋진 사람과 하는 것이 아니라 나를 멋지게 봐 주는 사람과 하는 것이다. 아니 아니지. 사랑은 내가 그를 빛나게 해줄 여유가 없을 때 나를 빛나게 해주는 사람과 해야지. 사랑은 조국의 독립을 위해 찌들고 지친 몸과 영혼에 젖가슴을 내밀며 잠시 쉬어가게 해주는 사람과 해야지. 사랑은 내가 상대의 삶을 빛나게 하는 것이 아니고 상대가 나의 조국독립을 빛나게 해줄 사람과 해야지. 사랑은 감정이 메말라 바스락거리고 황폐해질 때 물 한 방울 축여주며 부서지지 않게 해주는 착한 사람과 해야지. 사랑은 좋은 사람과 하는 것보다 나를 좋은 사람이 되게 도와주는 사람과 해야지. 그래서 조국독립을 하다가 내 마음에 구멍이 뚫리면 사랑의 향기로 기워주고 정신이 탈진해 비틀거릴 때 옹달샘처럼 맑은 물 퐁퐁 쏟아내며 위로와 격려를 잘 반죽해 환상의 맛을 내어 내게 먹여줄 사람과 해야지. 그렇다면 조국의 독립 때문에 그녀에게 내어줄 시간이 없는 것이 아니라 그녀의 시간을 잘라내어 내게 덧대면 덧대는 만큼 독립의 끈이 탄탄하게 되는 원리를 왜 모르고 밀어낼 생각을 하는가? 밤새워 뒤척이며 초가집을 지었다가 부수고 기와집을 지었다

부수다 아침에 일어나니 허전한 슬픔이 꽃잎처럼 떨어져 이리저리 마구 뒹굴고 있다. 생각은 밤새 그 싱싱하던 꽃잎을 다 털어버렸다. 마음은 비에 젖은 듯 허름하게 축 늘어진다. 발 없는 햇살이 구불구불 흘러내린다. 공중에는 새들이 후진을 한다. 구름도 후진을 하고 새들과 바람이 후진을 하며 어지러이 낸 자국을 바람이 빗자루를 들고 깨끗이 쓸어내어 허공은 구름 한 점 없이 맑고 청명하다. 첫눈에 반했던 그때 그녀에게로 후진하자. 그러면 바람이 어지러운 내 마음을 깨끗이 쓸어내고 각질로 떨어진 슬픔을 쓸어내고 그 위에 조국독립이란 글씨를 쓰나미처럼 밀려오게 할 것 같은 예감이 든다. 바람이 불고 슬픔이 다시 흩날린다. 슬픔은 왜 이리 뱀장어처럼 징그럽게 긴가? 일어나 사무실에 나갈 준비를 하는데 슬픔이 창밖에서 서성인다. 화색이 도는 슬픔과 눈빛도 교환하고 싶지 않은데 먼저 악수를 청한다. 제기랄! 저놈의 슬픔은 우울증도 안 걸리나? 우울증이라도 걸려 자살이라도 하지. 하긴 자살한 나무는 악기라도 만들지만, 저놈의 슬픔은 자살해도 악기의 후렴 한 구절도 못 하는 것이 하루를 열흘을 일 년을 십 년을 나를 거느리고 다닌다. 털어내면 접힌 옷 소맷자락에 끼이거나 주머니 속에 숨어있다가 또 뛰쳐나온다. 슬픔 때문에 밥맛이 싹 사라진다. 아침 먹는 건 달아걸고 등에 붙어있는 긁을 수 없는 가려움 같은 시간을 뒤로하고 사무실로 비슬비슬 걸음을 옮긴다. 어쩌면 프란체스카는 神의 화덕에서 훔쳐 온 프로메테우스의 불덩이가 되어 조국의 독립길을 환하게 비추어 줄지도 모른다는 생각을 한다. 먼 데서 봄빛이 문을 삐그덕, 열고 오는 듯한 착각에 빠진다. 푸른 봄바람이 치맛자락을 흔들며 향긋향긋 불어오는 듯한 생각을 하다가 그건 여우가 꼬리를 살랑살랑 흔드는 유혹이라고 고개를 좌우로 흔든다. 오늘 여기저기 보내야 할 서류를 보고 있는데 삐그덕, 문을 열고 그녀가 들어선다. 금발 머리카락을 검지로 걷어 올리자 연보랏빛 수수꽃다리 향기가 라일락라일락 날아오른다. 비스듬히 보이는 옆 모습에서 혼자 놀고 있는 매력이 말갛게 눈을 뜨고 이승만의 생각을 감아올리고 있다. 그녀는 굿모닝을 던져놓고 책상에 앉는다. 부드러운 눈길 한 번도 건네지 않고 타자기를 두드리는 소리가 빗소리가 양철지붕을 두드리듯 요란하다. 손가락에서 파다닥파다닥 아기 백로들이 맑은 눈망울을 또르르또르르 굴리며 날아오르며 가을을 다 털어내고 겨울 눈꽃 송이와 함께 춤을 추고 있는 듯 필름이 돌아간다. 정신없이 깜깜깜깜 정신을 태우며 어디론가 가고 있다는 느낌이 든다. 넋 나간 사람처럼 멍청히 쳐다보고 있는데도 프란체스카는 아는지 모르는지 타자기 소리를 끊임없이 제조하고 있다. 이승만은 영화를 보듯 단맛에 취해 호사를 누리고 있다. 몸에서 쫓겨난 생각은 끊임없이 그녀의 손가락에서 흘러나온 아기 백로를 타고 구름 위를 둥둥 떠다닌다. 슬픔이 놀라 어디론가 달아났는지 아침까지 괴롭히던 슬픔이 어디론가 가버린 자리에 황홀함이 피어난다. 이대로 백 리를 갈지 천 리를 갈지 어디서 멈출지조차 생각을 못 하고 그야말로 무아지경에 갇혀 있는 시간. 겹겹 층층 피어나는 황홀감 난생처음 맛보는 이 황홀에 취해 꿈속에서 헤매는데 만개한 꽃을 얄미운 바람이 흔들어 떨구듯 그녀가 그 황홀의 끈을 툭, 잘라버린다. *무슨 생각을 그리하세요?* 아쉬웠다. 얼른 몸에서 빠져나간 혼을 불러들인다. *아니 아니 아니요 그냥 오늘 좀 할 일이 많아서.* 이승만의 얼빠진 듯한 모습에 프란체스카는 묘한 꽃이 피어남을 느꼈다. *멋져 사내로 태어나 오로지 조국을 찾는 일에만 몰두하는 저 남자는 세상 어떤 남자보다 멋진 남자야. 신이 조각한 완벽한 걸작품이야.* 그녀는 혼자 속으로 중얼거린다. 날이 갈수록 그 나이 많은 남자의 매력에 갇혀 허우적거리는 프란체스카는 죽을 때까지 저 남자의 곁에 있고 싶다는 충동을 느낀다. 무뚝뚝함이 야들야들함보다 매력적으로 보이다니! 그녀는 벌써 자신을 헤어나지 못할 이승만이란 감옥에 가두고 있었다. 해 뜨는 동방의 조용한 나라, 이 황홀하도록 아름답고 황홀하도록 무뚝뚝하고 아직 덜 익어 풋내나는 땡감처럼 어딘가 어설프게 보이고 소년처럼 순수해 보이는, 그렇지만 머릿속엔 지식과 지혜가 가득해 얼마나 깊은지 도무지 깊이와 넓이를 가늠할 수 없고 조국에 대한 사랑은 누구도 따라갈 수 없는 남자. 주머니가 다 떨어져 너덜거려 땡전 한 푼 없고 불알 두 쪽만 달랑 가진 남자, 옷 두 벌과 모자 두 개 지팡이 한 개 신발 한 켤레 양말 두 켤레가 재산의 전부인 남자가 백 벌의 옷과 천 개의 모자를 가진 사람보다 더 당당할 수 있는, 아니 천하를 다 가진 남자보다 더 부자인 마음을 가진 남자, 조국을 남의 나라에 빼앗기고 천 리 먼 타향에서 끼니를 굶어가며 저항하면서도 세상에서 가장 당당한 남자, 좁은 땅덩어리를 세계 최고의 영주보다 더 크게 보이게 하는 남자, 그 텅 비어서 당당한 독립운동가 사내의 아내가 되어야 한다. 한 번 태어난 인생인데 저런 멋진 남자에게 내 남은 생을 몽땅 투자해야지. 그녀는 혹시 이승만과 사이가 멀어질까 늘 조바심을 하다가 결국 어머니와 언니들에게 고백을 하기로 결심한다. 결심은 푸른 초록을 찍어 하늘에 붓질을 한다. 마음이 쓸모없는 그늘로 무성해져 갈잎이 되어 바스락거리기 전에 그 무성함이 어둠으로 뒤척이기 전에 헛구역질 같은 초록의 바람이 다 새어나가기 전에 가지에서 봄이 흘깃거리기 전에 몇 평의 씨앗에 가임기를 만들어야지. 물소리마저 푸르게 출렁이는 계절의 진창을 지나 위리안치(圍籬安置), 즉 외부와 접촉하지 못하도록 가시로 울타리를 만들고 스스로 죄인이 되어 이승만이란 감옥에 갇히고 싶다는 절박한 생각이 예의를 처방하여 부부라는 수저 달그락 소리를 행주로 닦고 싶었다. 이승만이란 동방 해에 마음을 두고 서쪽 달을 부풀리는 중이었다. 프란체스카의 생은 맥박을 펄떡이며 파르르 떨리고 있다. 그리고 이승만에게 저 잠깐 집에 좀 다녀오겠어요. 하자 이승만은 당신 몸으로 당신이 가는데 내게 말할 이유가 무어요. 다녀와야 하면 다녀오고 가서 오기 싫으면 안 와도 되고. 이승만은 오기 싫으면 안

와도 되고는 괜히 했다고 후회를 한다. 그렇게 프란체스카는 집으로 가서 폭탄 같은 선언을 내놓는다. 식사 자리에서 한 폭탄선언은 *나 이승만과 결혼하게 해주세요. 만일 이승만과 결혼할 수 없다면 평생 혼자 독신으로 살 것입니다.* 딸의 폭탄선언을 들은 어머니는 자신이 여행을 데리고 나섰던 것이 잘못이라며 울면서 만류했고 언니들은 *세상에 어디 남자가 없어 아버지 또래의 남자와 그것도 그 조그맣고 가난하고 일본의 식민지로 사는 나라 사람과 결혼을 하려고 하냐*며 말렸다. 그러나 하늘은 늘 한 쪽 귀퉁이를 비워놓고 숨을 쉴 씨앗을 뿌리게 하는 법이다. 아버지는 아무 반응도 없었다. 그렇지만 천지가 말린다고 한들 저 고집을 한쪽으로 몰아버린 대쪽같은 고집을 꺾을 사람은 없다는 걸 안 아버지는 어차피 결혼은 본인이 살 것이니 본인이 어떤 선택을 하든 책임을 지면 된다는 사고를 가진 사람이었다. 아니 딸의 안목을 지지하고 있었다. 그러나 어머니의 강한 만류에 잠잠한 척 있었을 뿐이었으나 이제 딸이 폭탄선언을 하는 만큼 *어차피 한 번 겪어야 할 파도라면 파도에 쓸려가지 말고 파도를 타야 한다.*고 딸에게 미리 말해놓은 아버지는 *결혼도 네가 하고 책임도 네가 져라. 그리고 너희들은 언니라는 이유로 작고 가난하고 일본 식민지고 나이 많고 그 모든 것은 너희의 잣대로 잰 것이다. 그리고 너희가 동생을 위해 무엇을 해줄 수 있다고 동생이 행복한 일을 하겠다는데 반기를 드느냐? 그건 옳지 못한 행동이다. 인생은 각자가 선택하는 것이고 책임도 각자가 지는 것이니 당신도 너희들도 프란체스카의 선택에 이렇게 하라 저렇게 하라 하지 말고 사랑으로 잘되길 기도나 해주는 것이 프란체스카를 위해 주는 일임을 명심하길 바란다. 아버지의 말에 어머니도 언니들도 고요했다. 그리고 자리를 떴다. 프란체스카는 아버지가 저렇게 훌륭한 생각을 하는 것에 감탄하며 아버지에 목에 매달려 볼에 입맞춤을 한다. 아버지도 기분이 좋은지 *녀석! 그렇게 좋으냐?* 하면서 막내딸을 포근하게 안아준다. 프란체스카는 휘파람을 불며 이승만에게로 달려갔다. 이승만도 그녀를 좋아하긴 하지만 나이도 어리고 저렇게 유능한 사람을 자신의 아내로 맞으면 그녀의 앞길을 막는다는 생각에 망설였다. 사랑하는 것과 결혼은 다른 문제다. 결혼이란 책임이 따르는 일인데 나라도 없고 가진 것도 없고 내 나라에 정착도 못 하고 여기저기 떠돌아다니며 독립을 위해 뛰어다녀야 하는 자신이 저 여자를 감당하기엔 너무 힘들어질 것 같았기 때문이다. 그렇게 혼자 저만치 피어 흔들리는 꽃처럼 이승만은 외지고 황량한 시간을 건너가고 있었다. 사랑을 옆에 두고도 결혼을 할 수 없는 마음이라니 마음에 꽈리처럼 물집이 생긴다. 그렇지만 이승만에게는 여자도 사치였다. 또 소련으로 가기 위해 떠나야 했다. 프란체스카는 기차가 보이지 않을 때까지 하염없이 손을 흔들고 있었다. 이승만은 기차에서 조용히 눈을 감았다. 이유 없는 슬픔과 아쉬움이 한 줄기 밀려온다. 이승만은 그것마저 사치라며 깍두기처럼 깍둑깍둑 썰어버리고 소련에서 또 해야 할을 끼얹는다면 일본으로서는 여간 낭패가 아니었기에 이승만이 모스크바에 오면 어디서 머물게 되는지 동선 파악을 해 두고 있었고, 구국자에게도 그 말이 전해졌다. 구국자는 호텔 측에 연락을 취해 그 호텔에서 머무르지 못하게 대책을 세워야겠다고 마음먹는다. 일본은 이승만이 모스크바에 왔을 때가 이승만을 제거하기에 가장 적당한 기회라고 구국자와 일본 스파이들에게 전달되었고 구국자는 구하라와 심부름을 러시아로 보내 이승만이 호텔에서 못 머물게 외무성 직원을 가장하고 이승만을 구하라는 지령을 내렸다. 그러고는 마피아에게 이승만이 기거할 호텔에 구하라와 심부름을 데리고 가서 실수 없이 처단하시오. 그러려면 그 호텔 종업원으로 둔갑을 해야 하니 미리 그 종업원과 똑같은 옷을 심부름에게 시켜 구하시오. 하고는 이승만이 입을 제복 한 벌을 더 구입하게 했다. 마피아는 구국자가 두툼하게 건네는 돈에 싱글벙글하며 고맙다고 코가 땅에 닿도록 절을 한다. 구하라는 *사장님 제 이름이 구하라 아닙니까? 반드시 이름값을 해 구하겠습니다.* 하고 자신 있게 말했다. 외무성 직원은 구국자가 구하라와 함께 보낸 심부름이란 독립운동가였다. 그러나 이승만은 소련 당국이 머물지 못하게 해 달라고 지령을 내렸다고 생각했다. 외무성 직원이란 자의 죄송하다는 말에 이승만은 저 직원이 무슨 죄가 있나, 이것 역시 나라 잃은 비애지 싶어 씻는 것을 포기하고 호텔 방을 쫓기듯 나오면서 드디어 우려하던 일이 왔다고 생각했다. 내 일본이 개입한 건 알지만 일을 생각한다. 소련에서 한 달 정도 묵으면서 할 일이 있다. 그러나 일본이 또 어떤 계략을 꾸밀지 불안하지만 그렇다고 그냥 있을 수는 없다. 호텔 방에 묵기로 하고 호텔 방으로 들어가 막 씻으려고 하는데 외무성 직원이 찾아왔다. 무슨 일이요? 이승만의 물음에 선생님 죄송하지만 빨리 여기를 떠나셔야 함을 알려드립니다. 죄송합니다. 하고 외무성 직원이 난처한 듯 말한다. 이승만은 나는 이 나라 외무성에 중요한 임무를 부여받고 왔으니 비자를 연장하서 한 달간 머물 수 있게 해주시오. 하자 지금은 외무성에서 할 수 있는 일이 아무것도 없습니다. 죄송합니다. 지금 어서 떠나주시요. 이 밤중에 도대체 어디로 떠나란 말이오? 죄송합니다. 정말 송합니다. 이승만은 끊임없이 자신을 추적하던 일본 당국의 소이라는 생각이 들었다. 이승만이 러시아 기차를 타면 러시아 정에 압력을 넣을 것을 예상하기는 했지만 이렇게 예상대로 들어는 것이 이승만은 몸서리가 쳐졌다. 일본은 러시아와 동청철도(淸鐵道) 매입을 협상하기 위해 일본 철도 협상단이 모스크바에 있었다. 러시아는 무력 충돌을 피하는 방법의 하나로 만주국을 운 일본에 동청철도를 매각하여 무력을 피해 보자는 속셈이었동청철도는 청일 전쟁 때 일본이 차지한 요동 반도를 러시아가입, 중국에 돌려주고 그 대가로 만주를 이어주는 철도 권을 러시아가 야심차게 건설한 다롄에서 하얼빈을 지나 러시아 인근까지 이르는 것이었다. 그러니 이승만이 들어와 여기에 소련 외무성 당국도 일을 똑바로 처리하란 말이오. 그리고 이 편지나 전해 주시오. 이승만은 '4국 항일연대'에 대한 설명과 제안서가 들어있는 봉투를 외무성 직원에게 주고 호텔 방을 나오려고 하자 외무성 직원은 *지금 여기 치안 상황이 좋지 않으니 어서 이 옷으로 갈아입고 나가시지요. 그리고 1층 화장실에 가서서 다시 평상복으로 갈아입고 나가십시오.* 하고 호텔 직원들이 입는 옷을 내밀었다. 이승만은 얼떨떨하지만, 그 말도 맞는 말 같아 옷을 갈아입고 1층으로 내려가 화장실에서 옷을 갈아입고 유유히 호텔 밖으로 빠져나갔다. 한편 마피아 팀은 이승만이 호텔 예약이 되었다는 말에 만반의 준비를 하고 그 호텔 종업원으로 가장했다. 종업원 제복으로 갈아입은 마피아는 이승만이 묵기로 한 호수를 확인하고 숨죽이고 8층 808호 통로에서 기다렸다. 이승만이 드디어 808호로 들어가자 회심의 미소를 짓는다. *이승만 잘 자라. 오늘이 너의 제삿날임을 잊지 말고 유언이나 남겨두거라!* 마피아는 혼잣말처럼 중얼거리며 잠자리에 든 다음에 탄알 한 방으로 없애기 위해 권총을 소지하고 이승만이 방으로 들어간 즉시 통로에 진을 치고 있었다. 구하라 역시 일본 마피아 측 사람으로 가장하고 그들과 함께 움직이며 만약에 이승만이 그 호텔에 머물다 위험에 처하게 된다면 그를 구출하기 위해 같은 팀에 합류해 있었으나 다행스럽게도 이승만이 명이 긴 사람인지 별말 없이 이 호텔에 머물지 않고 심부름의 말에 따라주어 구하라는 가슴을 쓸어내렸다. 호텔 제복을 입고 나가는 이승만을 마피아가 보지 못하게 하는 역할을 맡은 구하라는 심부름이 방으로 들어간 다음 속으로 백까지 세었다. 백을 센 다음 이승만이 제복으로 갈아입고 나올 시간이 되었음을 생각한 구하라는 *저기 저 밖을 보시오! 설마 이승만이 이 높은 곳에서 뛰어내리진 않겠지요?* 하고 엉뚱한 말로 마피아의 시선을 돌리는 사이 이승만은 빠져나가고 조금 후 심부름 혼자 아무렇지도 않게 걸어 나왔다. 심부름은 구하라와 약속한 대로 이승만이 제복으로 갈아입고 나갔다는 신호로 왼손으로 코를 두 번 문질렀다. 구하라는 심부름이 코를 두 번 문지르자 한 시름 놓았다. 마피아는 심부름이 호텔 직원 복을 입고 먹을 것을 들고 808호를 두드리자 심부름에게 눈을 찡긋하고 회심의 미소를 지으며 엄지를 들어 올려 보이며 응원을 하며 *완벽한 작전이야!* 중얼거렸지만 심부름이 이승만을 따돌릴 거라는 생각은 못 하는 둔재였다. 마피아는 심부름을 호텔 직원으로 가장하고 방에 들어가 방문을 살짝 열어놓기로 작전을 세웠다. 일본 마피아는 이제 방문까지 열어 두었으니 숨죽이고 이승만이 잠들기만을 기다렸다. 12시가 되자 권총을 소지한 마피아가 직원을 가장해 문을 두드린다. 몇 번을 두드려도 기척이 없자 일단 이승만이 잠이 든 것으로 생각하고 문을 열고 들어간다. 조심스럽게 문을 열고 들어가니 침대에 이승만이 없다. 마피아는 움찔 놀란다. 하지만 바로 냉정을 찾는다. 그래 호텔 직원 옷을 입은 것을 잊었지. 정신을 차린 마피아는 화장실 문을 조심스럽게 두

드린다. 아무 말이 없자 무엇 *더 필요한 것 없습니까?* 하고 말한다. 또 말이 없다. 싸한 느낌이 들어 필요한 *것이 있다고 요청이 와서 왔습니다. 무엇이 더 필요하신지요?* 그러나 아무런 대답이 없다. 화장실 불이 켜졌는지 꺼졌는지 알 수 없어 그는 화장실 스위치를 누르며 *아, 실수로 스위치를 눌렀습니다. 죄송합니다.* 했지만 또 말이 없다. *여보세요! 안에 누구 없습니까? 무슨 일 있으십니까?* 그러나 돌아오는 건 무응답이었다. 마피아는 움찔해서 화장실 문을 열자 캄캄하다. 아무도 없다. 혹시? 하고 침대 밑을 들여다보았지만, 거기에도 없었다. 마피아는 소름이 돋았다. 분명 들어가는 것을 확인했고 나가는 것을 보지는 못했는데 어찌 된 일인지 머리털이 쭈뼛쭈뼛 섰다. 밖으로 나온 마피아는 호텔 안내에 가서 이승만이 외출을 했는지 어떻게 되었는지 확인을 하라고 구하라를 내려보낸다. 구하라는 이승만이 무사히 빠져나간 시간이 한 시간이 넘었기에 무사히 피했을 거란 생각을 하면서 안내에 가서 물었지만, 호텔 안내의 말과 상관없이 구하라는 *이승만이 이 호텔 808호에 묵고 있다고 말합니다.*라고 말했다. 마피아는 도깨비에게 홀린 것 같아 아무것도 보이지 않아 다시 방으로 들어가 이 잡듯 뒤지지만, 개미 새끼 한 마리도 없자 도무지 이해가 안 간다며 고개를 갸웃갸웃한다. *우리가 여기에 지키고 있었는데 도무지 이해가 안 가는구먼. 도깨비한테 홀린 건가!* 밀가루를 뒤집어쓴 것처럼 실망감이 하얗게 묻은 목소리가 방안 가득 내려앉았다.

정의의 총성

13

　한편, 호텔에서 무슨 탈출 영화를 찍듯 정신없이 빠져나온 이승만은 어둠을 툭툭 걷어차며 또 한 번 약소국의 비애를 가슴 깊이 들이마셨다. 어서 나라를 찾아 약소국의 이 비애를 반드시 내 손으로 끊어내고 나라를 부강하게 해 오늘 받은 이 치욕을 후손들이 다시 당하는 일이 없게 해야 하리라 다짐을 몸에 둘둘 감는다. 어디를 가든 목숨을 내놓고 다녀야 하는 이 험오스러운 비애를 후손들에게는 절대로 당하게 해서는 안 된다 생각하며 터덜터덜 걷는데 복면을 한 남자 하나가 옆으로 저벅저벅 걸어온다. 움찔 놀라 쳐다보니 키가 크고 얼굴은 검은 복면으로 가리고 있어 금방이라도 번쩍이는 칼을 마구 휘두르거나 총을 꺼내 쏠 것 같은 위협적인 사람으로 보였다. 그러나 이승만은 얼른 생각의 체위를 바꾼다. 부정의 체위를 긍정의 체위로 덮어버린다. 긍정은 긍정의 그림자를 부정은 부정의 그림자를 드리운다. 긍정적으로 생각하자. 복면했다고 모두 사람을 해치지는 않는다. 만약 자객(刺客)이라면 일본이 보냈을 것이니 만약 일본놈이라면 내 이 두 손으로 복면 위로 따귀를 왕복으로 갈기고 복면을 벗기고 뺨을 찰싹찰싹 후려치고 발로 급소를 걷어차 나뒹굴게 하고 엉덩이를 퍽퍽 걷어차 넘어뜨리고 팔을 이로 물어뜯고 무기를 빼앗고 그들이 우리 조국을 능멸하고 짓밟은 대가로 혼을 몸 밖으로 끌어내 강물에 버려야지. 잠깐 자객을 이길 병법을 구상하느라 정신없는 사이 생각 문을 열고 *어서 저를 따라오십시오.* 조심성이 팥고물처럼 묻은 말을 한다. 단단한 병법 무기를 만들어 든 이승만은 *당신 누구시오?* 하고 우렁차게 묻는다. 그러자 자객은 검은 그림자를 끌고 이승만 앞으로 걸어가면서 말한다. *저는 구국자 사장님께서 보낸 전달병이라고 합니다.* 검은 그림자에서 햇빛같이 반짝이는 말이 비친다. 이승만은 자객으로 생각하고 이길 병법으로 무장했던 마음 빗장을 풀었다. 시커먼 그림자가 갑자기 감옥 유리문을 쨍그랑, 깨고 밝은 햇살을 뿌리는 느낌이 들었다. 구국자란 말에 이끌려 사내를 따라가니 골목 안쪽 사람 하나도 다니지 않는 허름한 곳으로 들어간다. 구국자란 말을 듣지 않았으면 무서울 정도로 으스스한 기분이 드는 골목이다. 구국자란 말에 안심하고 복면 그림자를 따라 들어선 곳은 꽤 넓은 집이었다. 성큼성금 앞서가던 그림자는 집안에 들어서자 대문을 닫아걸며 *걱정하지 마십시오.* 여긴 독립운동가들이 거처하는 집입니다. 이곳에서 당분간 거처하시면 됩니다. 구국자 사장님께서 저에게 박사님을 안내하라고 하셨습니다. 내가 여기에 온다는 걸 어떻게 알았소? 우리 구국자 사장님께서 일본 마피아 일당 조직에 조금씩 자금을 대주면서 그 대가로 일본에서 제공하는 정보를 받습니다. 일본인은 구국자가 조금씩 주는 돈 때문에 사장님을 일본인으로 알고 조금의 의심도 안 하며 중요한 비밀이나 기밀문서를 모두 구국자 사장님과 공유합니다. 구국자 사장님은 일본에서 유학했으며 거기에서 사업을 하다가 조국독립을 위해 많은 애국자가 활발하게 움직이는 이곳으로 왔습니다. 독립운동가들을 도와주기 위해 일본을 떠났고, 일본에서부터 알고 지내던 고위 간부들도 모두 완전 일본 사람으로 알고 있지요. 입술 사이로 끊임없이 물기 묻은 말을 꺼낸다. 외발의 지팡이로 한 채의 조국을 지탱하느라 바들바들 떨며 갖은 애를 쓰는 듯한 말에 무너져가고 있는 아슬아슬한 조국을 살리기 위해 위험한 적의 입으로 들어가 목숨을 담보로 저렇게 버티며 등대 역할을 하고 있으니 몸이 바스러져도 힘이 생길 것 같아 또 울컥, 하고 목에서 뜨거운 햇덩이 하나가 넘어옴을 느낀다. 햇덩이 같은 말을 목으로 넘어오게 한 전달병은 구석에 이불 하나 요 한 채에 올려져 있는 베개를 가져오더니 베개를 해부한다. 베개는 실로 꿰매진 것이 아니라 테이프로 붙여 놓았음에 이승만은 또 놀란다. 속으로 붙여서 이음새를 만들어놓은 테이프를 제거하자 베갯속에서 돈뭉치가 나온다. 이승만은 그

저 바라보며 감탄을 자아내고 있는데 돈뭉치 다섯 다발을 꺼내고는 베개를 다시 접착시켜 이불 위에 올려놓은 전달병은 이 돈은 염려 마시고 쓰셔도 됩니다. 구국자 사장님께서 주신 독립자금입니다. 구국자 사장님은 박사님의 열렬한 후원자입니다. 사장님께서는 박사님의 신변 안전을 위해 늘 노심초사 동선을 파악하고 있습니다. 일본은 그것도 모르고 박사님의 동선을 하나하나 사장님께 다 알려주고 있지요. 바보 멍청이처럼 말입니다. 하고 돈뭉치 다섯 개를 이승만에게 건넸다. 이승만은 울컥, 하나뿐이라 생각했던 뜨거운 햇덩이가 또 목을 타고 솟아오름을 느끼며 마치 정신 나간 사람처럼 중얼거린다. 아! 나의 조국은 장래가 밝아. 구국자 같은 애국자가 있는 한. 반드시 독립해서 부강한 나라를 만들어 자자손손 영원하게 반드시 이 한 몸 바칠 것이다. 중얼거렸다. 전달병은 이승만의 혼잣말 같은 말을 듣고 있다가 한마디 거든다. 예 박사님 같은 분이 앞에서 끌어주시고 구국자 사장님 같은 분이 뒤에서 밀면 조국은 반드시 독립될 거라 믿습니다. 하고 거들자 이승만은 파랗다 못해 새파랗게 젊어 솜털이 숭숭한 전달병을 바라보며 말을 잇는다. 당신같이 위험을 무릅쓰고 이렇게 적지를 드나드는 분들이 있어 앞에서 끌고 뒤에서 밀 수 있음에 든든하오! 참 훌륭하오! 그리고 정말 고맙고 장하오! 우리 힘을 합해 반드시 물에 빠져 침몰하고 있는 우리나라를 건집시다! 하며 출렁거리는 감정을 자제하다 감정이 입술 둑을 넘어오자 잠깐 멈추는 사이 전달병이 뒷말을 이어간다. 예, 당연히 그렇게 해야지요. 열심히 뛰겠습니다. 박사님 마피아 조직이 이쪽에 깔렸으니 내일부터 움직이실 때 반드시 택시를 타고 움직이십시오. 그리고 여기 이 옷으로 갈아입으시고 움직이십시오. 마피아가 박사님의 옷을 보았으니 이 옷으로 갈아입으셔야 합니다. 구국자 사장님께서는 독립지사들을 피난시킬 때마다 이렇게 옷을 사시고 독립자금을 건네주십니다. 마피아의 눈을 피하려면 이 옷으로 바꿔 입으시고 혹시 모르니 반드시 택시로 움직이셔야 합니다. 마피아 측은 오늘 박사님이 탈출하셨으니 이 일대를 혈안이 되어 뒤질 것입니다. 변장을 하지 않으시면 위험하니 이 옷으로 갈아입으십시오. 하고 내민 옷은 전형적인 러시아 옷이었다. 모자까지 러시아 모자다. 고맙소! 하고 진정함이 스며든 인사를 건네고 다음 질문을 한다. 그런데 당신도 구국자 사장과 손잡고 독립운동을 하는 것이오? 예 그렇습니다. 어떻게 아는 사이요? 아 그게, 그러니까 어느 날 제가 구국자 사장님 가게에 우연히 들렀는데 화장실 옆에 호랑이 그림이 무척 인상적이었어요. 그래서 저 호랑이를 왜 화장실 옆에 붙여 두었냐고 물었더니 처음에는 그냥 아무것도 아니라고 했어요. 그러나 저는 무언가 이유가 있을 거란 생각이 들었고 집요하게 미인 사장님 가게에 드나들었지요. 그때는 제가 사장님 미모에 반해 호랑이 그림 핑계를 대면서 드나들었지요. 그러던 어느 날 제가 조선인이고 어떤 방법으로든 나라를 구해야 한다고 하는 사장님의 뜻을 알았고 나이도 저보다

15살 위인 것을 알고 저는 충격에 빠졌습니다. 저와 비슷한 또래로 보았는데 나이가 많았어요. 나이는 많았지만, 사장님의 그 미모는 나에게 나이를 밀어내게 했고 사장님 옆에서 바라만 보아도 좋다 고 생각하게 되었지요. 그리고 짝사랑을 하면서 가게에 드나들던 중 독립운동이라는 같은 생각을 가진 것에 반가워 조국 이야기를 나누게 되었지요. 이승만은 어린 청년 전달병이 더욱 가엾다는 생각이 들었다. 그래서 아직도 짝사랑이냐고 묻고 싶었지만 입을 다물고 있자 전달병은 다음 말을 이어갔다. *그렇게 조국에 대해 이야기를 하던 중 그 그림에 대한 설명을 해 주셨어요. 그 문에 붙인 호랑이는 비밀 문을 가장하기 위한 것이고 그 뜻은 우리나라가 호랑이 모양의 땅이기에 호랑이를 들어가는 문에 붙였고 층계가 많은 건 물론 비밀통로는 만약을 위해 꼬불꼬불 산 고갯길처럼 만들었지만, 그 뜻은 우리나라가 끊임없이 오르막과 내리막을 걸어왔기에 이제 이 굴곡진 역사를 의미하는 층계를 다 오르내리다 이제 마지막 문인 호랑이 그림을 열고 나가면 반드시 영국처럼 해가 지지 않는 탄탄한 나라가 되라는 의미에서 독립지사들에게 영국 옷을 구해 놓았다가 드린다는 이야기를 듣고 그날부터 구국자 사장님 뜻을 높이 받들기로 하고 넙죽 엎드려 절을 올렸습니다. 그 덕분에 구국자 사장님을 도와 독립운동을 할 기회를 주셔서 이렇게 이름처럼 구국자 사장님 옆에 껌딱지처럼 붙어 있으면서 구국자 사장님의 전달병을 하고 있습니다.* 이승만은 조용히 눈을 감고 있

었다. 한줄기 눈물이 주르르 흘러내렸다. 불빛들이 바글바글 눈물 위로 달려들어 반짝였다. 개울물처럼 주르르 흘러내리며 반짝이는 이승만의 눈물을 본 전달병은 *그럼 편히 쉬십시오.* 인사를 공손하게 내려놓고 나간다. 이승만은 한참을 그렇게 있다가 소매 끝으로 눈물을 쓰윽 닦고 방을 보니 전달병이 나가고 자신만 덩그러니 있었다. 금방 옆에 있던 푸르고 여린 청년 생각이 또 아른거린다. 저렇게 파랗다 못해 새파랗게 젊은 청년이 조국을 위해 뛰어다님에 또 가슴이 아려왔다. 아무 걱정 없이 학업에 몰두하며 진리를 탐구하고 사랑을 하고 여행을 하고 즐겁게 살아야 할 저 나이에 조국을 잘못 만나 저렇게 험지에 뛰어들어 목숨을 담보로 꿈이란 것도 꾸지 못하고 조국을 찾아야 한다는 고달프고 험한 일로 생을 보내는 젊은 전달병 생각에 두 손으로 얼굴을 감싸고 한참을 울었다. 아무리 울어도 해결책은 없고 청년의 앳되고 해맑은 얼굴이 자꾸만 아른거렸다. 그리고 여인의 몸으로 가정을 꾸리고 자식을 낳아 어르고 달래며 깨소금 냄새를 연기처럼 피워올릴 나이에 조국을 위해 남자도 두려워할 적의 입에 들어가서 조국을 구하려고 애쓰는 구국자도 대단하다는 생각보다 짠한 마음이 더 들어 미칠 지경이다. 여리고 애리애리한, 잘되어야 삼십 대 초반으로 보이던 그 하얗게 가녀린 여인이 독립운동이란 전쟁터에 몸을 던져 싸우며 독립을 위해 사람들을 동원해 영화처럼 자신을 두 번이나 구해주고 옷을 사주고 독립자금을 준 것을 생각하니 진정 여장부라는 생각보다 딸 같은 여인이 행복을 맛도 못 보고 전쟁터에 있다는 것이 가슴이 찢어질 듯 아팠다. 자신이 탈출했던 호랑이 문과 지하 층계 이야기, 자신이 입었던 영국 복장에 구국자의 그런 엄청난 뜻이 담겨 있었다는 말에 이승만은 자신이 부끄럽다는 생각에 자꾸만 움츠러들었다. 어찌 호텔 제복을 입혀 구출할 생각을 했고 전달병을 시켜 자신을 도피시킬 생각을 했는지! 어떻게 가녀린 여인의 몸으로 이렇게 철저하게 남자보다 대담한 위장술을 생각할 수 있단 말인가! 이승만은 온몸에 물기가 다 빠져나가는 느낌이 든다. 물기가 다 빠져나가기 전에 붓을 들어 시 한 수를 짓는다.

창백하게 푸른 시간

꽃물이 터져 붉은물이 번지는 봄처럼
하얗게 삶아 빤 한복에 일본이란 붉은물이 들어
우금*에 아무리 삶아 빨아도 빠지지 않는 얼룩이 문신으로 남아
꽃물처럼 붉다.

켯속**을 알 수가 없다.
무엇인가를 쓰기 위해 연필을 들었으나
아무것도 써지지 않는다.

손가락은 연필을 붙잡고 글씨는 안 쓰고
팽그르르 팽그르르 장난질만 하고 있다.

어두운 바람은 나뭇가지 끝에 앉아 지난날을 흔들어댄다.

나의 조국이란 것이 신비롭게 느껴지던 어린시절이 있었다
그리고 형형한 눈빛의 조국이 신기해
끊임없이 책을 넘겨보며 신비의 비밀을 찾은 적도 있다

내 탄생의 신비로움을 알기 위해
아무리 뒤져도 탄생비밀을 알지 못해 혼자 답답했던 시절

잊고 있던 책장에 허름한 종이뭉치가 오늘따라 생경하게 떠오른다.
그동안 무엇을 위해 살았단 말인가?

혹시 조국이 나를 찌지리라고 눈을 흘기지 않을까?
빈손으로 조국을 만날 수 없다.
에라!
결심하고 오직 조국에게 부끄럽지 않게 싸워야 한다

모든 걸 잊기 위해 현실도피도 하고 싶다

그렇다면 훗날 조국에게 후손에게 부끄러워 죄인이 되고 말겠지
나라를 위해 그 무언가는 목숨 걸고 해야지

손가락이 장난하던 연필을 바로잡고 쓴 한 편의 시가
눈을 동그랗게 뜨고 나를 쳐다보며 소리친다

이놈!

*우금: 시냇물이 급히 흐르는 가파르고 좁은 골짜기
**켯속: 일이 되어가는 속사정

  구국자와 전달병, 젊은 청춘들이 한참 철없이 공부하고 웃고 즐길 젊음이 일본에 담보 잡혔다는 생각을 하자 울화통이 화산처럼 폭발한다. 화산통 속에 있던 울화가 여진처럼 마구 치밀어 올랐다. 붓 뚜껑을 닫고 나니 속에서 울화통 깨지는 소리가 와당탕당 와당탕탕 났다. 산산조각 깨지는 소리다. 모두 강대국 편에 서서 피도 눈물도 없이 이익에만 독이 올라 있는 사람들. 이승만은 보이지도 않는 어둠 위에 한을 뱉어냈다. 아니 울분과 설움을 뱉어냈다. 나라 없는 설움이 젊은 장래를 모두 저당 잡음이 심장에 박히

는데 독립운동가조차 서로 이권 싸움만 하고 있다는 사실에 이승만은 또 절망감을 느낀다. 닭 모가지를 비틀어도 새벽은 오는 법이다. 이승만은 꼭 택시를 타고 이동하라며 당부하던 전달병의 말이 생각나 택시를 타려고 했으나 택시는 보이지 않고 낡아서 삐거덕거리는 마차들이 줄을 서 있을 뿐이었다. 거리나 한 바퀴 돌아보자 마음먹은 이승만은 거리를 돌다가 비참한 모습을 보았다. 거리에 굶주려 쓰러져 죽어가는 사람들이 여기저기 보였다. 가난한 공산주의 왕국의 처참함을 그대로 보여주고 있었다. 절대로 공산주의는 안 돼! 저렇게 처참하게 망해가는 것이 공산주의야. 앞으로 이 지구촌에 공산주의는 발붙이지 못하고 다 사라질 것이 분명해. 중얼거리며 한 바퀴 돌아본 이승만은 로마로 가는 기차에 올랐다. 그런데 그 기차에 오르니 우연인지 필연인지 운명인지 숙명인지 프란체스카가 그 기차에 앉아 신문을 보고 있었다. 프란체스카는 이승만의 몸이 아직 온전치 않아서 늘 그림자처럼 따라다녀야 한다는 생각을 하고 이승만을 따라붙었다. 그걸 알 리 없는 이승만은 혹시 프란체스카가 아닐지도 모른다는 생각으로 조용히 그녀가 앉은 자리로 발걸음을 옮겼다. 한참을 지켜보고 있는데도 그녀는 신문에서 눈을 떼지 않고 있었다. 그렇게 신문을 꼼꼼하게 읽는 모습이 보기 좋았다. 조용히 그녀 옆에 앉은 지 조금 지나서야 그녀가 깜짝 놀라며 고개를 들었다. 여기 어쩐 일이에요? 조국이 바람 앞에 촛불인데 내가 못 갈 곳이 어디 있소. 그런데 당신은? 저도 볼 일이 있어 가는 길인데 당신네 나라 참으로 대단한 나라요. 대단한 나라니 찾으려고 애를 쓰지요. 싸가지 없는 놈이란 말이 참 흥미롭네요. 프란체스카의 말에 조국의 말을 기만한다는 생각이 들어 발끈한다. 외국말을 배울 때 욕부터 배운다더니 당신도 예외가 아니군요. 이승만의 격앙된 말에 프란체스카는 세차게 손사래를 치면서 아니라고 아니 아니! 한 다음 당신네 나라에는 욕이 곧 교육이란 말이에요. 흥미롭다는 말입니다. 싸가지 없다는 말은 인·의·예·지 네 가지가 없는 사람을 사(四)가지 없는 놈이라 했고 이게 변해서 싸가지 없는 놈이 되었다는 말. 참 흥미로워요. 하자 이승만은 격앙된 말을 슬며시 눕히며 말한다. 우리나라 언어는 세계 어느 나라도 따라올 수 없는 말이오. 이승만은 갑자기 신이 나서 말을 잇는다. 우리나라는 도성의 문 하나도 다 의미를 넣어서 세웠지요. 동대문은 인(仁)을 일으키는 문이라 해서 흥인지문(興仁之門), 서대문은 의(義)를 두텁게 갈고 닦는 문이라 해서 돈의문(敦義門)이고, 남대문은 예(禮)를 숭상하는 문이라 해서 숭례문(崇禮門)이며, 북문은 지(智)를 넓히는 문이라는 뜻으로 홍지문(弘智門)이며, 중심에 가운데를 뜻하는 신(信)을 넣어 보신각(普信閣)을 세웠습니다. 한양 도성을 세울 때 선조들은 오상(五常)인 인(仁) 의(義) 예(禮) 지(智) 신(信) 인간이 갖춰야 할 다섯 가지 기본 덕목을 바탕으로 건립했습니다. 인(仁)은 측은지심(惻隱之心)으로, 불쌍한 것을 보면 가엾게 여겨 정을 나누고자 하는 마음이고, 의(義)는 수오지심(羞惡之

心)으로 불의를 부끄러워하고 악한 것은 미워하는 마음이며, 예(禮)는 사양지심(辭讓之心)으로 자신을 낮추고 겸손해야 하며 남을 위해 사양하고 배려할 줄 아는 마음이고, 지(智)는 시비지심(是非之心)으로 옳고 그름을 가릴 줄 아는 마음이고, 신(信)은 광명지심(光名之心)으로 중심을 잡고 항상 가운데 바르게 위치해 밝은 빛을 냄으로써 믿음을 주는 마음입니다. 보신각이 사대문 중심에서 종을 울리는 것은 인·의·예·지를 갖추어야 인간이라고 할 수 있다는 유교적인 철학이기도 하지만 우리 선조들 대대로 지켜온 삶의 철학이라고 보는 것이 더 정확할 것이오. 보신각종은 제야(除夜)에 33번 칩니다. 제야란 어둠을 걷어낸다는 뜻이지요. 33번 치는 이유는 불교의 도리천인 33천에 널리 퍼져 세상에 모든 중생의 무병장수와 평안함이 깃들기를 바라며 지구촌이 모두 평화롭기를 기원하는 마음에서 33번을 타종하고 매년 12월 31일 12시에 칩니다. 프란체스카의 눈은 점점 동공이 열려 마치 풍선처럼 터질 것 같았다. 기차가 멈추자마자 이승만이 줄을 서 있는 칸의 뒤로 올라타길 잘했다는 생각을 한다. 그랬기에 이승만 조국에 대한 언어도 배우고 조국에 대한 역사를 재밌게 들을 수 있었기 때문이다. 프란체스카는 이승만이 걱정돼서 따라나섰지만 이렇게 감쪽같이 모르는 이승만에게 조선에 대한 것을 배웠으니 본전은 건진 셈이라 생각을 한다. 이승만은 그녀를 보며 나라에 대한 말을 끝까지 듣지도 않고 격앙된 말을 했음에도 원망은커녕 자신의 말에 동공을 터질

듯이 열고 고개를 끄덕여주는 모습에서 잠시나마 나라 빼앗긴 설움이 외출하고 그녀에게 미안하고 고마운 마음이 들었다. 그녀를 보니 희망 같은 것이 파릇파릇 싹트고 초록 바람이 가슴속에서 일렁이고 있었다. 순간 이승만은 마음을 그녀와 함께 나누어도 좋을 것이란 생각이 벌떼처럼 날아들어 윙윙거린다. 프란체스카는 이승만에게 비엔나에 가는 중이라고 거짓말을 했다. 이승만은 특별한 계획이 없던 터라 그냥 그녀를 따라붙자고 꼬드기는 마음을 잘라내기 위해 그녀에게 말한다. 나는 염치도 돈도 아무것도 없소. 그리고 어쩌면 나는 당신을 이용해 조국을 찾으려고 할지도 모르니 내게서 멀리 떨어져 도망가서 좋은 남자 만나 결혼하고 행복하게 사는 것이 좋을 것이오. 내 머릿속에는 조국의 독립 말고는 아무것도 비집고 들어올 틈이 없소. 그러니 만일 당신이 내게 다가오면 나는 당신을 팔아서 조국을 구하려고 할지도 모르오. 하고 말하자 프란체스카는 내게 염치도 돈도 넘치니 걱정하지 말고 나를 이용하거나 팔아서 당신의 나라를 구할 수 있다면 기꺼이 이 몸을 당신의 나라에 기탁하겠으니 나라의 제물로 바치든 이용 가치가 있으면 이용을 하든지 당신 마음대로 하세요! 듣기에 따라 아주 무례하고 기분이 나쁠 말인데도 아무렇지도 않게 재치있게 받아넘겼고 이승만은 그런 재치에 근심 걱정이 잠시 사라졌다. 평생을 굴욕으로 흔들리며 진저리 치며 비에 실려 온 구름 같은 시간을 출렁출렁 건너온 길을 잊고 아주 잠시 해맑은 물 흐르는 소리를 들었다. 졸졸 찰찰 출렁출렁 쫄쫄 좔좔 철철 줄줄 물소리가 눈부시게 투명하고 푸르게 들려 프란체스카가 물소리를 잘라다 자신의 마음을 꽁꽁 묶어 두었다는 생각이 든다. 여우 꼬리보다 짧은 시간, 아홉 개의 꼬리를 단 구미호에게 잠시 홀렸다고 해도 괜찮을 만큼, 사막에서 오아시스를 만난 것만큼 고마운 마음이 청량하게 느껴졌다. 매일 타지에서 부평초처럼 떠돌아다니며 독립 꽃을 피우던 마음에 잠시 연분홍 치맛자락을 나풀거리며 봄 향기가 콧속으로 들어왔다. 사라지면 아쉬울 하울룽하울룽 모시나비 날갯짓 같은 말을 듣고 이승만은 프란체스카를 눈 속에 빨아들일 듯 쳐다본다. 봄날 아지랑이처럼 날개를 흔들며 날아올라 너덜거리는 마음에 새 날개를 달아주듯 아롱다롱했다. 폐결핵을 앓아 창백한 기침 쿨럭이는 그믐달처럼 이승만은 수많은 날을 잠 못 이루고 뛰어다녀 지구의 체중이 줄었을 것이란 생각이 든다. 돌 속에 달이 뜨고 다람쥐가 드나들고 도토리가 익어가고 물소리가 출렁이고 꽃들이 피고지고 벌나비가 춤추고 바람이 부는 것을 미리 훤히 보고 있던 석공처럼 과거 현재 미래를 한눈에 다 볼 수 있는 神이 있다면 세상은 참으로 재미없는 삶이 될 것이란 엉뚱한 생각이 든다. 양반의 장례 때, 곡하며 행렬의 앞에 가는 여자 종 곡비(哭婢)가 상주보다 서럽게 울어대듯 수많은 군중 속에서 고독했던 시간을 혹시 프란체스카가 나보다 서럽게 울어줄 작정을 하는지 *내게 염치도 돈도 넘치니 걱정하지 말고 나를 이용하거나 팔아서 당신의 나*

*라를 구할 수 있다면 기꺼이 이 몸을 당신의 나라에 기탁하겠으니 나라의 제물로 바치든 이용 가치가 있으면 이용을 하든지 당신 마음대로 하세요!*라는 말에 빗물이 흘러내려 귓속 달팽이를 우렁우렁 키우고 있다. 자신의 나라도 자신의 이익을 위해 팔아먹는 매국노가 득실거리는 세상에 피 한 방울도 섞이지 않는 나라에 몸을 맡기겠다니! 이승만은 눈을 감는다. 이승만은 너무 오랫동안 두렵고 험난한 길을 달리느라 앞도 옆도 뒤도 돌아볼 여유가 없었다. 몇 킬로그램의 발의 지문이 닳았는지 몇 센티미터의 손의 지문이 닳았는지 알 수 없다. 그 지문을 헤아리고 돌아볼 비상구조차 없었다. 모든 것이 얼어붙은 엄동설한에도 피로 가슴으로 싱싱한 장미를 피워야만 했다. 심장을 뽑아서라도 조국의 독립이란 꽃을 반드시 송이송이 피워 지나가는 나그네도 눈을 쉬게 하고 새도 노래하고 나비도 엉덩이 까딱까딱 춤추고 벌 잉잉거리며 꽃에 추파도 던져 보고 온갖 곤충들이 환호를 지르고 빗소리 방울방울 풀잎 위에 앉아 옥구슬 굴리며 놀고 나뭇가지와 풀들은 바람을 흔들어 보고 구름은 나뭇가지에 걸터앉아 놀며 아름답다고 끄덕이며 향기롭다고 킁킁거리는 그런 아름답고 향기로운 꽃이 피고 새가 쪼르쪼르르 자유를 그리는 나라를 만들기 위해 오지 않는 '고도'를 앉아서 기다리는 것이 아니라 다가가서 '고도'를 만나리라는 열정으로 뛰어다녔다. 붉은 꽃들이 바람에 참수당해 댕강댕강 떨어지기 전에 이 나라를 독립시켜 겨울에도 꽃을 피워 산에도 들에도 꽃들

홍얼거리는 소리가 안개처럼 자욱하고 이 골목 저 골목의 아이들 웃음소리가 올망졸망 꽃을 피우게 하려고 노력해야만 했다. 아무리 적막한 산에도 까마귀는 운다는 신념 하나로 넘어지고 자빠지고 무릎에 피가 흘러도 폐결핵에 얼굴이 백지장처럼 하얗게 표백이 되어도 아픈 줄도 모르고 뛰어다녔다. 그런데 절세 미녀 하나가 그림자처럼 남의 나라 독립에 관심을 가지고 남의 나라 언어를 배우며 도와주는 이 소설 같은 일은 또 무엇이란 말인가? 그녀의 입에 늘 백조처럼 우아한 말과 웃음이 푸드덕거리고 온화한 표정은 가야금처럼 고고한 소리가 잔잔하게 흘러 절체절명의 순간에도 우아함과 고고함을 잃지 않을 것 같은 감히 범접하지 못할 어떤 기운이 흐르고 있었다. 그리스 신화의 지혜 전쟁 예술 총명함까지 갖춘 미네르바의 눈을 닮은 그녀의 눈에 반하지 않을 남자가 어디 있겠는가! 그녀는 그런 눈에서 달콤한 사랑의 향기를 자신에게 쏘아대며 나오는 용기는 또한 사자의 용맹함을 닮아 시공을 넘나들며 어둠을 밀어내고 자신의 곁을 지키겠다는 저 단호한 결기는 지금까지 살면서 어디서도 보지 못한 것이다. 어둠 속에서도 형형하게 살아 빛을 품어내며 자신을 돕겠다는 여인은 이 세상에 어머니 말고는 없다. 이승만은 나무는 죽어서도 쓰임이 되어 가구가 되고 기둥이 되고 버섯 포자들의 집이 되어 쓸모를 버리지 않듯 죽어서도 나에게 쓰임이 되겠다는 말은 수천 톤의 힘을 실은 기차가 자신에게 달려왔다는 생각에 이르자 그 기차가 떠나기 전에 어서 몸을 실어야겠다고 그리고 그 힘으로 조국을 찾고 그 대가로 그녀에게 어디서든 활활 꽃을 피우고 자식을 낳고 식구들의 아침을 챙기고 넥타이가 삐뚤어지면 바로 잡아주며 웃음꽃을 행복 꽃을 사랑 꽃을 마음껏 피우게 해주어야겠다고 결심한다. 생각 속으로 까치들이 모여들어 까딱까딱 꽁지를 까딱인다. 거룩한 의식을 행하듯 일출의 장엄함을 보듯 스스로의 생에 중요한 결단을 내려야 한다는 생각이 든다. 스스로 존엄해지지 못하고 스스로 헤쳐나가지 못한다면 스스로를 존엄하게 만들고 스스로 헤쳐나가게 만들어 주는 조력자라도 구해야 하지 않겠는가. 유목인들이 자신의 무거운 짐을 벗어 말도 못 하는 짐승의 등에 싣고 채찍으로 갈기는 잔인함이 아니라면 이건 나쁜 생각은 아닐 것이라며 마음 마루를 빗자루로 쓸고 걸레를 빨아 깨끗이 닦으면 힘은 들지라도 반들반들 윤기가 흐르고 기분에도 윤기가 흐를 것을 확신하고 나뭇가지에 걸려 펄럭이고 있던 마음을 내려 고삐에 묶는다. 하수는 자신의 약점에 전전긍긍하지만 고수는 자신의 장점을 살려 장점으로 약점을 고삐에 단단하게 묶듯.

정의의 총성

14

　그렇게 마음을 고삐에 단단하게 묶어두고 프란체스카를 쳐다본다. 금방 찬물로 목욕을 하고 머리카락을 털며 나오는 여인 같은 상큼함이 풀풀 묻어난다. 그렇게 이승만은 프란체스카 생각으로 차 있는데 프란체스카가 *안 내리세요?*라고 묻는다. 내리자는 말을 휘리릭 물에 빠져 허우적거리는 사람에게 구명 옷을 던지듯 생각 속으로 던진다. 엉겁결에 이승만은 따라 내렸다. 이승만은 차 한 잔 마시고 공원을 걷자고 제의한다. 프란체스카는 무조건 이승만의 말에 토를 달지 않는 청맹과니가 되어 있었다. 그래도 매력이 반감된다거나 싫지 않은 걸 보면 분명 이승만 자신도 이 여인에게 마음을 빼앗기고 있다는 증거다. 이승만은 아직 살얼음판처럼 불안한 결심을 꽁꽁 얼려야겠다는 결심으로 둔갑시킨다. 이승만은 공원을 한참 걷다가 안주머니에 넣어 두었던 참빗을 꺼낼까 말까

꺼낼까 말까 몇 번을 손을 속주머니에 넣었다 뺐다 넣었다 뺐다 하며 망설인다. 이승만은 참빗을 고운 포장지에 최대한 멋지게 꾸며서 주머니에 넣고 다니며 소중하게 간직하던 참빗을 에라 모르겠다 하고 꺼내 든다. 손이 바르르 떨리고 목소리도 떨리고 있었다. *저 이거?* 하면서 수줍음으로 포장한 빗을 내민다. 프란체스카는 큰 눈을 더욱 크게 뜨며 이게 뭐예요? 하고 묻는다. 풀어보세요. 그것이 내겐 가장 소중한 것이자 나의 전 재산이요. 당신의 생각과는 상관없소. 내게는 조국독립의 염원처럼 간절하며 소중하고 정신적 지주인 셈이니. 프란체스카는 이승만의 당당한 말에 속으로 얼마나 대단한 것이기에 저리 호기 넘치고 당당하게 말을 하는지 자못 궁금했다. 지금 풀어봐도 됩니까? 내가 당신에게 준 이상 풀어보든 그냥 저 흐르는 강물에 던져버리든 그건 나와는 상관없는 일이니 마음 내키는 대로 하시오. 하자 그녀는 포장지를 곱게 푼다. 포장지를 푸는 손은 너무 아름다워 덥석 잡아보고 싶은 충동을 느낀다. 그러나 이승만은 참는다. 포장지를 푼 다음 그녀의 반응이 내심 궁금했기 때문이다. 포장지를 푼 그녀는 역시 놀란다. 이게 뭐예요? 그건 참빗이라고 하오. 내가 어렸을 때 어머니는 그 빗으로 나를 빗겨 주었소. 머리에 이와 서캐가 바글거리고 머리카락은 새들이 날아와 늘 집을 지어서 얼개 빗으로 새집을 걷어내고 나면 그 밑에 오글오글 살고 있는 어미 이와 새끼들, 아직 알 속에 있는 반들반들한 알들을 일망타진하는 데 쓰였던 참빗이란 것이오. 우리나라에는 사람도 살기 좋아 이웃 나라들이 호시탐탐 탐내고 곤충도 살기 좋아 이도 엄청나게 서캐를 슬어 부화시키고 벼룩도 천방지축으로 날뛰며 진드기 모기까지 천장에도 이불에도 마구 뛰어다니고 쥐들도 밤마다 천장에서 운동장인 양 뛰어다닌다오. 우리나라를 탐내는 것들로 바글바글 하답니다. 이렇게 살기 좋은 나라가 바로 우리 조선이라오. 이리 살기 좋은 나라인 걸 안 일본놈들은 남의 나라를 빼앗기 위해 혈안이 되어 설치고 다니는 것 아니오. 그렇다고 그 빗이 반드시 이 잡고 서캐 잡는 용도에만 쓰이는 것이 아니라 사대부 집안에서는 창포에 머리를 감아 바람의 스위치를 올려 잘 말린 다음 동백기름을 바르고 이 참빗으로 싹싹 빗어 쪽을 지면 그 머리는 어느 얼음 빙판보다 더 매끌매끌해서 여인들의 필수품이기도 하지요. 부연설명이 이렇게 장황한데도 프란체스카는 아주 흥미롭다는 듯, 마치 말을 하는 이승만의 입속으로 들어가기라도 하려는 듯 입을 쳐다보며 군침을 흘리며 눈빛을 촘촘하게 모아서 듣고 있었다. 이승만은 깊은 한숨을 크게 쉬고 다시 말을 잇는다. 기독교는 조상을 마귀라고 하고 제사도 못 지내게 하는 쌍놈의 종교니 근처도 얼씬 못하게 하는 독실한 불교도인 어머니를 속이고 배제학당에 입학했고 늘 죄스러운 마음에 선교사들에게 한글을 가르치고 거기서 받은 돈으로 선물을 사서 어머니께 달려가 용서를 빌었을 때 어머니의 그 흐느끼는 소리는 지금도 귓가에 생생합니다. 서양 기독교를 믿는 것도 억울하고 환장할 지경인데 기어이 어머니가 우려하던 상투를 자르는 일까지 일어나자 어머니는 하늘에서 조상이 다 통곡을 한다며 자식을 잘못 키웠다며 자책을 하시다 결국 세상을 떠나고 말았지요. 불효예요. 그렇게까지 완강하실 걸 예상했으면서도 기어이 내 고집대로 했으니 세상에서 제일 불효자지요. 그래서 하늘은 이렇게 조국의 독립을 염원하는 내게 벌을 내리기 위해 혹독하게 하는지도 몰라요. 어릴 때부터 늘 나의 머리를 빗겨 주던 참빗을 어머니라고 생각하고 품에 지니고 다녔어요. 내게는 참빗이 어머니요. 지금까지 잠시도 품에서 꺼낸 적이 없소. 그러니 나는 이 나의 분신인 어머니를 당신에게 약혼 선물로 주는 것이오. 그녀는 어느새 울고 있었다. 자신의 설명과 과거에 취해 그녀가 울고 있는 줄도 몰랐다. 한참을 울고 있는 그녀에게 다가가 이승만은 아무 말도 하지 않고 꼭 안아 주었다. 프란체스카는 세상에서 가장 편안한 품이란 생각을 한다. 품에서 밀어내며 이승만은 *내가 당신 이름하나 지어주리다.* 하자 프란체스카는 *이름요?* 하고 의아해하며 이승만을 쳐다본다. 눈가가 연한 복상 꽃잎처럼 발그레 곱게 물들어 울고 난 여인의 눈은 저렇게 예쁘다는 걸 이승만은 처음 알았다. 참 곱기도 하다는 생각을 하는데 *그래 이름을 무엇으로 지을 건가요?* 하고 짭짜름한 물기 묻은 목소리로 묻는다. *궁금한가요? 예 궁금합니다. 이름은 공짜로 지어주면 이름값을 못 하는 법이오. 반드시 대가가 있어야 이름이 빛나는 법이요.* 하자 그 틈을 타 프란체스카는 이승만의 볼에 쪽! 하고 입맞춤을 하고 *선금입니다!* 한다. 이승만은 능청스럽게 *화니(Fanny)* 한다. 사실은 오래전에 고민하고 지어 두었지만 이제 그 이름을 말해 줄 기회가 생긴 것이었다. 프란체스카는 *화니!* 하고는 만족한 듯 웃었다. 하얀 웃음 사이로 치자꽃 향기가 하얗게 흘러나온다. 그렇게 공원 의자에서 약혼식 선물로 참빗과 화니라는 이름을 주고 약혼식을 했다. 이승만은 여기 축하객이 밀물처럼 밀려들지 않소! 이것 좀 보시오. 곱게 단장한 바람 떼와 맑게 차려입은 구름 떼와 반짝이 옷을 입은 햇빛이 약혼식장을 가득 메웠고 텃새들이 날아와 합창으로 축가를 불러 주지 않소. 개미들은 줄을 지어 신혼살림을 어디론가 나르고 세상에! 이렇게 대자연이 우리를 축하해 주니 세상에서 우리보다 더 축복을 받은 약혼식은 없을 것 같소. 하자 화니도 세상에서 제일 눈부신 약혼식이에요! 하고 맞장구를 친다. 천생연분처럼 장단이 잘 맞았다. 그렇게 누구보다도 성대한 약혼식을 끝내고 이승만은 미국으로 건너갔다. 미국에 가서 당신을 초청하리다, 조금 기다리고 있으시오. 예, 보고 싶어도 참고 기다리겠습니다. 그렇게 신랑 신부는 약혼식이 끝나고 이승만은 미국에 가서 그녀를 부를 계획으로 바로 떠난다. 그러나 생각과 달리 국적이 없는 이승만은 사랑하는 화니를 미국으로 부를 수 없음을 알고 또 한 번 나라가 없으면 사랑도 할 수 없음을 깨닫고 장맛비같이 길고 지루한 비애를 느낀다. 이리저리 아는 사람을 만나 부탁을 해보았지만 결국 불가능하다는 대답만 무겁게 받아들고 다녀야 했다. 프란체스카는 이승만에게서 연락이 빨리 오지 않자 아버지께 도움을 청한다. 아버지는 열 일을 뒤로 미루고 딸이 뉴욕으로 갈 수 있는 방법을 연구했다. 그 결과 오스트리아의 미 영사관에서 이민 비자를 받아 뉴욕으로 딸을 보내준다. 프란체스카 아버지는 이것은 너의 몫이다. 나라가 독립을 하려면 독립 자금이 많이 필요할 것이다. 그러나 조선은 몹시 가난한 나라이니 이 자금을 독립을 위해 보태라. 이승만은 자존심이 강한 사람 같으니 자존심 상하게 하지 말고 지혜롭게 이 돈을 독립운동에 유용하게 쓰도록 잘 내조하거라. 이제는 너의 나라도 되니 성심껏 돕고 노력해라. 하늘이 조선을 도울 것을 확신한다. 건투를 빈다. 더 필요하다면 내게 연통을 넣어라. 이제 내 딸의 나라이니 내 나라도 된다. 나도 힘이 닿는 한 외교적인 문제도 돕도록 하마. 건강하고 힘내라 사랑하는 내 딸! 아버지는 엄청난 금액을 챙겨 주어서 프란체스카는 돈이 이렇게 무겁다는 사실을 태어나서 처음 알았다. 이승만에게 도움이 될 것을 생각하니 기쁘기만 해서 아버지께는 고맙다는 말도 없이 배에 올라탔다. 배 안에 올라타서야 프란체스카는 아버지의 고마움이 생각났으나 이미 배는 떠난 뒤여서 죄송한 생각이 들었다. 10월 4일 배에서 내려 네 시간도 넘게 기다렸다가 이승만을 만났지만, 그녀는 불평보다는 *무사했네요. 일본놈이 설쳐서 걱정했어요.*라며 이승만에 대한 걱정을 먼저 내놓았다. 이승만은 당신과 내가 자유롭게 살 수 있는 건 조국을 독립시킨 후에야 가능하니 함께 조국독립에 힘써 봅시다.는 말에 프란체스카는 당신이 하는 일이면 무엇이든 도울 용의가 있어요. 저승이라도 함께 가자고 하면 동행할 것입니다.라고 흔쾌하게 말해주어서 이승만은 참으로 고마운 여인이란 생각을 했다. 1935년 10월 6일 뉴욕 시청에서 결혼 허가증을 받고 이승만은 값싼 반지 하나를 사서 선물하는 것이 결혼식의 모든 것이어서 미안했지만 그에 대한 보답은 사랑으로 아껴주는 것으로 해주리라 속으로 다짐한다. 그렇게 물살이 세고 파도가 출렁이는 바다를 건너 두 사람은 1935년 10월 8일 6시 30분 몽클레어 호텔 홀에서 결혼식을 올리기로 하고 윤병구 미국 목사가 주례를 맡아 주기로 했다. 지인들과 그 부인들이 들러리를 서 주었고 호텔 밴드가 결혼 행진곡을 연주해서 무사히 결혼식을 마쳤다. 아침 식사 겸 피로연은 식당으로 옮겨서 했다. 그러나 산 넘어 또 산이 기다리고 있었다. 하와이에서 전보가 왔는데 전보 내용에는 이승만 혼자만 오지 프란체스카 여사는 데리고 오지 말라는 내용이었다. 만약 서양 부인을 데리고 오면 그냥 있지 않겠다면서 엄포를 놓았다. 그도 그럴 것이 그 당시만 해도 한국 사람은 한국 사람과 결혼을 해야 한다는 의식이 한국 사람에게는 문화처럼 되어있는 때였다. 프란체스카는 그 고운 눈에서 눈물이 범람했다. 그 큰 눈에 고인 눈물을 모두 쏟아내어 홍수가 질 것 같이 슬피 울었다. 이승만은 조용히 안고 등을 두들기며 위로했다. 조금만 기다리시오. 조국의 독립이 멀지 않았으니 그때까지 우리 함께 참고 기다립시다. 애초에 우리가 예상을 못 한 건 아니었지만 미국에서 교민들까지 이렇게 문전박대할 줄 몰랐습니다. 그녀는 이승만의 가슴에 눈물을 다 쏟아 옷을 흠뻑 적시고는 알겠습니다. 참겠습니다. 그리고 당신과 함께 꼭 독립운동을 해 조국을 찾겠습니다. 당신의 조국은 이제 내 조국이니까요. 하고 손수건으로 슬픔을 닦았다. 이승만은 호놀룰루에 있는 사람들에게 편지를 쓴다. 친애하는 애국 독립 동포 여러분! 이승만입니다. 당신들 아니 우리 교포들이 살고 있는 하와이의 수도 호놀룰루는 천국과도 같은 곳입니다. 맑고 푸른 바다와 끝없이 펼쳐진 백사장 다채롭고 이색적인 경치가 이상적인 기후와 해안지형이 절묘한 조화를 이루는 곳입니다. 전형적인 열대 기후를 자랑하면서도 독특하게 해양의 영향을 많이 받아 기후는 아주 온화하고 쾌적한 기온을 연중 적당하게 유지하고 여름에는 약간 덥고 습하지만, 바다에서 불어오는 시원한 바람이 더위를 밀어내어 시원하고 상큼하게 느껴질 만큼 천혜의 혜택 조건을 가지고 있습니다. 또 해안지형의 그 아름다움은 어디에도 견줄 수 없습니다. 태평양과 접해 있어 다양한 해양 생물과 풍경을 소유하고 있으며 맑고 투명한 고운 금빛 모래와 하와이의 상징인 오아후 산이 그림처럼 절경을 이루고 있고 호놀룰루 주변에는 여러 개의 만과 해안선이 거만하리만큼 펼쳐져 몸매를 자랑하고 있으며 하와이의 상징적 지형인 다이아몬드 헤드는 바위산으로 둘러싸여서 여기에서 바라보는 호놀룰루의 전경은 과히 신선 세계라 할 만큼 아름다운 곳입니다. 호놀룰루의 자연에는 열대 식물들이 서로 경쟁하지 않고 질서를 유지하며 건강하고 싱그럽게 자생하고 있어 식물들의 천국이기도 합니다. 다양한 동물들도 있어 자연 애호가들에게는 천당 중의 천당인 곳입니다. 반대로 겨울은 시원하고 건조하고 이렇게 모든 특혜를 누리는 것처럼, 나의 아니 당신들의 후손들이 이런 조국에서 살 수 있도록 해주는 것이 나의 꿈입니다. 그런데 힘없는 나의 조국의 후손들에게 이런 꿈을 이루어 주기 위해 조국을 찾으려고 물로 배를 채우며 뛰어다니다가 폐결핵이 걸렸습니다. 내겐 폐결핵을 치료할 시간도 돈도 없어 몸이 하루가 다르게 죽어 감을 알면서도 조국을 찾아놓고 죽어야 한다는 일념으로 뛰어다니다 피를 토하는 나를, 옮는다고 모두가 기피하는 병을 앓고 있는 나를, 프란체스카는 기꺼이 병원에 입원을 시켰고 병원비를 내주었지만 나는 병원을 탈출했습니다. 나도 당신들처럼 이국 먼 땅에 사는 여인에게 죽어도 신세를 지고 싶지 않았습니다. 그러나 병원을 탈출한 나를 두려워하지 않고 옆에서 치료해 주고 간호해 주어 기적으로 나를 다시 살게 해준 고마운 사람입니다. 호놀룰루의 지형처럼 자비스럽고 아름답고 신선 같은 포근한 마음으로 안아 주실 수 없습니까? 다시 한번 나의 생명의 은인인 프란체스카를 나의 아내로 함께 인정해 주시길 간곡하게 청하는 바입니다.

외국인이 아닌 내 조국 여러분들이 미처 나의 건강을 챙겨 주지 못할 때 내 목숨을 구해준 은인을 인제 와서 버릴 수는 없지 않습니까? 저를 사랑하듯 사랑해 주시길 간곡하게 요청하는 바입니다. 조국을 찾는 그날까지 안녕하시길 바랍니다. 이승만 드림.* 편지를 받은 호놀룰루 교민들을 가르치던 진정한과 진우정 형제는 사람들을 모아 이 편지를 읽어주며 성난 마음을 설득시키기 시작했다. 프란체스카는 아버지가 준 돈의 귀퉁이를 조금 잘라내어 중고 자동차 중에서 가장 싼 차를 구입해 이승만에게 선물했다. 그렇게 또 산 하나를 넘기 위해 편지를 보낸 이승만은 중고 자동차 중에서도 제일 싼 자동차를 구매해 줌에 고마워하고 직접 운전하며 미국 횡단 길에 나섰다. *미안하오! 당신에게.* 단 한마디 외엔 아무 말도 할 수 없었다. 59세 이승만과 34세 프란체스카의 신혼여행 선물인 셈이다. 나이도 국적도 뛰어넘어 조국의 독립을 신고 신혼부부는 대륙을 횡단하면서도 음식을 먹으면서도 조국의 독립을 위해 다녔다. 이승만은 답답할 때면 속력을 마구 내어 프란체스카는 몇 번이나 놀랐지만, 그때마다 그녀는 *당신 가슴 속에 울분이 얼마나 많은지 알겠어요. 이제 그 울분을 나와 나누어 가지고 함께 독립을 위해 뛰면 더 빨리 우리의 조국을 찾을 것이니 이제 조금 울분을 덜어 제게 주세요.* 하고 치맛자락을 이승만의 앞으로 내밀었다. 이승만은 그녀와 결혼을 한 것이 정말 잘 한 것이란 생각이 들어 *어디서 갑자기 이런 냄새가 풍기오!* 하고 묻는다.

아니 저는 아무 냄새도 안 나는데요. 하며 고개를 도리도리 젓는다. 이런 당신 축농증이 심한가 보오. 하자 프란체스카는 머리를 세차게 흔들며 말한다. 아니 아니 아닙니다. 저 축농증 앓은 적도 없고 지금도 냄새를 아주 잘 맡습니다. 새빨간 거짓말 마오! 지금 이 지독한 냄새도 못 맡는 것이 축농증이 아니면 무어란 말이오? 이승만의 말에 순진하게도 프란체스카는 손수건을 꺼내 흥! 흥! 나오지도 않는 코를 풀며 말한다. 이상합니다. 코도 정상인데? 하고 눈을 동그랗게 치켜뜨고 이승만에게 의아하다는 눈길을 보내자 이승만은 아마 당신 코가 너무 높아서 밑에서 모락모락 피어오르는 냄새는 못 맡는가 보오. 무슨 말인지요? 이렇게 고소한 깨소금 냄새를 못 맡으니 하는 말이오! 이승만의 말에 프란체스카는 고개를 뒤로 젖히고 아이처럼 아깔깔 까르르 아깔깔 까르르 웃어 댄다. 거리에 꽃들이 모두 차창으로 달려들어 바글바글 두 사람을 위해 사랑사랑 춤사위를 벌인다. 이승만은 시치미를 뚝 떼고 앞만 보고 운전을 한다. 프란체스카는 너무 웃어 눈가에 눈물이 주르륵 흐른다. 햇빛을 받아 눈물이 반짝이자 프란체스카 여사는 순백의 색깔에 곱게 핀 맨드라미 수를 놓은 손수건을 꺼내 눈물을 닦아 낸다. 세상에서 가장 아름다운 순백의 사랑 꽃이 피는 순간이었다. 말이 신혼여행이지 독립 여행이라고 이름을 붙이는 게 맞았다. 이승만의 가슴속에는 미안한 마음이 가득했고, 프란체스카의 가슴 정원에는 행복 나무가 하늘 높이 자라 초록 바람을 흔들었고, 초원에서 한가로이 풀을 뜯는 송아지의 행복이 스몄고, 달비린내가 나는 토끼가 토끼풀을 가지고 놀고, 야생화 가득 피어 일렁이고 벌나비가 춤을 추고 새들이 날아다니며 추임새를 넣는 가슴 정원, 이것이 꿈이 아니길 프란체스카는 두 손 모아 간절히 빌었다. 신은 늘 행복 속에 불행이란 악마를 숨겨 놓았기에 여름비에 물소리를 키우고 있는 푸른 행복에 느닷없는 가을이 다가와 물을 수척하게 할까 두려웠다. 이렇게 허름한 비에 젖다가 달달한 바람에 젖다가 행복이란 끈을 꽉 잡고 두 달 동안 미주 전역의 독립운동을 하는 한인들과 미국인들을 찾아다니는 동안 프란체스카는 혼자 외로이 저만치 있다가 행복함에 즐겁다가 용의 콧구멍을 닮은 말을 하는 이승만의 반짝이는 말에 조심하라던 아버지의 말이 생각나 혼자 웃는다. 필연의 시간이 뭉쳐 함께 페달을 밟으며 팔랑거리는 시간을 흘러보내고 있었다. 프란체스카는 이승만의 기이하게 멋진 반쪽 얼굴에 비치는 무표정하고 외지고 황량한, 건드리면 쨍그랑 깨질 것 같은, 투명해 위태롭고 아슬아슬한 모습과 귓바퀴에는 몽환적이고 초현실적이고 완벽하게 복원한 인간의 원본 같은, 잔인하게 슬프고 지독하게 솔직한 비범한 창조자 같다는 생각에 잠겨 시간을 흘러보내다 눈부시게 아름다운 생각을 빚어내리며 이승만에게 말한다. *세상에 태어나서 신혼여행을 독립 여행으로 하고 다니는 건 처음이에요.* 이승만은 미안한 마음에 겸연쩍게 웃으며 *미안하오. 조국을 찾으면 지금 못 즐긴 행복 다 즐길*

수 있게 해 주리다. 아니 지금도 행복해요. 행복해서 해본 말입니다. 하고 김이 모락모락 나는 말을 이승만에게 던졌다. 미주의 대부분 동포는 어렵게 살았다. 어떤 집에서는 먹을 것이 없어서 영양실조에 걸렸고 어떤 집은 아기 젖을 먹일 돈이 없어 아기가 영양실조에 걸렸고 어떤 집에는 아파도 병원에 가지 못하고 누워 죽을 날만 기다리고 있었다. 이때마다 프란체스카는 이승만 몰래 아버지가 주신 돈의 무게를 조금씩 줄여나갔다. 이승만은 가슴이 찢어질 것 같아 매일매일 맨정신으로 살기 어려웠다. 저녁에 아내가 잠이 들면 이승만은 조용히 나와 무릎을 꿇었다. 그곳이 흙이든 바위든 상관없이 꿇어앉아 간절히 기도를 올렸다. 하느님 우리 불쌍한 저 동포들에게 일용할 양식을 주옵소서. 많은 걸 바라지는 않습니다. 조국이 해방되어 돌아갈 때까지 이곳에서 저렇게 아파서 죽어가는 자를 낫게 해주시고 배고파 우는 아기에게 젖을 주시고 영양실조가 걸린 이들에게 죽지 않을 만큼만 돌봐 주소서. 제가 어찌해야 덕화를 내려 주시겠습니까? 저들을 어찌하여 굶주림과 죽음에서 구할 수 있는지 비답을 주십시오, 차마 눈 뜨고 보지 못하고 귀 열고 듣지 못할 저 굶주림의 아우성이 구천에 들리지 않습니까? 이승만은 통곡하면서 기도를 올렸다. 일어나니 비틀거렸다. 눈을 뜨니 방이다. 프란체스카 여사가 옆에 남편이 없음을 확인하고 밖에 나갔다가 기도를 하다 쓰러져 있는 남편을 업고 들어와 간호를 한 것이다. 추위가 갑자기 기승을 부려 그날 그녀가 나와보지 않았다면 아마도 이승만은 불귀의 객이 되고 말았을지도 모를 일이었다. 그녀는 남편이 깨어나자 조용히 말했다. 나는 아무것도 모르고 아는 이도 없는 이 미국에 당신 하나를 믿고 왔는데 당신이 매일 밤 그렇게 찬 바닥에서 기도하다가 만약 죽는다면 나도 따라 죽을 것이니 우리 기도 방법을 바꿉시다. 당신과 내가 함께 깨끗한 정화수를 떠놓고 함께 기도하는 겁니다. 이승만은 누운 채로 고개를 끄덕였다. 이승만의 모습에 프란체스카는 가슴이 아파 차라리 자신이 대신 아파 주고 싶었다. 어찌 조국 사랑과 조국의 국민 사랑이 저렇게 극진해 자신의 목숨도 돌보지 않는단 말인가? 이제부터 내가 저 사람의 건강을 챙기지 않으면 안 되겠다는 생각으로 남편을 그림자처럼 따라다니며 돌봤다. 모진 세월이었다. 그 순간에도 이승만은 생각했다. 이건 일 석 10조의 여행이야, 백인 상류층의 아가씨를 그것도 아름답고 많이 배운 엘리트 아내를 데리고 다니며 한국 사람들의 모습을 보여주고 한국 독립운동가의 아내로서 앞으로 어떻게 견뎌야 하는지를 삶의 체험으로 교육하며 그녀의 동지애도 키우고 조국을 어서 독립시켜야 함을 절실하게 깨닫게 해주는 현장이었으니 신혼여행치고는 세계 최고의 신혼여행이라 생각하며 엷은 미소를 짓자 그 속을 알 리 없는 프란체스카는 *이제 웃는 걸 보니 살만한가 보네요.* 한다. 이승만은 얼른 말을 둘러댄다. *아니 당신이 너무 아름답고 사랑스럽고 고마워서.* 프란체스카는 그 말이 싫지 않았다. 진실로 믿고 좋아

하는 모습에 이승만은 속으로 내가 저 여인에게 못 할 짓을 시키는 것은 아닌가 해서 다시 씁쓸한 미소를 지었다. 그렇게 다시 하와이로 가기로 한다. 이승만은 아내에게 미리 말한다. 호놀룰루에서도 우리를 환영하는 사람은 없을 것이요. 보다시피 모두가 살기도 어렵고 조국 잃은 상실감 때문에 하루하루 사는 게 지옥 같으니 내가 간다고 누가 날 반겨 주겠소. 그러니 반겨 주지 못하는 심정을 헤아려 섭섭해하지 말고 우리가 그들을 위로합시다. 어깨를 꼭 안아 주며 말하자 프란체스카는 말했다. 걱정하지 마세요. 당신이 아끼는 사람들이라면 내게도 아끼는 사람이니 이제 당신네 나라 사람들의 고통이 얼마나 심한지를 알 것 같아 일본이 몹시 미워지는군요. 그들의 눈알을 빼서 탁구를 치고 창자를 꺼내 고무줄놀이를 하고 싶은 심정이에요. 왜 남의 나라 국민을 이렇게 처참하게 만드는지 아주 아주 너무너무 나쁜 민족이네요, 일본은. 하면서 눈물을 훔쳐낸다. 이승만은 고맙다는 말 외엔 아무것도 할 수 없었다. 그렇게 서로의 마음을 단단하게 끈으로 묶고 호놀룰루 사람들이 아무리 냉대를 하더라도 참고 견디리라 다짐을 등에 메고 호놀룰루 항구에 도착한다. 이승만과 프란체스카는 다짐을 단단히 했지만 두려움으로 항구에 내렸다. 그런데 항구에는 한인들이 태극기와 꽃다발을 들고 3천여 명이 넘는 사람들이 모여 있었다. 여보 저 사람들이 왜 저리 모였나요? 글쎄 무슨 대회가 열리나 보군. 그래요 어떤 대회인지 태극기를 들고 꽃다발을 든 걸 보니 분명 좋은 일일 것 같으니 어서 내려 봅시다. 조국이 해방이라도 된 것 아니오? 그랬으면 너무 좋겠네요. 이승만은 그 순간에도 해방을 생각하고 화니는 맞장구를 쳐주며 손을 꼭 잡고 뛰어서 내렸다. 그렇게 둘이 손을 잡고 뛰어오자 사람들은 이승만과 프란체스카에게로 달려오며 함성을 질렀다. 그 함성은 마치 나라를 찾은 것처럼 바닷물을 출렁이게 했다. 당시 하와이 인구의 절반 정도가 호놀룰루 항구로 두 사람을 맞이하기 위해 달려왔던 것이다. 프란체스카 여사는 소나기를 맞은 듯 눈물이 줄줄 흘러내렸다. 환영이 너무 뜻밖이어서 너무 감격스러워서 울고 또 울어 눈물은 흘러 바다가 되었고 바다는 그녀의 눈물로 범람했다. 이승만도 속으로 울었다. 울면서도 생각했다. 나라가 독립되어 이렇게 울면 얼마나 좋을까? 곧 그런 날이 오리라 생각하며 이승만은 그 기쁨도 반을 싹둑 잘라 독립을 위해 주머니 속에 넣어 두었다. 프란체스카는 *여보 안 기뻐요? 왜 안 기뻐요. 너무 기뻐서 눈물도 안 나와요.* 하며 얼른 속내를 감춘다. 그렇게 꿈같은 환영을 받고 신혼살림은 학원 기숙사에 차린다. 부부는 다시 한인 기독학원을 맡아 독립운동을 위해 계획을 세운다. 이승만은 교장이고 프란체스카는 기숙사 사감을 맡았다. 둘은 일인다역을 맡으며 열심히 일했다. 모든 일을 홀로 외롭게 하다가 프란체스카와 두 사람이 하니 이제 배로 불어나 조국의 입장에서 보면 조국 편이 하나 더 생긴 셈이다. 이승만은 진정한 독립을 위해 민족을 위해 한 사람이 늘어난 것은 조국독립이 배로 빨라질 수 있다는 생각을 한다. 그리고 그녀에게 미안한 말이지만 사랑이란 사치였다. 조국독립에 힘을 보태는 그녀라서 사랑스러웠다. 그렇게 부유한 가정에서 자란 프란체스카는 짜기가 소금보다 더 짜서 이승만은 놀랐다. **우리 조국이 독립될 때까지만 이렇게 살아요.** 이승만이 해야 할 말을 그녀가 하면서 **먹는 것도 최소한의 것만 먹고 쓸데없는 일에는 1원 한 푼도 아껴야 빨리 나라를 찾을 수 있다.**라고 이승만을 위로했다. 고마웠다. 이승만은 하늘이 보내준 천사라는 생각이 들었다. 프란체스카는 김치를 담그고 한국 음식을 배웠다. 그러나 아껴야 한다며 소금을 너무 많이 뿌려 음식이 짰다. 그렇지만 이승만은 짜다는 투정도 하지 못하고 주는 대로 먹으며 김치 두 쪽이면 밥을 다 먹을 정도로 짜게 굴었다. 그렇게 독립을 위해 아끼고 신혼도 없이 뛰어다니던 어느 날이었다. 어디든지 사람 사는 곳에는 어디든 남이 잘되는 꼴을 못 보는 사람이 있는 법이다. 일본인과 한패가 되어 다니며 백로가 이승만과 팽나무의 딸이라고 소문을 내고 다니던 백실수는 어느 날 프란체스카를 찾아왔다. 그녀는 무슨 심산에서인지 그녀에게 사실이 아닌 일을 사실인 것처럼 포장해서 그녀에게 안겨 주었다. 그 선물 포장지를 푸니 다음과 같은 선물이 들어있었다. 오벌린 대학을 졸업하고 사업가와 결혼해 딸을 낳고 이혼한 백로라는 여인이 있었는데 이 딸이 이승만과 팽나무 사이에서 태어난 딸이라고 했다. 팽나무는 이승만이 사탕수수농장 노동자들의 자녀들을 모아 공부를 시킬 때 거리가 멀어 못 보낸다는 부모들의 말에 **여자도 배워서 세상을 보는 눈을 길러야 나라의 독립이 빨라진다**며 기숙사에 데려다가 교육을 시킨 모범생이었다. 팽나무는 이승만의 장학정책 덕분에 오하이오주 우스터 고등학교에 유학을 가고 오벌린 대학교까지 우등생으로 졸업을 한 사람이다. 이승만의 신임을 한몸에 받은 팽나무는 반듯하게 잘도 자라 독립 운동가로 변신을 하고 나라 독립을 위해 앞장서겠다면서 이승만이 하는 모든 사업과 독립운동에 참여하면서 자신은 조국에서 이승만 박사가 공부를 시켜주었으니 조국을 위해 살겠다고 했고 이승만의 일을 적극적으로 도왔다. 자금을 모으고 고국 방문단을 인솔하기도 하고 나라를 건지자는 구호를 외치며 대대적으로 모금을 해서 독립운동을 하는 독립 운동가였다. 공교롭게도 팽나무는 이승만이 결혼 후 동포 사업가와 결혼을 한다. 그러자 반대파들과 일본인들은 팽나무는 이승만이 결혼하자 아무하고 결혼한 것이라며 팽나무에게 그러면 안 된다느니 나쁜 사람이라느니 온갖 모함을 다 늘어놓았다. 그런 말을 몇 번째 하면서 이승만을 벼랑으로 밀어내려 하자 프란체스카는 조용히 사태를 경청하면서 연유를 파악하고 있었다. 구부정한 말로 밤을 뒤척이게 하는 봄과 겨울이란 계절 사이에는 반드시 간절기가 있게 마련이다. 이 간절이란 말 속에는 반드시 어딘가로 건너가기 위해서 간절한 시간이 되듯이 저들은 어느 간절함으로 건너가기 위해 저렇게 간절기를 이용하는지 저들이 건너가려고 하는 간절의 목적지로 건너가기 위한 접속사를 반드시 찾아내어야겠다고 결심한다. 이 세상에 무수한 간절기엔 반드시 그 배후가 있으니 그 배후의 문장을 찾아야겠다고 다짐한다.

9권으로 계속